Satíricon

Petrônio

Satíricon

Apresentação
Raymond Queneau

Tradução e posfácio
Cláudio Aquati

COSACNAIFY

Apresentação *por Raymond Queneau*

A "mentalidade primitiva", que florescia no período em que eu me preparava na Sorbonne para obter o diploma de moral e sociologia, e já era então contestada, hoje é um tiro que saiu pela culatra. Numa época em que os progressos da ciência – da possibilidade de desintegrar a Terra à realidade das máquinas capazes de "aprender" – parecem alçar o homem moderno mil côvados (um pouco mais alto que a Torre Eiffel) acima do mais recente de seus ancestrais, o tão ridículo e tão querido *homo 1800us*, esse tal homem moderno, ao estudar seus semelhantes, antigos e contemporâneos, só se convence da unicidade do pensamento humano, da "inteligência humana", se admite variações nos comportamentos e reações afetivas; se não fosse assim, aliás, por que precisaríamos ler os clássicos? De todos os escritores da Antigüidade, não há nenhum mais "moderno" que Petrônio. Ele poderia entrar, e com o pé direito, na literatura contemporânea, e seria tomado como um de nós. Para dizer tudo: eu o amo como a um irmão (embora eu seja filho único), com fervor e sinceridade. Sinceridade, pois é muito difícil amar um escritor: às vezes nós nos obrigamos, ou nos envergonhamos de confessar que vemos com reservas sua vida ou sua obra. Amo Petrônio como Montaigne ama Paris, "ternamente, inclusive suas manchas e verrugas", com a diferença de que nele não encontro nem manchas nem verrugas.

Ele nos enviou a mensagem mais objetiva e mais ousada, a mais compreensível e difícil ao mesmo tempo, a mais vingativa e a mais engraçada, sobre aquela época suja que foi o apogeu do Império Romano, que nem os persas, nem os bárbaros conseguiram combater, mas que o cristianismo (numa das coisas boas que fez) roeu por dentro até esvaziá-lo de toda sua substância, embora nem tivesse tanta – aquela época suja em que o tirano tinha menos *inteligência* (naturalmente) que o gladiador. Encólpio, assim como Espártaco, lutou na arena, e o tolo é Nero.

Este episódio do *Satíricon* se perdeu, assim como tantos outros; podemos apenas supor a sua existência, primeiro pelo capítulo 81, e também pelas alusões obscenas do capítulo 9; pode-se presumir, no entanto, que se Encólpio foi gladiador, provavelmente teve a inteligência de não se deixar levar até a arena para lutar. Este é apenas um exemplo das numerosas lacunas do texto atual. Segundo o manuscrito de Trau, descoberto por volta de 1650 (que nos revelou o "Banquete de Trimalquião"), tudo o que subsiste do *Satíricon* pertenceria aos livros XV e XVI, o que parece confirmar o interpolador de Fulgêncio no códice *Parisinus* 7975, que remete ao livro XIV o capítulo 20 das edições modernas. Em geral, todas essas indicações são vistas com suspeitas, e eu não entendo por quê. E é notável que, com a exceção de um manuscrito do século IX ou X e de cinco outros, dos séculos XII e XIII (todos muito fragmentários, quase uma poeira de citações), só conheçamos a obra de Petrônio pelos códices do século XV. Como ela pôde atravessar mais de dez séculos, dada a sua natureza, é um enorme mistério! E que só tenha sobrado o que temos é outro mistério, pois o que desapareceu dificilmente seria mais obsceno do que o que foi copiado pelos monges na Idade Média, portanto não é isso o que foi eliminado.

Já episódios como a "Matrona de Éfeso" ou "O testamento de Eumolpo" subsistiram. Ora, cristãos mais suscetíveis poderiam ver neles piadas sacrílegas. Também não é o latim vulgar, o latim falado, que foi cortado. E então? É difícil admitir que seja obra de um falsário da Renascença, mais hábil que Nodot e Marchena, rapidamente desmascarados quando quiseram pôr em circulação *Satíricons* mais ou menos completos. Se o Petrônio Árbitro cuja morte é narrada por Tácito (*Anais*, XVI, 18-19) é mesmo o autor do *Satíricon*, este certamente não é o panfleto que ele escreveu depois de cortar os pulsos. Sem chegar a pensar (como Bürger e Bloch, além de mim mesmo, aliás) que só nos resta a trigésima quinta parte, os mais otimistas calculam que nos faltem pelo menos dois terços do *Satíricon*, o que torna pouco verossímil que seja a obra noturna de um homem que se esvai em sangue e prepara uma vingança póstuma. Aqui, aliás, não há nenhuma dificuldade: esse panfleto, no final das contas, até que pode ter existido, além do que, como conjecturou Ernout em seu prefácio à edição das Belles Lettres, "Tácito fez uma enorme confusão", e é "por amor ao pitoresco dramático" que ele "atribuiu à última noite de Petrônio um romance escrito tempos atrás".

A identificação entre o Petrônio Árbitro autor do *Satíricon* e C. Petronius, o "*arbiter elegantiarum*" [árbitro das elegâncias], o "amigo" e vítima de Nero, é constantemente questionada. Por ora, não há o menor motivo para duvidar. O C. Petronius que dormia de dia e vivia de noite, o depravado insaciável, o cônsul enérgico, o "voluptuoso refinado" que saboreia a própria morte e desafia os poderosos – como ele devia desprezar Nero, até mesmo quando estava na corte! –, será possível não reconhecer nele o autor do *Satíricon*? Há nesse romance, um dos maiores de todas as literaturas, aquele conhecimento do homem que só se aprende no amanhecer de uma noite passada em "maus" lugares, com encontros em encruzilhadas; um conhecimento do homem que dá prova de uma incessante e voraz curiosidade pelos costumes literários e os dos novos-ricos, pelas religiões de mistérios, por histórias de fantasmas, a administração das colônias romanas, a legislação sobre a herança nas diferentes nações (anunciando, assim, Montesquieu); um conhecimento do homem que se expressa com uma graça, uma lucidez, uma *species simplicitatis* [ar de simplicidade], como diz Tácito, que parece ser exatamente a proeza do antigo procônsul da Bitínia.

De identidade incerta, autor de uma obra de dimensões desconhecidas, com estrutura misteriosa e tema enigmático, Petrônio é, como Villon, um desses maravilhosos escritores que não conseguimos explicar. Quanto mais forte é sua fixação no tempo e no espaço, mais livre ele se mostra. Com histórias de vagabundos pederastas, sacerdotisas alcoviteiras e novos-ricos grosseiros, ele entra, de uma vez e sem contestação, na literatura universal, e permanece um de seus faróis mais brilhantes.

Tradução de Paulo Werneck

Satíricon

1. Mestre Agamêmnon

[1.] 1 – Por acaso é por outro gênero de Fúrias que os declamadores[1] se inquietam, eles que clamam: "Estas feridas eu as recebi pela liberdade do povo! Este olho foi por vós que perdi: dai-me um guia que me guie para junto dos meus filhos, pois meus jarretes cortados não sustêm meus membros"?

2 Coisas como essas seriam toleráveis se mostrassem aos estudantes o caminho para a eloqüência. Hoje, não só por causa do inchaço dos temas, como também da forma sem qualquer conteúdo dos discursos, eles se aproveitam exatamente desse fato para, ainda que estejam no fórum, pensar que estão num outro mundo. 3 E por isso sou da opinião de que, nas escolas, os jovens se transformam nuns grandíssimos idiotas, porque nada disso que temos nos exercícios eles ouvem ou vêem: são piratas acorrentados na costa, são tiranos baixando decretos que levam os filhos

1 Como se sabe, as primeiras partes do *Satíricon* perderam-se, de modo que o texto inicia-se com uma lacuna. Em resposta a uma declamação de seu mestre Agamêmnon, o discurso que se segue é proferido pelo protagonista Encólpio e faz parte de um exercício típico das aulas de retórica. Sobre a divisão em partes e capítulos, ver nota à p. 241.

a decapitar os próprios pais, são recomendações de que, contra uma epidemia, três ou mais virgens sejam imoladas. Um mel, esses trechos de frases, e tudo isso dito e feito como se estivesse salpicado de papoula e sésamo.

[2.] 1 Aqueles que se nutrem de tais elementos, um bom saber não podem ter, da mesma forma como não podem cheirar bem os que moram numa cozinha. 2 Não vos aborreçais se eu me permito dizer essas coisas, mas vós mesmos fostes os primeiros a pôr a eloqüência a perder. É que, levando a cabo certos jogos de palavras com sonoridade fácil e frívola, fizestes com que o corpo da oração se enlanguescesse e entrasse em decadência. 3 Os jovens ainda não eram contidos pelo exercício de declamação quando Sófocles ou Eurípides encontraram as palavras com que deveriam falar. 4 Ainda não destruíra os talentos um desses professores alienados, quando Píndaro e os nove líricos se recusaram a cantar segundo os versos de Homero. 5 E para não ficar só no testemunho dos poetas, advirto para o fato de que, com certeza, nem Platão nem Demóstenes dedicaram-se a esse tipo de exercício.

6 Uma grandiosa e, como diria, impecável oração não vem toda borrada nem é inflexível, mas impõe-se por sua beleza natural. 7 Não faz muito tempo, essa inflada e copiosa loquacidade migrou da Ásia para Atenas e, tal como estivesse sob a influência de um certo astro pestilento, tomou os jovens e encheu-lhes o ânimo nascente, destinado para grandes fins. E uma vez corrompida a regra, a eloqüência paralisou-se e emudeceu. 8 Em suma, depois disso, quem alcançou fama como a de um Tucídides ou a de um Hipérides? E ainda mais: não brilha sequer um poema de estilo sóbrio, mas não puderam alcançar a velhice todos os que de algum modo foram alentados por esse mesmo alimento.

9 A pintura também não teve outro fim, depois que os egípcios
ousaram reduzir a meras fórmulas uma arte tão grandiosa.

[3.] 1 Agamêmnon, não tolerando que minha declamação no
pórtico fosse mais longa que a dele, pronunciada na escola com
muito suor de seu rosto, retorquiu:

– Jovem, como tens um discurso de sabor invulgar e, o que
é raríssimo, amas o bom senso, não te esconderei os segredos da
arte. 2 Nesses exercícios os professores não são, de modo algum,
passíveis de críticas, eles que necessariamente têm de parecer lou-
cos entre os loucos. Na verdade, se não disserem o que os jovens
aprovem, como diz Cícero, "serão abandonados, sós, nas escolas".
3 Assim como os aduladores da comédia, quando partilham dos
jantares dos ricos, não pensam em nada além daquilo que julgam
ser bem agradável àqueles que os ouvem – e nada obteriam do
que buscam se não preparassem essas armadilhas para os ouvi-
dos –, 4 assim é o professor de eloqüência: a não ser que, como
o pescador, coloque no anzol uma isca tal que saiba apetecer
aos peixinhos, ele permanecerá no rochedo sem a esperança de
uma presa. [4.] 1 E qual é o problema? Os pais é que merecem
repreensão, eles que não querem que seus filhos progridam sob
severa disciplina. 2 Em primeiro lugar, como sempre, abrem mão
de suas esperanças em favor da ambição. Depois, em sua ânsia de
ver os desejos realizados, lançam no fórum essas inclinações ainda
imaturas, atribuindo aos jovens, desde recém-nascidos, uma elo-
qüência que eles proclamam ser maior que tudo. 3 Se os pais acei-
tassem que os estudos fossem se sucedendo gradativamente, de
forma que os jovens formassem seus espíritos segundo os ensina-
mentos da filosofia, de forma que, à custa de um estilo rigoroso,
extraíssem as palavras, de forma que eles ouvissem longamente
aquilo que quisessem imitar, de forma que se convencessem de

que nada há de magnífico no que agrada aos jovens, logo aquela grande oratória retomaria o peso de sua majestade. 4 Agora as crianças brincam nas escolas; no fórum, os jovens zombam, e – a coisa mais indecente de todas – na velhice ninguém quer confessar que estudou à força quando criança. 5 Mas não pense que eu condene o improviso à maneira da modéstia típica de Lucílio; é com um poema que eu mesmo vou exprimir o que sinto:

[5.] 1 *Se alguém deseja realizar a arte com seriedade/ e aplica sua mente a causas importantes,/ primeiro, com o maior rigor, habitue-se à moderação./ Não aspire a um palácio perverso, embora nobre na fachada;/ não procure, como simples cliente,/ obter jantares junto aos poderosos;/ não afogue no vinho, entregue a costumes desregrados,/ a chama de seu talento;/ nem, pago para aplaudir, sente-se no teatro/ como um apaixonado pela carreira teatral./* 9 *Mas, quer a ele sorria a cidadela da guerreira Tritônia,/ quer a terra habitada pelo colono lacedemônio/ e a mansão das sereias,*[2]*/ que ele consagre à poesia os anos de sua juventude/ e, de coração afortunado, beba junto à fonte meônia.*[3]*/ Depois, saciado do círculo socrático,/ ponha-se a caminho, livre,/ e maneje as armas do grande Demóstenes./* 15 *Daí por diante, que o estilo romano dele se acerque/ e, livre dos modos gregos, altere-lhe o gosto,/ tendo-lhe impregnado com sua sonoridade./ Que uma página retirada do fórum aponte o caminho,/ e a fortuna lhe sobrevenha,/ ela, que se distingue pela rapidez de seu movimento./ Sejam seu argumento os grandes banquetes/ e as guerras cantadas com melodia aflitiva/ e que se destaquem as grandiosas palavras/ do indômito Cícero./ Cerca teu espírito de toda essa riqueza:/ assim, tu, tomado por esse imenso caudal,/ verterás palavras de um peito inspirado pelas Musas.*

2 Cidades do sul da Itália: a guerreira Tritônia é Túrio; a terra habitada pelo colono lacedemônio é Tarento; a mansão das sereias é Nápoles.

3 Os poemas homéricos.

2. O bordel

[6.] 1 Eu ouvia muito pacientemente tudo aquilo e não reparei na fuga de Ascilto... E enquanto no calor desses debates eu zanzava pelo jardim, chegou ao pórtico um numeroso bando de estudantes, ao que parece, vindos de uma declamação de improviso não sei de quem, que haviam respondido ao discurso de Agamêmnon. 2 Então, enquanto os jovens riam das sentenças e depreciavam o plano de todo o discurso, aproveitei a chance para escapar e fui correndo atrás de Ascilto.

3 Mas eu nem tinha a idéia exata do caminho, nem sabia onde ficava nossa hospedaria. 4 Assim, para onde quer que eu fosse, voltava para o mesmo lugar, até que, não apenas cansado pela caminhada, mas também já me encharcando de suor, me aproximei de uma certa velhinha que vendia verduras bravas e disse:

[7.] 1 – Por favor, tia, por acaso sabe onde eu moro?

Divertida com uma brincadeira tão idiota, ela disse:

– Mas é claro que eu sei!

E, erguendo-se, pôs-se a me guiar.

2 Uma divindade é o que eu acreditava que ela era, e...

Logo depois, quando chegamos a um local bastante retirado, a velha, gentil, afastou uma cortina e disse:

– É aqui que você deve morar.

3 Muito embora eu dissesse que não reconhecia a casa, vi, entre certos cartazes[1] e prostitutas nuas, uns transeuntes furtivos. 4 Tarde, muito tarde, entendi que eu havia sido levado para a zona. Assim, tendo amaldiçoado as patifarias da velhinha, cobri a cabeça e, pelo meio do lupanar, tentei fugir para outra parte, quando eis que chega a esse mesmo lugar Ascilto, morto de cansaço como eu: dava a impressão de que tinha sido guiado pela mesma velhinha. 5 Assim, quando eu, rindo, o saudei cordialmente, perguntei o que fazia ele em local tão impróprio. [8.] 1 Ele limpou o suor com as mãos e disse:

– Se você soubesse o que me aconteceu...

– O que foi? – disse eu.

2 E ele, trêmulo, falou:

– Eu vagava por toda a cidade e não encontrava o local onde ficava a hospedaria. Aí um cara com jeito de pai de família se aproximou de mim e, muito gentil, se ofereceu para guiar meu caminho. 3 Depois, tendo ganhado uns desvios totalmente confusos, ele me arrastou para este lugar e, com dinheiro estendido, achou de propor umas sem-vergonhices. 4 Mal a cafetina recebeu o dinheiro do quarto, o velhote veio com a mão para cima de mim e, se eu não fosse mais forte, teria me ferrado.

★

1 Era comum fixar-se à porta dos prostíbulos um cartaz com o nome das prostitutas que ali trabalhavam.

... e, principalmente, me parecia que, de todos os lados, todos haviam bebido satírio.[2]

★

... Unindo nossas forças, nós repelimos aquele chato.

★

[*Encólpio e Ascilto partem em busca de onde estavam abrigados e acabam reencontrando o caminho e o lugar onde ficara Gitão.*]

2 Bebida afrodisíaca elaborada com grande número de ervas.

3. Assim a vida passa

[9.] [ENCÓLPIO] 1 Tive a impressão de ver, em meio à névoa, Gitão parado na calçada de uma viela, e me lancei para lá. 2 Como eu perguntasse se o irmãozinho havia nos preparado algo para o almoço, o garoto sentou-se no leito e, com o polegar, enxugou as lágrimas que brotavam. 3 Perturbado pelo estado de meu irmãozinho, quis saber o que tinha acontecido. Ele, contrafeito, demorava-se para falar, é claro, mas depois que eu insisti um pouco mais irritado, ele disse:

4 – Esse teu irmãozinho aí – ou companheiro – veio agora há pouco à casa que alugamos e ficou querendo tentar-me o pudor à força. 5 Como acabei gritando, ele puxou o gládio e disse: "Se és Lucrécia, encontraste um Tarquínio".[1]

6 Tendo escutado essas coisas, cerrei os punhos contra os olhos de Ascilto e falei:

1 Referência a uma das paradigmáticas e edificantes lendas romanas. Em geral, essas lendas tornaram-se modelos ensinados nas escolas. A narração do estupro de Lucrécia por Sexto Tarquínio, filho do último rei de Roma, traz o exemplo da mulher romana absolutamente casta e honrada.

– O que me diz, seu puto, manso que nem uma mulher, de quem nem sequer o hálito se salva?

7 Ascilto fingiu irritar-se e, agitando as mãos com muito mais firmeza, berrou ainda mais alto:

8 – Ora, por que você não cala a boca – falou ele –, seu gladiador obsceno, que a arena expulsou por causa da ruína em que você se encontra? 9 Você não cala a boca, não é, seu assassino noturno? Você, que nem quando contava com as forças se bateu com uma mulher decente... Você, de quem fui irmãozinho lá no parque, na mesma condição desse garoto agora no albergue...

– Você escapou da preleção do professor – disse eu.

[10.] 1 – O que é que eu devia fazer, seu palhaço, se eu estava morrendo de fome? Ficar escutando discursos, quer dizer, lero-lero e interpretações de sonhos? 2 Por Hércules! Muito pior que eu é você, que para jantar fora ficou bajulando o poeta.

3 E assim, de uma discussão ultrajante passamos para o riso, e mais pacificamente fomos tratar de outras coisas.

★

[*Encólpio aparentemente não dá maior importância às investidas do companheiro sobre Gitão, mas, pelo que segue, percebe-se que não é capaz de dividir o objeto de seus amores com Ascilto.*]

4 Mas a todo momento eu me lembrava da ofensa:

– Ascilto – disse eu –, acho que para nós não há acordo possível. Então vamos repartir o pouco de bagagem que temos em comum, e cada um por si, tentar reverter a nossa pobreza. 5 Você conhece as letras, eu também. Para que eu não atrapalhe os seus negócios, vou me dedicar a outras coisas, em outro lugar; do contrário, vamos nos bater todos os dias por mil motivos, e assim, graças aos boatos, ficaremos desmoralizados na cidade inteira.

6 Ascilto não protestou:

– Já que foi como pessoas instruídas que aceitamos um convite para um jantar – disse ele –, não vamos perder a noite hoje. Mas amanhã é bom que eu procure não só um lugar para mim, mas também um outro irmãozinho.

7 – É perda de tempo adiar esse acordo – disse eu.

★

Meus apetites resultavam nisso, essa separação tão precipitada. Já fazia tempo que eu queria que aquela incômoda sentinela me desse um descanso para que eu retomasse meus velhos negócios com o meu querido Gitão.

[*Os dois jovens parecem separar-se: Encólpio fica na companhia de Gitão, e Ascilto parece ter aceitado separar-se do garoto.*]

[11.] 1 Após ter dado uma olhada por toda a cidade, voltei para o quarto. Tendo cobrado os beijos, graças à boa fé finalmente enlaço o garoto com estreitíssimos abraços, e desfruto dos meus desejos de felicidade a ponto de causarem inveja. 2 E com certeza tudo aquilo não tinha ainda acabado, quando Ascilto furtivamente chega de fora e, tendo forçado violentamente as trancas da porta, encontrou-me brincando com meu irmãozinho. Então, encheu o quarto de risos e aplausos e despojou-me do manto que me cobria, dizendo:

3 – O que estava fazendo, hein, santinho? E então? Estava só dividindo as mesmas cobertas?

4 E ele não se limitou apenas a palavras, mas soltou da sacola uma correia e se pôs a me açoitar – e não de leve –, ainda acrescentando palavras desaforadas:

– Não vai ser assim que você há de dividir as coisas com seu irmãozinho!

*

[*Encólpio e Ascilto se reconciliam e procuram obter algum recurso.*]

4. O manto roubado

[12.] 1 Chegamos ao mercado já no fim do dia. Ali encontramos
uma porção de coisas à venda, na verdade de pouco valor, embo-
ra o escuro da hora encobrisse muito facilmente a qualidade delas.
2 E assim, como tivéssemos para vender aquele manto roubado,
diante de uma ocasião tão oportuna, começamos a agitar lá num
canto qualquer uma nesga de pano, caso o resplendor da peça
pudesse atrair algum comprador. 3 Não demorou muito, um cai-
pira – ele não me era estranho –, acompanhado de uma mulher
pequenina, chegou bem perto e meteu-se a examinar o manto
com bastante atenção. 4 Por seu lado, Ascilto reparou em algo
sobre os ombros daquele caipira que fazia compras, e de repente,
quase sem fôlego, emudeceu. 5 Nem a mim faltava motivo para
ficar observando o homem, pois ele me parecia aquele que tinha
encontrado a túnica lá naqueles ermos. 6 É claro que era ele! Mas
Ascilto mal acreditava no que seus olhos viam, e para não causar
suspeitas, primeiro chegou bem perto, como se fosse um com-
prador e, tendo tirado o pano dos ombros do camponês, apalpou-
o com todo o cuidado. [13.] 1 Mas que admirável golpe de sorte!
É que o caipira certamente nem tivera a curiosidade de meter

as mãos nas costuras, mas, com uma certa repugnância, vendia o retalho como fossem despojos de um mendigo.

2 Depois de ver intacto o tesouro guardado e também a figura desprezível do vendedor do manto, Ascilto puxou-me um pouco daquela baderna e disse:

–Você está sabendo, irmãozinho, que o tesouro que eu lamentava voltou para nós? 3 Aquela lá é a nossa pequena túnica. Dá para ver que ela está cheia de moedas de ouro intactas. Que é que a gente faz? A troco de que vamos reivindicar que ela é nossa?

4 Para lá de contente, não tanto porque via o produto de nosso furto, mas porque o destino havia me permitido a remissão de uma infamante suspeita, recusei agir por rodeios, mas resolvi lutar claramente, por meio do direito civil, a fim de apelar para a interdição[1] se ele não quisesse devolver ao dono algo que não lhe pertencia.

[14.] 1 Ascilto temia questões com a lei e não era dessa opinião.

– Quem nos conhece aqui? – dizia ele. – Quem confiará no que dissermos? Para mim, sem dúvida, é melhor comprar a peça que reconhecemos, ainda que ela seja nossa, e recuperar a baixo custo um tesouro, do que entrar numa briga sem resultado certo.

2 *Que podem fazer as leis,/ onde o dinheiro reina absoluto,/ ou onde penúria alguma pode vencer?/ Mesmo aqueles que atravessam os tempos/ com a bagagem da filosofia cínica,/ muitas vezes costumam vender/ a verdade em troca de moedas./ Portanto, a justiça não é/ outra coisa senão comércio público,/ e o cavaleiro que se aplica a uma causa/ aprova uma negociata.*

1 Mandado expedido por um juiz (o pretor romano) por meio do qual se estabelece a posse de um objeto em litígio.

3 Mas além de uma única moeda de dois asses,[2] que já havíamos destinado à compra de grão-de-bico e tremoço, não havia nada à mão.

4 Então, a fim de que enquanto isso a presa não escapasse, ficou decidido abaixar ao máximo o preço do manto, para que o maior valor da mercadoria tornasse a perda mais leve. 5 E mal expusemos nossa mercadoria, a mulher de cabeça coberta que estava diante de nós com o caipira, depois de haver examinado com todo o cuidado as marcas do manto, agarrou a borda com as duas mãos, gritando ferozmente que tinha apanhado os ladrões.

6 Pegos de surpresa, para não parecer que não fazíamos nada, de nosso lado começamos por segurar a túnica rasgada e suja, gritando com a mesma energia que era de nossa propriedade o que eles traziam consigo. 7 Mas de todo jeito a causa era desproporcional, e os corretores que afluíram para aquela gritaria naturalmente riam muito de nossa pendência, porque do lado de lá reclamavam uma roupa caríssima e, do nosso lado, um pedaço de pano que não servia nem para bons trapos.

8 Enfim, Ascilto resolveu parar com os risos e, depois de obtido o silêncio, disse:

[15.] 1 – Olha, cada um acha que o seu é o que importa. Devolvam-nos a nossa túnica e terão seu manto de volta.

2 A troca era conveniente ao caipira e à mulher, mas os advogados, que não passavam de uns gatunos, querendo obter lucro com o manto, exigiam que ambas as peças ficassem retidas consigo, e que no dia seguinte o juiz examinasse o caso. 3 Afinal, a questão não era apenas a dos objetos que pareciam entrar na disputa; o caso era bem outro, porque sobre ambas as partes pare-

2 Ver p. 249.

cia pairar a suspeita de roubo. 4 A apreensão parecia resolver o problema, e não sei qual dos merca-tudo, um careca, com a testa completamente encaroçada, que de vez em quando costumava defender umas causas, tomara o manto e afirmava que o apresentaria no dia seguinte. 5 Enfim, parecia que o caso não era outro senão que, uma vez depositada a roupa, ela seria abafada entre os ladrões. Nós, então, por medo de uma acusação, não compareceríamos à audiência.

★

6 Era exatamente o que queríamos. Assim, o acaso ajudou a decisão de cada uma das partes. 7 Indignado com o fato de exigirmos a apresentação daquele farrapo, o caipira então atirou a túnica na cara de Ascilto e mandou-nos soltar o manto, com o que estaríamos liberados da demanda, pois aquilo era o único motivo da disputa.

★

8 ... e recuperado o nosso tesouro, como pensávamos, precipitamo-nos para a pousada. E, a portas fechadas, ficamos rindo não menos da perspicácia dos merca-tudo que da de nossos adversários, que com enorme esperteza nos haviam devolvido o dinheiro.

9 *Não quero ter imediatamente o que desejo,/ e não me apraz uma vitória preparada.*

★

5. O tratamento de Quartila

[16.] 1 Mas logo que nos demos por satisfeitos com a refeição preparada pelo dedicado Gitão, uma pancada insistente fez soar a porta. 2 Pálidos, perguntamos quem era e disseram:

– Abre, que você já vai saber.

Nesse meio-tempo, o trinco da porta caiu sozinho, e as portas subitamente abertas permitiram que alguém entrasse. 3 Era a mulher de cabeça coberta, aquela que há pouco estivera com o caipira.

– Vocês estavam pensando que tinham me enganado? – disse ela. – Eu sou uma escrava de Quartila, cujos rituais sagrados[1] vocês perturbaram diante da gruta. 4 Pois ela mesma vem a este albergue e pede licença para falar com vocês. Não se embaracem. Ela nem os acusa pelo seu erro, nem deseja puni-los. Na verdade, está admirada: que deus terá trazido jovens tão elegantes a estas vizinhanças?

1 Numa parte perdida do *Satíricon*, Encólpio parece ter profanado o culto de Priapo, proibido aos homens. Uma nova personagem, Quartila, aparece como sacerdotisa desse deus e vem cobrar a reparação dessa afronta, submetendo os jovens a uma série de torturas sexuais, como se verá na seqüência desta parte.

[17.] 1 Até ali ficamos em silêncio, sem atinar com esta ou aquela saída. Foi quando a própria Quartila entrou, acompanhada por uma mocinha. Sentando-se em minha cama, chorou durante bastante tempo. 2 Não dissemos então uma palavra sequer, mas, espantados, ficamos aguardando secarem aquelas lágrimas preparadas para uma exibição de dor. 3 Quando enfim cessou o alarde de tamanha chuva de lágrimas, ela puxou o manto que cobria sua altiva cabeça e, apertando as duas mãos a ponto de estalar as juntas, disse:

– 4 Mas que ousadia é essa? É extraordinário como vocês são velhacos! Onde aprenderam? Pelo amor dos deuses! Estou com pena de vocês: ninguém jamais assistiu impunemente àquilo que não lhe era permitido. 5 Além disso, a nossa terra está tão atulhada com a abundância de divindades que é mais fácil encontrar um deus do que um homem. 6 E não vão pensar que eu tenha vindo aqui por vingança: espanta-me mais a idade de vocês que a ofensa contra mim cometida. Por imprudência – é o que estou achando até agora – vocês cometeram um crime sem perdão. 7 Eu mesma, naquela mesma noite em que fui ultrajada, tive uns calafrios tão maléficos que temi até um acesso de febre terçã. Por isso, procurei o remédio no sono: recebi a recomendação de procurar vocês e aliviar o acesso da doença por meio de um pequeno cuidado que me foi revelado. 8 Mas eu não me preocupo tanto com o remédio. Uma dor maior está partindo o meu coração, é verdade. Tanto que chego a pensar em morrer: será que vocês, levados pelo ardor típico da idade, não vão divulgar o que viram na ermida de Priapo[2] e espalhar para o povo os desígnios dos deuses? 9 Olhem, eu estou aos seus pés, lhes estendendo as minhas mãos suplicantes, e peço e imploro que não

2 Filho de Afrodite e Dioniso, Priapo era o deus da fertilidade, tendo sido representado na forma de um enorme falo ereto.

façam troças e brincadeiras de nossas cerimônias noturnas, e não tragam à luz segredos de tantos anos, que nem mil homens conhecem.

[18.] 1 Depois desses insistentes pedidos, ela deitou lágrimas novamente e, soltando grandes gemidos, desabou toda abalada sobre meu colchão, no qual ocultou seu peito e sua face. 2 Meio confuso pela piedade e pelo medo ao mesmo tempo, mandei-a ficar tranqüila e que estivesse segura de tudo quanto pedia. 3 Eu não divulgaria os seus segredos sagrados. Além disso, se o deus lhe revelasse algum remédio para a terçã, nós ajudaríamos a divina providência, mesmo correndo riscos. 4 Mais risonha depois dessa promessa, a mulher beijou-me com vivo ardor e, impelida das lágrimas para o riso, lentamente passou a mão em meus longos cabelos,[3] que caíam até a orelha:

5 – Faço uma trégua com vocês – disse –, e os perdôo da acusação que fiz. Porque se vocês não tivessem consentido nesse tratamento que estou pedindo, amanhã já haveria uma porção de gente disposta a vingar a ofensa contra mim e minha dignidade.

6 *Ser desprezado é uma vergonha,/ impor as regras é magnífico./ Prezo uma coisa, apenas:/ poder trilhar o rumo que me agrada./ Pois não resta a menor dúvida:/ se, por um lado, quando lhe sobrevém o desprezo,/ o sábio é capaz de unir os laços que se desataram,/ por outro, quem não mata costuma sair vencedor.*

★

7 Depois, batendo palmas, ela repentinamente entregou-se a um riso tal que ficamos com medo. O mesmo, por sua vez, fez a

3 Cabelos característicos de libertinos.

escrava que a tinha precedido, e também a mocinha que havia entrado com ela. [19.] 1Aquele riso teatral ressoava por toda parte, mas nós ignorávamos o que motivara tão repentina mudança de humor e ora nos entreolhávamos, ora olhávamos para as mulheres.

2– Hoje eu proibi que neste albergue se admitisse quem quer que fosse, pelo seguinte: para que eu recebesse de vocês, sem nenhuma perturbação, o remédio para minha terçã.

3Assim que Quartila disse essas coisas, Ascilto ficou estupefato por um instante; de minha parte, mais gelado que o inverno das Gálias, não pude articular palavra. 4No entanto, eu não esperava que sucedesse uma desventura maior, nosso grupo assegurava isso. Afinal, eram três mulheres pequenas, se quisessem tentar alguma coisa. Naturalmente, elas eram fraquíssimas contra nós que, pelo menos, éramos do sexo viril. 5E a verdade é que já havíamos arregaçado a roupa. E eu já tinha até formado pares de tal forma que, se fosse necessário lutar, eu próprio enfrentaria Quartila, Ascilto, a escrava, e Gitão, a moça.

⋆

[*As mulheres são mais fortes e, vencendo os jovens, passam aos preparativos para o desagravo de Priapo.*]

6Então, atônitos, toda a nossa coragem nos abandonou, e a morte – já não havia por que duvidar – insistiu em passar diante de nossos pobres olhos.

⋆

[20.] 1 Disse eu:

– Por favor, ó senhora, se está preparando alguma coisa mais sinistra, podia agir mais rápido: afinal, não cometemos um crime tão grande para que nos seja imposta a morte sob tortura.

⋆

2 A escrava, que se chamava Psiquê, prontamente estendeu uma pequena lona no chão.

⋆

Ela procurou minhas partes, já frias de mil mortes.

⋆

3 Ascilto havia coberto a cabeça com um manto, evidentemente alertado de que era perigoso interferir em segredos alheios.

⋆

4 A escrava tirou duas faixas que trazia consigo e com uma amarrou nossos pés; com a outra, nossas mãos.

⋆

5 Ascilto, vendo que a conversa já ia terminando, disse:

– O quê? E eu, não mereço beber?

6 A escrava, traída pelo meu sorriso, bateu palmas:

– Eu já te servi, moço; será que você tomou todo o remédio sozinho?

7 – Ah, é assim? – disse Quartila. – Encólpio bebeu o que havia de satírio?

★

E, com um riso que tinha lá o seu charme, buliu as cadeiras.

★

8 Por último, nem sequer Gitão conteve o riso, principalmente depois que a mocinha agarrou-lhe o pescoço e deu-lhe uma série de beijinhos, sem qualquer relutância por parte dele.

★

[*Encólpio, Ascilto e Gitão são levados da pousada para outro lugar onde Quartila e seu cortejo pudessem mais facilmente obter seu intento.*]

[21.] 1 Pobres de nós! Queríamos gritar, mas não havia ninguém que nos ajudasse. Além disso, por seu lado, Psiquê me espetava o rosto com um alfinete de cabelo toda vez que eu tentava pedir pelo amparo dos Quirites; por sua vez, uma garota perseguia Ascilto com um pincel que ela havia mergulhado em satírio.

★

2 No fim, ainda por cima veio uma bicha enrolada com uma manta de pelúcia verde-escura, erguida até a cintura... Ora ela nos batia com a bunda bamboleante, ora nos dava nojo, com os

beijos mais fedorentos, até que Quartila, segurando uma verga de baleia, e também com as roupas erguidas até a cintura, mandou libertar aqueles infelizes.

★

[*A partir deste ponto, provavelmente dá-se um rito em honra de Priapo no qual Encólpio e Ascilto têm papel relevante.*]

3 Tanto eu como ele juramos pelo que existe de mais santo que um segredo tão medonho morreria entre nós dois.

★

4 Entrou uma porção de massagistas e, graças a um banho de um óleo apropriado, eles nos recuperaram. 5 Apesar dos pesares, a canseira foi assim afastada. Foi quando vestimos trajes de banquete e fomos levados para uma sala vizinha, na qual havia três leitos já arrumados e uma outra ostentação de grande luxo, preparada com muita pompa. 6 Então, recebemos ordem de nos deitar e, além de nos servirem uma entrada magnífica, nos encheram de vinho falerno.[4] 7 Na seqüência, depois de uma grande quantidade de serviços, íamos caindo no sono, empanturrados. Disse Quartila:

– Ah, é assim? Vocês estão pensando em dormir, quando sabem que essa noite deve ser toda dedicada ao gênio de Priapo?

★

4 Famoso vinho da Campânia.

[22.] 1 Ascilto, exausto de tantas aflições, caiu no sono. E aquela escrava, que fora rejeitada por ele à base do palavrão, aproveitou para esfregar-lhe o rosto todo com uma espessa camada de fuligem e desenhar falos em seus lábios e ombros, já que o sonolento rapaz nada sentia. 2 Eu também, cansado de tantas aflições, já havia experimentado um pequeno cochilo. O mesmo haviam feito todos os escravos, dentro e fora da sala: uns jaziam esparramados aos pés dos convidados que se acomodavam nos leitos, outros estavam encostados nas paredes; alguns, ainda, permaneciam juntos, bem no limiar da porta, as cabeças apoiando-se umas nas outras. 3 Também as lucernas, já no fim do combustível, difundiam uma luz tênue e bruxuleante.

Foi então que dois sírios entraram no triclínio a fim de roubar uma garrafa. Enquanto brigavam com muita avidez por entre a prataria, quebraram a garrafa disputada. 4 A mesa com a prataria também virou, e um copo atirado bem alto quase partiu a cabeça de uma escrava adormecida sobre um dos leitos. Ao levar esse golpe, ela gritou e, com isso, não só entregou os ladrões como também acordou uma parte dos bêbados. 5 Os sírios, que tinham vindo para roubar, vendo-se apanhados, jogaram-se ao mesmo tempo junto a um leito de tal forma que dava a impressão de terem combinado aquilo, e começaram a roncar como se estivessem dormindo há muito tempo.

6 Desperto, o escravo encarregado do triclínio colocou mais azeite nas lucernas que se apagavam, e os escravos, esfregando um pouco os olhos, voltaram ao trabalho. Foi quando entrou uma tocadora de címbalos que, fazendo estalar o ar, acordou todo mundo. [23.] 1 Isso fez a festa reanimar-se, e Quartila continuou convidando a beber. A tocadora de címbalos aumentava a alegria da beberrona.

★

2 Entra uma bicha, o ser mais sensaborão do mundo e, é claro, típico daquela casa. Mal soltou uns gemidos e desmunhecou, foi logo disparando os seguintes versos:

3 *Aqui, aqui, venham agora, ai, bichonas,/ estiquem o pé, apressem o passo, os pés... voem sobre eles,/ a perna pronta, a bunda ligeira e as mãos tentadoras,/ ó seus brochas, ó seus velhos, ó seus castrados de Apolo.*

4 Logo que recitou seus versos, ela me babou com um beijo que
era a maior imundície. Depois veio para cima de meu leito e des-
piu-me com toda a força, apesar de minha relutância. 5 Ela ficou
durante muito tempo sobre minhas partes; parecia um moinho. Foi
totalmente em vão. Por sua fronte coberta de suor escorriam rios
de essência de acácia, e entre as rugas do rosto era tanto alvaiade
que parecia uma parede descascando na chuva, a ponto de desabar.

[24.] 1 Levado até o maior desespero, não contive mais as lágrimas:

– Mas, senhora, perguntei, não é verdade que havia mandado providenciar uma tal de "embasiceta"?[5]

2 Ela bateu palmas com a maior delicadeza e disse:

– Ó, mas que homem inteligente e fonte da esperteza nacional! O quê? Você já não tinha entendido que "embasiceta" quer dizer "bicha"?

3 Então, para que o meu companheiro não se saísse melhor, eu disse:

5 O termo latino *embasicoetam* remete a uma palavra grega que ao mesmo tempo significa "taça" e "pederasta".

– Por favor, senhora, me ajude! Só o Ascilto tem folga neste triclínio?

4 – Está bem – disse Quartila. – Dêem também uma "embasiceta" para o Ascilto.

Mal ouviu isso, a bicha mudou de cavalo: depois de passar para o meu companheiro, esfolou-o com a bunda e com seus beijos.

5 No meio dessas coisas, Gitão, em pé, ria de remexer os quadris. Quartila então reparou nele e, com especial interesse, quis saber de quem era o rapaz. 6 Como eu dissesse que era meu irmãozinho, ela replicou:

– Então, por que ele não me beijou?

E, tendo chamado o garoto para perto de si, aplicou-lhe um leve beijo.

7 Em seguida, meteu a mão por dentro de sua roupa e, tendo apalpado cuidadosamente o órgão tão novinho, disse:

– Amanhã isto aqui dará um bom aperitivo para o nosso prazer; hoje, nada feito: depois de um jumento desses, não quero o trivial.

[25.] 1 Psiquê aproveitou que Quartila tivesse dito essas coisas e, rindo, aproximou-se dela para cochichar não-sei-quê ao seu ouvido. Quartila respondeu:

– Mas é claro! Grande idéia! Por que não desvirginar a nossa Paníquis? Afinal, a ocasião é perfeita!

2 Imediatamente trouxeram uma menina muito bonita e que parecia ter não mais que sete anos, a mesma que viera antes ao nosso quarto, na companhia de Quartila. 3 Todos aplaudiram e apoiaram as núpcias. Eu fiquei pasmo: nem Gitão – afirmei –, garoto extremamente recatado, seria capaz de agüentar tal desatino, nem a garota estava na idade de poder prestar-se ao papel atribuído a uma mulher.

4 – Ora! – disse Quartila. – Ela é menor do que eu era quando recebi um homem pela primeira vez? Que Juno me castigue, se eu me lembro de ter sido virgem um dia. 5 Pois eu nem tinha aprendido a falar, fui corrompida por garotos de minha idade e, a seguir, com o passar dos anos, entreguei-me a rapazes mais velhos, até esta idade a que cheguei. 6 Acho mesmo que nasceu daí aquele provérbio, como se diz, pode agüentar um touro quem tiver agüentado um bezerro.

7 Assim, para que meu irmãozinho não passasse por uma injúria maior caso estivesse só, levantei-me para a cerimônia nupcial.

[26.] 1 Então Psiquê envolveu a cabeça da garota com o flâmeo; à frente, a "embasiceta" empunhou um archote, e batiam palmas as mulheres bêbadas, que formaram um longo cortejo e enfeitaram o leito nupcial com uma coberta própria para aquela vergonha toda. 2 A própria Quartila também se ergueu, excitada pela volúpia dos que brincavam e, agarrando Gitão, arrastou-o para o quarto.[6]

3 O garoto não fizera nenhuma objeção, não resta dúvida, e a menina nem sequer se surpreendera ou se assustara com a palavra "casamento". 4 Assim, quando o casal se fechou no leito conjugal e se deitou, nós nos sentamos juntos, bem à entrada. A curiosa Quartila, a primeira de todos, colou o olho a uma fresta descaradamente aberta na parede e com um entusiasmo lascivo ficou espiando as brincadeiras pueris. 5 Com um gesto lento ela

6 Paródia da cerimônia do casamento romano: o véu laranja da noiva (flâmeo), as tochas levadas em procissão, o leito nupcial especialmente preparado para a ocasião. Quartila figura ironicamente aqui como *pronuba*, espécie de madrinha de honra escolhida entre as matronas casadas apenas uma vez. A *pronuba* presidia o casamento e conduzia os noivos àquele leito.

também me puxou para o espetáculo. E, como enquanto assistíamos os nossos rostos se tocaram, ela, esquecida um pouco de toda aquela cena, aproximava seus lábios dos meus e de repente dava-me uns beijos furtivos.

⋆

[*O suplício a que Encólpio e Ascilto foram submetidos por Quartila parece ter chegado ao fim. Contudo, não é possível saber se fogem do antro da sacerdotisa ou se são libertados.*]

6 Jogados sobre o leito, passamos sem medo o resto da noite.

⋆

[*A partir deste ponto, tem início o célebre trecho denominado "O banquete de Trimalquião", o mais longo do* Satíricon, *e também o mais conhecido. A festa aqui representada parece ser aquela a que se referira Ascilto em 10.7: o convite para participar dela, na qualidade de intelectuais, seria fruto, pois, da bajulação de Encólpio para com o retor Agamêmnon, mencionada em 10.1.*]

6. O banquete de Trimalquião

7 O terceiro dia já havia chegado, isto é, o esperado dia do grande
banquete. Estávamos, no entanto, tão estropiados e feridos que
achávamos mais recomendável nos mandarmos dali do que dis-
por de algum lazer. 8 Então, enquanto discutíamos, desanimados,
de que modo poderíamos evitar aquela tempestade iminente, um
escravo de Agamêmnon, querendo entender o motivo da nossa
indecisão, disse:

– O quê? Vocês não sabem na casa de quem vai ser o banque-
te hoje? 9 Trimalquião, homem cheio dos luxos! Até um relógio[1]
ele tem no triclínio, mais um tocador de trompa equipado, para
saber a qualquer instante o quanto perdeu de vida.[2]

1 É, com toda a possibilidade, um relógio d'água, uma vez que seria improvável um relógio de sol em ambiente coberto. Contudo, tratando-se de Trimalquião, tudo se pode esperar.

2 Na primeira descrição de Trimalquião, os valores fundamentais que se encontrarão na personagem: a necessidade de se afirmar por meio do luxo e a inquietação com a morte. Essa obsessão se origina quando o astrólogo Serapa lhe prevê mais "trinta anos, quatro meses e dois dias" de vida.

10 Então esquecemos tudo que nos afligia. Vestimo-nos cuidadosamente e mandamos Gitão, que até ali desempenhava com tanta boa vontade o serviço de escravo, acompanhar-nos ao banho.[3]

[27.] 1 Durante algum tempo, ainda vestidos, fomos dar umas voltas, ou melhor, pusemo-nos a brincar, aproximando-nos de uns grupinhos que estavam jogando, quando de repente vimos um velho careca, vestido com uma túnica vermelho-escura, jogando bola entre escravos de cabelos compridos.[4] 2 O que nos chamou a atenção naquela cena curiosa não foram tanto os escravos – ainda que valessem a pena –, mas o próprio patrão deles que, de sandálias, jogava com uma bola verde. E ele não tornava mais a pegar aquela que houvesse batido no chão, mas um escravo tinha uma bolsa cheia e abastecia os jogadores. 3 Reparamos também em coisas incomuns: dois eunucos ficavam em pontos opostos de um círculo; um deles segurava um penico de prata, o outro contava as bolas, não as que em virtude do jogo saltitavam entre as mãos, mas as que caíam no chão.

4 Aproveitando que nós estivéssemos admirando todo aquele luxo, Menelau correu em nossa direção e disse:

– Aqui está aquele com quem vocês vão jantar. E uma coisa é certa: vocês já estão vendo o começo do banquete.

5 Nem bem Menelau havia acabado de falar, Trimalquião estalou os dedos. A esse sinal, o eunuco achegou o penico ao patrão,

3 Os banhos romanos, geralmente públicos e coletivos, não estavam destinados apenas à higiene do corpo: eram também pontos de reunião, onde sempre se podia encontrar um grupo de pessoas com quem conversar ou manter uma atividade física, como praticar jogos e brincadeiras.

4 O texto diz "*pueros capillatos*", referência a um tipo de escravo a quem se deixava os cabelos crescer com o objetivo de enfeitar a casa, e que também era destinado aos prazeres sexuais de seus senhores.

que nem parara de jogar. 6 Tão logo esvaziou a bexiga, pediu água para as mãos e passou os dedos um pouquinho molhados na cabeça do escravo.

[28.] 1 Seria demorado relembrar cada detalhe. Entramos então na sala de banho e, depois de alguns momentos, quentes de suor, saímos para a água fria. 2 E Trimalquião, regado a perfume, era massageado, não com panos de linho, mas com toalhas feitas de uma lã muito macia. 3 Enquanto isso, perto dele três médicos massagistas bebiam um vinho falerno, e embora derramassem a maior parte brigando, Trimalquião dizia que aquilo era um brinde à sua saúde. 4 Em seguida, enrolado numa felpuda coberta de lã escarlate, foi acomodado numa liteira, tendo à sua frente quatro batedores ornados de fáleras; e uma carriola, na qual eram transportadas as delícias dele, um rapaz com aspecto de velhote, remelento, mais feioso que o patrão Trimalquião. 5 Então, quando ele estava sendo levado, um músico com umas flautas bem pequeninas aproximou-se de sua cabeça e, tal como estivesse dizendo algo em segredo aos seus ouvidos, tocou durante todo o trajeto.

6 Pasmos, fomos em frente, e com Agamêmnon chegamos até a porta, em cujo batente estava preso um aviso com as seguintes palavras:

7 QUALQUER ESCRAVO QUE SAIR PARA FORA
SEM PERMISSÃO DO PATRÃO RECEBERÁ CEM CHICOTADAS.

8 Além disso, logo na entrada havia um porteiro vestido de verde e cingido com uma faixa cereja; numa travessa de prata, ele escolhia ervilhas. 9 Sobre o limiar pendia também uma gaiola de ouro na qual uma pega multicolorida cumprimentava os que entravam.

[29.] 1 Mas enquanto eu observava todas aquelas coisas estupendas, por um triz não caí de costas e quebrei as pernas: à esquerda de quem entrava, não longe da guarita do porteiro, um cão enorme, preso com uma corrente, havia sido pintado na parede.[5] Sobre ele estava escrito em letras garrafais:

CUIDADO COM O CÃO

2 Meus colegas riram, é verdade; eu, no entanto, com o ânimo refeito, não deixei de examinar cuidadosamente a parede toda. 3 Ali havia sido pintado um lote de escravos à venda com suas tabuletas; e Trimalquião em pessoa, de cabelos compridos, levava um caduceu e entrava em Roma pelas mãos de Minerva. 4 A partir desse ponto, como aprendera a calcular, e como depois se tornara contador, o minucioso pintor havia reproduzido tudo com atenção, colocando ainda uma legenda. 5 Já na extremidade desse pórtico, Mercúrio, levando Trimalquião pelo queixo, carregava-o para o alto de uma tribuna. 6 Bem ao lado estava a exuberante Fortuna com sua cornucópia e as três Parcas fiando a lã de ouro. 7 Reparei ainda, no pórtico, numa equipe de corredores que se exercitava com seu treinador. 8 Além disso, vi num canto um grande armário em cuja capela haviam sido acomodados os Lares[6] de prata, uma imagem de Vênus em mármore e uma píxide de ouro não pequena, na qual diziam ter sido guardada a barba do próprio Trimalquião.[7]

5 Ver p. 250.

6 Ver p. 252.

7 Alusão à cerimônia da *depositio barbae*, ocasião em que se cortava pela primeira vez a barba de um rapaz para oferecê-la aos deuses. O curioso é que essa cerimônia cabia a jovens de nascimento livre, e não a escravos, condição de Trimalquião na época.

9 Fui perguntando então ao atriense que pintura eles tinham na parte central.

– A *Ilíada* e a *Odisséia* – disse ele – e as lutas dos gladiadores de Lenate.[8]

[30.] 1 Não deu para examinar bem toda aquela profusão de cores. Chegamos então ao triclínio, em cuja antecâmara um administrador recebia contas. E o que admirei foram principalmente os feixes de varas com machados, afixados nos batentes do triclínio; um esporão de navio, em bronze, dava o arremate, por assim dizer, na parte inferior desses feixes. Nele estava escrito:

2 A C. POMPEU TRIMALQUIÃO, SÉVIRO AUGUSTAL,[9]
CÍNAMO, CONTADOR.

3 Abaixo dessa mesma inscrição, não só havia uma lâmpada de dois bicos, que pendia do teto, como também duas tabuletas, pregadas em ambos os batentes. Se bem me lembro, uma delas tinha isto escrito:

NA ANTEVÉSPERA E NA VÉSPERA
DAS CALENDAS DE JANEIRO
NOSSO QUERIDO CAIO JANTA FORA

4 A outra tinha pintados o curso da Lua e os desenhos de cada um dos sete planetas; os dias que fossem bons e os que fossem desfavoráveis eram indicados por meio de uma marcação com uma tacha.

8 Ver p. 251.

9 Um séviro augustal, cargo normalmente atribuído a um liberto, tinha a função de administrar o culto e a celebração de jogos em honra do imperador.

5 Já cheios desse luxo todo, estávamos quase entrando no tri-
clínio quando um dos escravos, ali posicionado exatamente para
essa função, gritou:

– Pé direito!

6 É sério, por um momento ficamos apreensivos, temendo
que algum de nós transpusesse a soleira sem obedecer à reco-
mendação. 7 De resto, tão logo movemos juntos o pé direito, um
escravo nu se jogou aos nossos pés e se pôs a implorar que o
livrássemos do castigo; a falta, pela qual corria perigo, não tinha
sido grande, afinal: 8 as roupas do contador, que dificilmente vale-
riam dez sestércios, lhe haviam sido roubadas no banho. 9 Então
recuamos o pé direito e suplicamos ao contador, que contava
peças de ouro no átrio, para que ele suspendesse o castigo do
escravo. 10 Arrogante, ele ergueu o rosto e disse:

– Não é tanto o prejuízo que me leva a fazer isto, mas a displi-
cência desse escravo ordinário. 11 Ele perdeu a minha roupa de
banquete, que um cliente meu tinha me dado no aniversário. Tíria,
não há dúvida, mas já havia sido lavada uma vez. Mas... e daí? Dei-
xo-o a critério dos senhores.

[31.] 1 Ficamos muito reconhecidos por tão grande favor e
entramos no triclínio. Lá, aquele mesmo escravo pelo qual havía-
mos intercedido correu em nossa direção e, para nossa surpresa,
nos cobriu de beijos, agradecendo a nossa compaixão. Disse ele:

2 – Enfim, vocês logo vão saber a quem prestaram um favor.
O vinho do patrão[10] é o agradecimento de quem o serve.

★

10 Ver p. 259.

3 Por fim, nos acomodamos à mesa. Enquanto uns escravos alexandrinos derramavam em nossas mãos água refrescada pela neve, outros, indo imediatamente aos nossos pés, tiravam os calos com imensa habilidade. 4 Nem nessa tarefa tão desagradável eles se calavam; ao contrário, cantavam em coro. 5 Eu quis verificar se todos os escravos cantavam e por isso pedi uma bebida. 6 Um escravo muito bem preparado atendeu-me com um canto não menos estridente e, a qualquer um que algo fosse solicitado, era assim que ele servia. 7 Parecia mais um coro de pantomimos do que o triclínio de um homem respeitável.

8 No entanto, foi servida uma entrada verdadeiramente luxuosa, e todos já haviam se acomodado, menos o próprio Trimalquião, a quem se reservava o lugar de honra, segundo uma nova moda.[11] 9 Além do mais, no prato de entrada havia um burrico feito de bronze de Corinto, arreado com um alforje que, de um lado, tinha azeitonas verdes e, do outro, pretas. 10 Por cima do burrico, arrematando, havia duas travessas em cuja borda estavam gravados o nome de Trimalquião e o peso da prata. Como pontes soldadas entre elas, pequenas armações sustentavam esquilos[12] borrifados com mel e papoula. 11 Arrumadas sobre uma grelha de prata havia salsichões fumegando; na parte de baixo da grelha, ameixas sírias com grãos de romã.[13]

11 Ver p. 253.

12 Petisco delicado, muito apreciado pelos romanos.

13 As ameixas pretas com os pequenos pontos vermelhos das romãs representam carvão em brasa.

[32.] 1 Estávamos nesse luxo todo quando Trimalquião em pessoa foi trazido ao som de música e, acomodado entre pequenos travesseiros, arrancou riso aos menos avisados. 2 De fato, do manto escarlate escapava a cabeça raspada, e ao redor do pescoço tolhido pela roupa estava um guardanapo de largas bordas de púrpura, com franjas pendentes de um lado e de outro. 3 No dedo mínimo da mão esquerda havia ainda um grande anel dourado; na falange maior do dedo seguinte também havia, todo de ouro – é o que me parecia –, um anel menor, mas inteirinho incrustado com algo como estrelas de ferro. 4 E para não mostrar apenas essas riquezas, descobriu o braço direito, adornado por um bracelete de ouro e uma braçadeira de marfim fechada por uma lâmina brilhante. [33.] 1 Em seguida, Trimalquião limpou os dentes com uma pena de prata.

– Amigos – disse ele –, acho que ainda não era hora de vir para o triclínio, mas para que vocês não ficassem me esperando à toa, deixei de lado tudo o que eu gosto. 2 Mas vocês me permitam acabar o jogo.

Seguia-o um escravo com um tabuleiro de terebinto e dados de cristal. E reparei na coisa mais delicada de todas: em vez de pedras brancas e pretas, ele tinha, na verdade, moedas de ouro e de prata. 3 Durante o jogo, ele esgotava todos os palavrões típicos dos tecelões. E nós comíamos. Enquanto isso, chegou-nos uma bandeja na qual havia um cesto com uma galinha de madeira abrindo as asas em concha, que nem galinhas chocas. 4 Na mesma hora apareceram dois escravos e, sob uma música barulhenta, puseram-se a revistar a palha, e logo dividiram entre os convidados os ovos de pavão encontrados. 5 Trimalquião voltou-se para esse lance e disse:

– Gente, mandei colocar ovos de pavão debaixo da galinha. Mas, por Hércules, estou com medo de já estarem chocos. No entanto, vamos experimentar se por acaso ainda estão tragáveis.

6 Recebemos colheres pesando pelo menos meia libra e furamos os ovos: eram falsos, feitos de massa podre. 7 Eu, na verdade, quase joguei fora a minha parte: para mim, aquilo estava com jeito de já ter virado pintinho. 8 Depois, como ouvi um habitual convidado dizer "não sei o que de bom deve ter aqui", apalpei a casca com a mão e encontrei um papa-figo bem gordo no meio de uma gema de ovo apimentada.

[34.] 1 Interrompido o jogo, Trimalquião já reclamara os mesmos petiscos, e em alto e bom som dera permissão para que tomássemos vinho com mel[14] à vontade, se algum de nós quisesse, quando de repente, a um sinal musical, os pratos de entrada são recolhidos todos ao mesmo tempo por um coro de cantores. 2 Por outro lado, como uma travessa houvesse caído por acaso em meio a outra confusão e um escravo apanhasse a peça derrubada, Trimalquião reparou e ordenou que o escravo fosse castigado a bofetões, e que jogasse a travessa novamente. 3 Em seguida veio o encarregado dos leitos, que foi varrendo a prata entre as sujeiras deixadas. 4 Depois, portando pequenos odres, como aqueles de molhar a areia do anfiteatro, entraram dois escravos etíopes, cabeludos, e derramaram vinho em nossas mãos; água, mesmo, ninguém ofereceu. 5 Elogiado por sua sofisticação, o patrão disse:

— Marte ama a igualdade. Por isso mandei que fosse reservada uma mesa para cada um. Assim, esses escravos fedorentos, ajuntando-se menos, farão menos calor pra gente.

6 Imediatamente trouxeram ânforas de vidro cuidadosamente seladas com gesso, no colo das quais estavam presas etiquetas com

14 Não era incomum entre os romanos misturar mel ao vinho.

este dizer: "FALERNO OPIMIANO[15] DE CEM ANOS". 7 Enquanto corríamos os olhos sobre os dizeres, Trimalquião bateu palmas e disse:

– Ah!... então o vinho vive mais que o pobre do homem. Por isso devemos é tomar um porre. Vida é vinho. Estou oferecendo um opimiano autêntico. Ontem não servi um tão bom, e ceavam pessoas muito mais importantes.

8 Então, enquanto bebíamos e admirávamos com a máxima atenção todo esse luxo, um escravo nos trouxe um esqueleto de prata, armado de forma que suas articulações e vértebras soltas virassem para todos os lados. 9 E como o atirasse uma e outra vez sobre a mesa, e aquele monte de peças móveis formasse algumas poses, Trimalquião acrescentou:

10 *Ai de nós, infelizes! Como o homem não é nada!/ Assim seremos todos nós, depois que nos levar o Orco./ Vivamos, pois... enquanto é permitido estar bem!*

[35.] 1 Depois dessa canção fúnebre, imediatamente veio um prato que não era grande como se esperava; a surpresa, entretanto, chamou a atenção de todo mundo. 2 Uma bandeja redonda tinha os doze signos do zodíaco dispostos em círculo; sobre eles, o arquiteto do prato havia colocado uma comida especial e adequada ao assunto de que tratava: 3 sobre Áries, grão-de-bico arietino; sobre Touro, um pedaço de carne de boi; sobre

15 Falerno opimiano indica um vinho de excelente qualidade elaborado no tempo do cônsul Opímio, isto é, 121 a.C. É evidente que as datas do banquete (cerca de 55 d. C.) e da produção desse vinho estão em desacordo. Isso indica ou um exagero de Trimalquião, ou que ele não sabe exatamente o que significa "*Falernum Opimianum*".

Gêmeos, testículos e rins; sobre Câncer, uma coroa; sobre Leão,
um figo africano; sobre Virgem, uma vulva de porca jovem;
4 sobre Libra, uma balança, na qual havia um pastel de queijo
num dos pratos; no outro, um bolo; sobre Escorpião, um pei-
xinho do mar; sobre Sagitário, um corvo; sobre Capricórnio,
uma lagosta do mar; sobre Aquário, um pato; sobre Peixes, dois
ruivos. 5 E no meio, com folhas aparadas, um torrão de grama
sustentava um favo de mel.

6 Ao nosso redor, um escravo alexandrino levava pão num
pequeno forno de prata... e ele mesmo, com uma voz horrível,
assassinava a cantiga do mimo do laserpiciário.[16] 7 Quando nós,
na maior aflição, nos aproximamos de comidas tão reles, Trimal-
quião disse:

– Num jantar, acho bom a gente jantar; isso é de primeira
ordem.

[36.] 1 Logo depois dessas palavras, quatro escravos vieram dan-
çando ao ritmo da música e retiraram a parte superior da bandeja.
2 Então, na parte de baixo, vimos aves cevadas e mamas de porca; na
parte do meio, uma lebre enfeitada com asas, parecendo o Pégaso.
3 Notamos ainda, quase nos cantos da bandeja, quatro Mársias[17]

16 O mimo era uma farsa teatral bastante movimentada e repleta de música. O mimo do laserpiciário é desconhecido. Laserpiciário era o negociante de *laserpicium*, isto é, assa-fétida, substância resinosa com propriedades sedativas e antiflatulentas. Talvez seja uma referência ao mal que acometia Trimalquião.

17 O sátiro Mársias, tendo proposto um desafio musical a Apolo, foi vencido com dificuldade. O deus, indignado pelo desafio e surpreso pela resistência do sátiro, esfolou-o vivo. Apolo, arrependido pela crueldade com que tratara o vencido, teria transformado seu corpo num rio. Outra versão do mito conta que as ninfas e os sátiros tanto choraram pela perda dos sons da flauta, cujo inventor teria sido Mársias, que na Frígia formou-se um rio que recebeu o seu nome.

portando pequenos odres, de onde escorria garo[18] apimentado sobre os peixes, que nadavam como num córrego. 4A exemplo dos escravos, demos o nosso aplauso e, rindo, atacamos aquelas coisas tão requintadas. 5Trimalquião, não menos contente com uma bagunça dessas, disse:

– Trincha!

6Entrou imediatamente um cortador. Depois de gesticular ao ritmo da música, partiu o assado de tal forma que parecia um essedário[19] lutando ao som de um órgão hidráulico. 7Trimalquião, contudo, teimava em repetir, com a voz bem compassada:

– Trincha, Trincha!

Desconfiado de que aquela fala repetida tantas vezes tivesse como intuito alguma piada, eu não me envergonhei de consultar, sobre o caso, aquele que se acomodava à minha esquerda. 8Mas, tendo assistido tantas vezes a brincadeirinhas do mesmo tipo, ele disse:

– Você está vendo aquele que está cortando o assado? Ele se chama Trincha. Por isso, toda vez que Trimalquião diz "Trincha", com a mesma palavra ele o chama pelo nome e lhe dá uma ordem.

[37.] 1Não consegui experimentar mais coisa nenhuma, mas voltei-me para ele, a fim de não deixar escapar nada, procurando

18 Condimento romano para pratos refinados, era basicamente uma salmoura (e o molho dessa salmoura) elaborada pelos antigos a partir de vísceras de diversos peixes, como a anchova, o atum e o garo (fruto do mar conhecido entre os romanos, mas mal identificado entre nós, talvez um peixe como a anchova ou mesmo uma lagosta) e fartamente temperada com orégano, salsinha, erva-doce, arruda, menta etc. Produzia-se principalmente na costa sul da Espanha e alcançava preços muito altos.

19 Essedário, entre os gladiadores, é o lutador que conduz um carro de origem britânica denominado *esseda*. A partir do reinado de Nero vulgarizou-se o costume de fazê-los lutarem ao som de música tocada em órgão hidráulico.

sondar suas velhas histórias e saber que mulher era aquela que
corria pra lá e pra cá.
2 – A esposa de Trimalquião – disse ele. – Chama-se For-
tunata, pois conta dinheiro a rodo. 3 E ainda agorinha, o que ela
era? Teu gênio me perdoe, mas você não aceitaria da mão dela
nem mesmo um pedaço de pão. 4 E agora, sem mas nem por
quê, está nas alturas, e é tudo para o Trimalquião. 5 No fim das
contas, se ela disser pra ele que meio-dia em ponto está escuro,
ele vai acreditar. 6 Nem ele próprio sabe o que tem, o ricaço,
mas a filha-da-puta vê tudo de antemão, e até onde você nem
calcula. 7 Não bebe, é econômica, tem juízo: essa mulher vale
ouro. No entanto, tem uma língua... Uma gralha. 8 Se ela gosta
de um camarada, gosta; se não gosta, não gosta. E o Trimalquião,
então? O mesmo tanto que os milhafres podem voar é o quanto
ele tem de terras! Dinheiro e mais dinheiro! Tem mais prata na
guarita do porteiro dele do que qualquer um tem no patrimônio.
9 E os escravos então – barbaridade! – por Hércules, calculo que
nem a décima parte deles conheça o patrão. 10 Enfim, pode jun-
tar debaixo de uma folha de arruda quantos desses babacas ele
quiser. [38.] 1 E não vá pensar que ele compra alguma coisa. Tudo
nasce nos seus domínios: lã, limões, pimenta. Leite de galinha, se
você procurar, vai encontrar. 2 Em suma, suas propriedades não
produziam lã de muito boa qualidade; comprou então carneiros
de Tarento e os cruzou com seu rebanho. 3 Para produzir mel
ático em seus domínios, mandou trazer abelhas de Atenas; nesse
meio-tempo, as abelhas que haviam nascido em sua propriedade
ficaram melhorzinhas, graças às gregas. 4 Olhe que ainda esses
dias ele escreveu para que lhe enviassem da Índia sementes de
cogumelos. E é bem verdade que ele não tem sequer uma mula
que não tenha nascido de um onagro. 5 Você está vendo: tantas

almofadas, e não há uma que não tenha o estofo tingido de púrpura ou escarlate.
6 Ele tem um bocado de felicidade de espírito! Mas tome cuidado, e não vá desprezar os outros libertos, companheiros dele na escravidão.
7 Estão podres de ricos. Veja só aquele que está deitado no último leito: hoje tem seus oitocentos mil sestércios. Se fez do nada. Até outro dia, vivia carregando lenha nas costas.
8 Mas pelo que dizem – eu não sei de nada, só ouvi falar – roubou o barrete de um íncubo e encontrou um tesouro.
9 Por mim, não invejo ninguém, se um deus lhe deu alguma coisa. Mas faz pouquinho tempo que foi libertado, e só quer viver bem.
10 Então, ele acabou de colocar um anúncio dizendo o seguinte:

A PARTIR DAS CALENDAS DE JULHO
C. POMPEU DIÓGENES ALUGA UM PEQUENO CÔMODO;
O DITO-CUJO ACABA DE ADQUIRIR SUA RESIDÊNCIA.

11 E aquele que está deitado no lugar do liberto? Como já esteve bem de vida! Mas não o critico.
12 Viu seu milhão de sestércios, mas andou dando uns tropeços aí. Acho que ele não tem nem os cabelos em liberdade. E, por Hércules, não teve culpa, pois não existe homem melhor do que ele; foram esses malditos libertos que rapelaram tudo para si.
13 Mas fique sabendo: panela em que muita gente mexe ferve mal; e, quando a coisa entorta, cadê os amigos?
14 E que belo negócio ele teve, como você pode ver!
15 Foi agente funerário. Costumava jantar assim, feito um rei: javalis empanados, pães confeitados, aves, cozinheiros, padeiros. Mais vinho se derramava debaixo da mesa dele do que se tem numa adega.
16 Um sonho, não um homem. Quando seus negócios deram uma guinada, com medo de que os credores pensassem que ele havia falido, anunciou um leilão com o seguinte aviso:

GRANDE LEILÃO DOS EXCEDENTES DE C. JÚLIO PRÓCULO.

[39.] 1 Trimalquião interrompeu essas palavras tão interessantes. O primeiro prato já havia sido retirado, e os convivas, risonhos, já estavam atacando o vinho e conversando abertamente. 2 E, apoiado sobre seu cotovelo, ele disse:

– Este vinho, é preciso que vocês aproveitem. É preciso que os peixes nadem. 3 Pergunto: vocês pensam que estou satisfeito com aquela comida que viram nos compartimentos da bandeja? "Foi assim que Ulisses ficou conhecido?" Mas... e daí? 4 Até mesmo enquanto se come é preciso conhecer as Letras. Descansem em paz os ossos do meu patrão, que quis fazer de mim um homem entre os homens. Não se pode mostrar nada de novo para mim, como aquele prato já demonstrou, de uma vez por todas. 5 Este céu, onde os doze deuses moram, se converte em muitas figuras, e é precisamente então que surge o Carneiro. Assim, qualquer um que nasce nesse signo tem muitos rebanhos, muita lã, além da cabeça dura, da fisionomia sem-vergonha, do chifre pontudo. Muitos intelectuais e brigões nascem neste signo.

6 Reconhecemos a perspicácia do astrólogo e ele assim acrescentou:

– Depois, o céu todo se transforma no Tourinho. Assim então nascem os rebeldes, os lavradores e os que ganham a vida por conta própria. 7 Em Gêmeos nascem as bigas, os bois de canga, os colhões e aqueles que jogam nos dois times. 8 Em Câncer nasci eu, e por isso me firmo em muitos pés e tenho muitas coisas, tanto no mar como na terra: o caranguejo quadra tão bem aqui como ali. Por isso, faz tempo que eu não coloco nada sobre ele; não quero atrapalhar meu horóscopo. 9 Em Leão nascem os gulosos e os mandões. 10 Em Virgem, as mulheres, os fugitivos e aqueles que têm os pés atados; em Libra, açougueiros, perfumistas e todos aqueles que para pesar usam de muita precisão. 11 Em Escorpião, os envenenadores e os assassinos; em Sagitário, os vesgos, que olham as verduras e apanham o toicinho. 12 Em Capricórnio, os desventurados, cujos males fazem-lhes nascer chifres; em Aquário nascem os taverneiros e os idiotas; em Peixes, os mestres-cucas e os retores. 13 Assim, o mundo gira, feito pedra de moinho; os homens podem nascer ou morrer, ele sempre acarreta algo de mal. 14 Quanto ao torrão de grama que vocês estão vendo no centro, e o favo em cima do torrão, não faço nada sem motivo. 15 A Terra-mãe fica no centro, arredondada feito um ovo, e tem em si todas as coisas boas, que nem um favo de mel.

[40.] 1 – Mas que gênio! – gritamos todos juntos e, com as mãos levantadas para o alto, garantimos que nem com Hiparco e Arato dava para compará-lo.

Enquanto isso, chegaram uns ajudantes e puseram nos leitos umas cobertas pintadas com redes e caçadores à espreita armados de venábulos, junto com todo o equipamento. 2 Ainda não conseguíamos entender tudo aquilo direito, quando do lado de fora do triclínio ergueu-se um barulho enorme, e eis que cães da Lacônia desataram a correr até mesmo em volta da mesa. 3 Em seguida veio uma bandeja, na qual tinham posto um javali maior que qualquer outro, e ainda adornado com um barrete de liberto. De suas presas pendiam duas cestinhas trançadas com pequenas palmas, uma cheia de tâmaras secas da Cária e outra de tâmaras frescas de Tebas. 4 Em volta, porém, porquinhos menores, feitos de massa dura, estavam como que suspensos às tetas, indicando que aquela era uma fêmea. 5 De resto, eles foram dados de presente aos convidados. Então, para dividir o javali, chegou não o famoso Trincha, que havia cortado as aves cevadas, mas um barbudo enorme, enfaixado nas pernas e vestido com um pequeno traje de caça de várias cores. Com sua pequena faca de caça, golpeou violentamente o flanco do javali, de cujo corte voaram tordos. 6 Havia passarinheiros armados de varinhas com visgo e num instante capturaram as aves que voavam pelo triclínio. 7 Depois, tendo mandado que levassem uma ave a cada um, Trimalquião acrescentou:

– Vejam só que bolotas chiques aquele porco selvagem tinha comido!

8 Imediatamente alguns escravos dirigiram-se às cestinhas que pendiam dos dentes e dividiram harmonicamente as tâmaras frescas e as secas entre os que jantavam.

[41.] 1 Eu, entretanto, sozinho no meu canto, entreguei-me a muitas suposições sobre os motivos da presença de um javali com um barrete de liberto na cabeça. 2 Depois de gastar assim as hipóteses mais desencontradas, aventurei-me a consultar aquele meu cicerone sobre o que me atormentava. 3 Mas ele:

– Não tem a menor dúvida de que até mesmo o teu escravo pode revelar isso; pois não é nenhum enigma, mas uma coisa sem mistérios. 4 Este javali, apesar de ontem ter sido reservado para o último prato, foi dispensado pelos convidados; então, hoje ele aparece de novo no banquete como um liberto.

5 Abominei minha estupidez e não perguntei mais nada, para não dar a impressão de que eu nunca havia jantado entre pessoas importantes.

6 Enquanto falávamos essas coisas, um escravo muito bonito, cingido de pâmpanos e heras, tendo-se declarado ora Brômio, ora Lieu, ora Évio, circulou com um pequeno cesto em que levava uvas, e com uma voz agudíssima cantou alguns poemas de seu patrão. 7 Tendo se voltado na direção daquele barulho, Trimalquião disse:

– Dioniso, liberte-se!

O escravo arrancou o barrete do javali e o colocou em sua
própria cabeça. 8 Então, ainda por cima, Trimalquião disse:

– Vocês não hão de negar que eu possua o deus Líber!

Gabamos o trocadilho de Trimalquião e, com vontade, cobrimos de beijos o rapaz, que ficou dando voltas pelo triclínio.

9 Depois desse prato, Trimalquião levantou-se para ir ao vaso.
Com o tirano longe, ganhamos liberdade. E passamos a estimular
a conversa dos convidados. 10 Dama, então, foi o primeiro, após
haver pedido uma grande taça:

– Um dia – disse ele – não é nada. Mal você vira as costas, a
noite cai. Então, nada melhor que ir direto da cama pro triclínio.
11 E a gente 'tá tendo um puta frio. O banho quase nem me esquen-
tou. Mas uma bebida quente é uma coberta. 12 Bebi um purinho, e
está na cara que eu estou chumbado. O vinho me subiu à cabeça.

[42.] 1 Seleuco tomou parte na conversa e disse:

– Eu não me lavo todo dia, pois um banhinho é um pisoei-
ro: a água tem dentes, e dia após dia o coração da gente definha.
2 Mas quando bebo uma tigela de vinho com mel, mando o frio
se foder. E eu não pude me lavar de jeito nenhum, pois hoje
fui num enterro. 3 Gente boa, o Crisanto... Tão bom... Foi desta
para melhor. E ontem, ontem ainda, chamou por mim. 4 Tenho a
impressão de que estou falando com ele. Ai, aiai!... Andamos feito
odres estufados. Somos menores que moscas. Elas ainda valem
alguma coisa; nós não somos mais do que bolhas. 5 E o que não
seria dele se não tivesse sido abstêmio! Durante cinco dias, nem
água pôs na boca, nem sequer uma migalha de pão. E no entanto
partiu para onde todos vão. Os médicos deram cabo dele; no
fundo, foi mais a fatalidade, pois médico nada mais é que confor-
to da alma. 6 É, mas ele foi enterrado bem, com leito mortuário,

boa mortalha. Foi muito bem lastimado – tinha libertado alguns escravos –, se bem que sua esposa mal e mal o tenha chorado. 7 E por quê, se ele a tratou tão bem? Mas mulher que é mulher tem a natureza do milhafre. Não convém ninguém fazer nada de bom, é como atirar qualquer coisa num poço. Mas um velho amor é um câncer.

[43.] 1 Seleuco foi ficando inconveniente, e Filerote disse a plenos pulmões:

– Vamos nos lembrar dos vivos! Ele tem o que merecia: decentemente viveu, decentemente morreu. O que tem para se queixar? Veio do nada e, nem que fosse com os dentes, sempre estava disposto a catar uma moedinha de um monte de merda. Ele cresceu que cresceu! Que nem um favo de mel. 2 Por Hércules! Acho que deixou uns cem mil sestércios, e teve tudo em dinheiro. 3 Se bem que disso vou falar uma verdade, eu, que comi a língua de um cachorro: ele foi um desbocado, um linguarudo; discórdia em forma de gente. 4 O irmão dele, sim, foi um cara bacana, amigo dos amigos, mão-aberta, a mesa farta. E, no começo, Crisanto viu o urubu voar de costas, mas a primeira vindima o aprumou, pois vendeu o vinho por quanto quis. E o que deu uma mão para ele foi uma herança que recebeu; dela ele roubou mais do que tinham deixado para ele. 5 E aquele tapado... brigou com o irmão e deixou seu patrimônio a um não sei quem aí. 6 Muito se afasta quem dos seus se afasta. Ele teve, ainda por cima, uns escravos metidos a oráculos que o afundaram. Nunca vai agir de acordo quem é crédulo demais, ainda mais um negociante. Se bem que... é verdade, ele aproveitou a vida... e viveu bastante. 7 Foi dado a quem foi dado, não ao destinado. Tá na cara, um filho da Fortuna. Na mão dele, chumbo virava ouro. Bom, é fácil quando as coisas correm exatinho. E quantos anos você acha que tinha ele nas costas? Pra lá de setenta. Mas era duro como um chifre, não aparentava idade: os cabelos pretos feito um corvo. 8 Eu conhecia o homem há muito, muito tempo, e até ainda há pouco ele era fogo. Acho que em casa ele não poupou nem o cachorro, por Hércules! Pois bem, era amigo até mesmo dos rapazes, era pau pra toda obra. Não o recrimino, pois só levou isso com ele.

[44.] 1 Essas coisas disse Filerote; estas, Ganimedes:

– Ele fica falando do que não tem nada a ver nem com o céu nem com a terra, quando ninguém se preocupa com o quanto o trigo aperta. 2 Por Hércules! Hoje não pude arrumar sequer um bocadinho de pão. E essa seca não tem fim! A fome já tem um ano. 3 Edis![20] Malditos sejam! Eles, que fazem conchavos com os padeiros: "Ajuda-me que eu te ajudarei". E assim vai sofrendo o povo miúdo. A verdade é que esses grandes tubarões só cuidam das saturnais.[21] 4 Oh! Se tivéssemos aqueles leões que encontrei aqui logo que cheguei da Ásia! 5 Aquilo era viver! Se o pão não era como devia, eles espancavam esses fantoches, como se Júpiter estivesse furioso com eles. 6 Mas eu me lembro de Safínio; no meu tempo de menino ele morava perto do velho arco; uma pimen-

20 Entre outras atribuições, os edis tinham a da administração do trigo. Em tempos de carestia, deveriam distribuí-lo a preços baixos. Em tempos de muita escassez, poderia ser nomeado um oficial especialmente encarregado dessa função, denominado *praefectus annonae*.

21 As saturnais eram festas agrícolas em honra a Saturno, celebradas entre os dias 17 e 23 de dezembro. O primeiro dia era consagrado à cerimônia religiosa, e os demais ao regozijo popular. Festa de máxima liberdade, com um caráter de carnaval, tinha como grito ritual "*Io Saturnalia, Bona Saturnalia*". Os escravos eram tratados em pé de igualdade com os senhores, chegando inclusive à inversão de papéis. Todos andavam com o *pilleum* e trocavam *apophoreta*, presentes que, dados aos convidados nas festas, inclusive aos escravos, consistiam em objetos de luxo ou utilidade, como roupas, jóias, tabuinhas de escrever etc.

ta, não um homem. 7 Em qualquer lugar que ele ia, fazia a terra pegar fogo. Mas era correto, e confiável, amigo dos amigos; com quem daria para jogar, sem susto, no escuro, o jogo dos dedos. 8 E na cúria, então, como ele desbancava cada um! E não falava por figuras, era objetivo. 9 Todas as vezes em que advogava no fórum, a voz dele crescia que nem uma trombeta. E nunca suou nem cuspiu, acho que tinha não-sei-quê de asiático. 10 E como era amigável ao responder aos cumprimentos com o nome de todos, como se fosse um de nós! Assim, naquele tempo, o trigo estava por uma ninharia. 11 O pão que você comprasse por um asse, nem com outra pessoa poderia consumir. 12 Nos dias de hoje, já vi olho de boi maior. Ai, ai... cada vez pior! Esta colônia cresce para trás, feito rabo de bezerro. 13 Mas por que nós temos um edil que não vale mais de três figos, que dá mais valor a um asse do que à nossa vida? Então, na casa dele ele se refestela. Num dia, recebe mais dinheiro do que um outro qualquer tem como patrimônio. Já estou sabendo de onde ele teria recebido mil denários de ouro. 14 Mas, se tivéssemos colhões, não o agradaríamos tanto. Hoje em dia, o povo, em casa, são uns leões; fora, umas raposas. 15 No que me diz respeito, já comi meus farrapos, e se o trigo continua assim, vou vender meus barraquinhos. 16 Que será de nós, então, se nem os deuses nem os homens têm piedade desta colônia? Assim, pelo tanto que eu quero desfrutar os meus: acho que tudo isso acontece por causa dos deuses. 17 Pois ninguém pensa no céu como céu, ninguém respeita o jejum, ninguém dá a menor importância a Júpiter. Mas todo mundo, de olhos fechados, vive calculando seus próprios bens. 18 Antigamente as matronas iam com os pés descalços à colina do Capitólio, os cabelos desgrenhados, a mente pura, e imploravam água a Júpiter. Então, no mesmo instante, chovia a cântaros: a hora era aquela – e todos riam, molhados pra burro. Deste jeito aqui, os deuses ficam com um pé atrás, porque ninguém mais tem religião. Os campos estão aí...

[45.] 1 – Eu te peço, fala de coisas melhores – disse o retalheiro Equíon. – 2 "Ora assim, ora assado", disse o caipira quando perdeu seu porco malhado. O que não é hoje, amanhã será. E assim a gente vai levando a vida. 3 Por Hércules! Não se pode dizer que exista terra melhor, se ela tivesse homens. Mas nesses tempos a coisa está feia, e não é só aqui. A gente não deve desanimar: a felicidade está onde a colocamos. 4 Se você fosse de outro lugar, ia dizer que por aqui os porcos zanzam cozidos. E eis que estamos para ter um excelente combate de gladiadores numa festa de três dias. Não se trata de escravos de um lanista,[22] mas de um grupo formado por vários libertos. 5 E o nosso Tito não só tem uma grande alma como não é um cuca-fresca. Vai ter isso ou aquilo; de qualquer maneira, alguma coisa vai ter. 6 Eu freqüento a casa dele; ele não é um embrulhão. Vai nos oferecer a melhor espada, em combates até a morte, o carniceiro no meio da arena para que todo o anfiteatro veja. E ele tem com quê, pois lhe deixaram trinta milhões de sestércios: o seu pai passou desta para melhor. Mesmo que gaste quatrocentos mil, o patrimônio dele não vai nem sentir, e ele será lembrado para sempre. 7 Já tem uns fulanos e uma mulher essedária, além do contador de Glicão, que foi pego quando se divertia com a patroa. 8 Vocês vão ver a briga da platéia entre os ciumentos e os amantes. Glicão, porém, homem que não vale mais que um sestércio, jogou o contador às feras. Isso é que é se entregar! Onde é que o escravo errou, se foi forçado a fazer? Aquela porqueira, sim, é que seria mais apropriada para um touro derrubar. Mas quem não pode bater no burro bate na sela. 9 Será

22 Lanista: proprietário de uma escola de gladiadores.

que o Glicão pensava que uma cria de Hermógenes um dia aca-
baria bem? Ele poderia cortar as unhas de um milhafre em pleno
vôo; de corda não nasce cobra. Glicão... É, o Glicão pagou por
seus erros; então, enquanto viver ele terá a marca, e nada, a não
ser o Orco,[23] apagará isso. 10 Cada um paga por seus erros. Mas está
me cheirando que o Maméia vai nos dar um banquete público e
dois denários, para mim e para os meus. Porque, se fizer isso, vai
roubar todo o prestígio do Norbano. 11 É bom que você saiba que
o Maméia vai vencer com um pé nas costas. E, na realidade, o que
o Norbano fez de bom pra gente? Ele nos arrumou uns gladiado-
res já caindo aos pedaços, que não valiam mais que um sestércio.
Se você soprasse, eles caíam. Já vi bestiários[24] melhores. Cavaleiros
iguais aos de adornos de lâmpadas,[25] esses ele matou; pareciam
galinhas: um era uma mula derreada, outro não se agüentava nas
pernas; o reserva do morto, morto também, acho que tinha os
tendões cortados. 12 Um deles, com um pouco mais de resistência,
foi um trácio,[26] mas que não fez mais que lutar igualzinho como
ensinaram. No fim das contas, dali a pouco foram todos estripados,
tanto receberam da grande massa os gritos de "Executem!". 13 Só
serviam para se esquivar. "Mas pelo menos eu te dei um jogo",
disse ele, e eu te aplaudo. Faz a conta: estou te dando mais do que

23 Orco: divindade infernal assimilada pelos romanos a Plutão; é a personificação da morte.

24 Os bestiários eram os gladiadores que, embora não recebessem nem treino nem armas, eram destinados a lutar com as feras.

25 As lucernas costumavam ter adornos, entre os quais figuravam cenas do anfiteatro, do circo etc.

26 O trácio era um gladiador a quem se davam as armas nacionais do povo trácio: tinha uma sica, punhal de lâmina pontiaguda e recurvada, um escudo redondo, quadrado, retangular ou mesmo triangular, pequeno, um capacete a tapar-lhe todo o rosto e perneiras cobrindo-lhe até as coxas.

recebi. Uma mão lava a outra. [46.] 1 Acho que você pensa, Aga-
mêmnon: "O que é que esse chato fica repetindo?" É que você,
que pode falar, não fala. Você não é do nosso nível, e por isso faz
pouco do jeito que o pobre fala. A gente sabe que por causa do
estudo você virou um idiota. 2 Mas... e daí? Quem sabe um dia eu
te convença a vir até o sítio e ver os nossos barraquinhos. A gente
vai encontrar o que comer, frango, ovos: vai ser legal, mesmo que
este ano o mau tempo tenha danado com tudo. Então a gente
vai encontrar com o que se empanturrar. 3 E o meu moleque já
está crescendo, prontinho para ser teu aluno. Ele já recita a divisão
por quatro; se ele vingar, você terá um escravinho ao teu lado.
Tendo um tempinho vago, nem levanta a cabeça de sua tábula.[27] É
habilidoso e de bom estofo, se bem que seja doente por passari-
nhos. 4 Eu já matei três pintassilgos dele e disse que foi uma doni-
nha que comeu. Mas ele arrumou uns outros passatempos e adora
pintar. 5 Aliás, já meteu um pontapé no grego, e no latim não está
mal,[28] embora o professor dele seja muito cheio de si. Esse não pára
num lugar só, vem de vez em quando; tem algumas letras, mas não
quer trabalhar. 6 Há outro, também, que não é tão instruído, mas
é atencioso, mais ensina do que sabe. Ele costuma vir em casa nos
dias de festa, e se você lhe der qualquer coisinha ele já se contenta.
7 Então, como eu estava dizendo, acabei de comprar alguns livros
de direito para o rapaz, porque eu quero que ele tome gosto por
alguma coisa a respeito das leis, para o uso da casa. Isso dá camisa.
Quanto às letras, bem... ele já se lambuzou o bastante. Porque, se
ele der pra trás, eu resolvi lhe ensinar um ofício, ou de barbeiro,

27 Ver p. 257.

28 Era normal que nas escolas romanas os alunos começassem pelo autores gregos e só depois passassem aos latinos.

ou de pregoeiro, ou pelo menos advogado, coisa que ninguém, a não ser o Orco, possa lhe tirar. 8 Por isso, todo dia eu aviso claramente: "Acredita em mim, Grandão. Seja lá o que for que você aprender, aprende pra você. Você está vendo Fíleron, o advogado: se ele não tivesse estudado, hoje estaria vivendo ao deus-dará. E há pouquinho tempo mesmo ele levava nas costas fardos de coisas para vender. Agora, até mesmo diante do Norbano ele empina o nariz. O estudo é um tesouro, e um ofício nunca morre".

[47.] 1 Conversas desse tipo saltavam de lado a lado, quando Trimalquião voltou e, após ter enxugado o suor da testa, lavou as mãos com perfume. Pouco depois, disse:

2 – Me perdoem, amigos: já faz muitos dias que a minha barriga não me obedece. Os médicos não se entendem. O que me adiantou foi romã e uns ramos de pinheiro no vinagre. 3 Mas eu espero que ela retome a sua velha dignidade. Do contrário, tudo em volta do meu estômago vai roncar que nem um touro. 4 Por isso, se alguém quiser fazer suas necessidades, não há por que se acanhar. Nenhum de nós nasceu tampado. Eu acho que não existe tormento tão grande como a gente segurar. 5 Isso é a única coisa que Júpiter não pode impedir. Você está rindo, Fortunata, você que tem a mania de me fazer perder o sono durante a noite? No triclínio eu não impeço que ninguém faça o que lhe agrade.[29] Os médicos não querem que as pessoas segurem. E, se acontecer algo mais urgente, lá fora está tudo preparado: a água, os vasos e outras miudezas. 6 Vão por mim: se os gases vão para a cabeça, dão uma

29 Esta passagem irônica parece aludir a uma medida que o imperador Cláudio teria tomado, permitindo que nos banquetes oficiais se eliminassem as flatulências. Menção a essa medida aparece em *Vida dos doze Césares*, de Suetônio, e também na sátira *Apocolocintose*, de Sêneca.

tremedeira no corpo todo. Sei de muitos que morreram assim, já que não quiseram dizer a verdade a si mesmos.

7 Agradecemos a generosidade e a condescendência dele, e o tempo todo refreamos o riso graças a repetidas bicadinhas na bebida. 8 Até aquele momento, mal sabíamos que estávamos, como dizem, apenas no meio do caminho daquela montanha de luxos.

Limpas as mesas ao som de um grupo de músicos, três porcos brancos, arreados com focinheiras e sinetas, foram introduzidos no triclínio; o escravo encarregado dos avisos anunciava que o primeiro tinha dois anos; o segundo, três; e o terceiro, já seis. 9 Eu pensava que tivessem entrado uns saltimbancos, e que os porcos fossem dar algum espetáculo, coisa comum nos circos. 10 Mas Trimalquião afastou esse meu palpite dizendo:

– Qual desses porcos vocês querem que seja feito imediatamente para o jantar? Olha, um galo, um picadinho e bobagens lá do modo deles, até os caipiras fazem: meus cozinheiros costumam preparar até novilhos cozidos no caldeirão.

11 E imediatamente mandou chamar o cozinheiro. Sem esperar pelo que tivéssemos escolhidos, mandou que matassem o porco mais velho. Em seguida, falou para todos ouvirem:

– De qual decúria você é?

12 Como o cozinheiro respondesse que era da quadragésima, Trimalquião retrucou:

– Comprado ou nascido em casa?

– Nem uma coisa nem outra – disse o cozinheiro –, pelo testamento de Pansa fui deixado para o senhor.

13 – Veja lá – disse Trimalquião – se nos serve com bastante cuidado: do contrário, vou mandar que te joguem na decúria dos mensageiros.

E o cozinheiro então, ciente do poder do patrão, a comida o levou de volta à cozinha.

[48.] 1 Trimalquião, porém, virou-se para nós com uma expressão amável e disse:

– Se o vinho não está agradando, eu vou trocar: é preciso que vocês o tornem bom. 2 Graças aos deuses, eu não compro nada, mas tudo isso que está dando água na boca vem de uma determinada propriedade minha que até agora eu não conheço. Dizem que ela fica vizinha de Terracina e de Tarento.[30] 3 Agora quero juntar a Sicília às minhas terrinhas, para que quando eu entender de ir à África eu navegue pelos meus domínios. 4 Mas conta para mim, Agamêmnon, que debate você travou hoje? Eu, embora não defenda causas, no entanto aprendi as letras para o uso de casa. E não pense que eu despreze os estudos: tenho três bibliotecas, uma grega e uma latina. Então, se você é meu amigo, diz a perífrase do seu discurso.

5 Como Agamêmnon dissesse "Um pobre e um rico eram inimigos", Trimalquião atalhou:

– O que é um pobre?

– Que argúcia! – exclamou Agamêmnon, e expôs não sei que debate.

6 Sem perda de tempo, Trimalquião disse:

– Se o que você disse é um fato, então não há debate; se não é um fato, então não há nada.

7 E uma vez que nós acompanhávamos essas e outras palavras com elogios derramadíssimos, Trimalquião tornou:

30 Evidente exagero de Trimalquião: Terracina fica a cerca de trezentos quilômetros de Tarento.

– Agamêmnon, meu caro, será que você se lembra, por acaso, dos doze trabalhos de Hércules, ou da história de Ulisses, do jeito que o Ciclope torceu o polegar dele com um alicate? De pequeno eu costumava ler estas coisas em Homero. 8 E a Sibila, então? Em Cumas eu mesmo cheguei a vê-la com meus próprios olhos, dependurada numa garrafa. E como os garotos lhe dissessem "Sibila, que queres?", ela respondia "Quero morrer!".[31]

[49.] 1 Ele ainda não tinha soltado tudo o que tinha para falar quando uma bandeja com um enorme de um porco ocupou toda a mesa. 2 Tratamos de admirar aquela rapidez e juramos que nem um galo poderia ser todinho cozido tão depressa, ainda mais que o porco nos parecia muito maior do que o javali de há pouco. 3 Mas em seguida Trimalquião, os olhos fixos mais e mais no porco, explodiu:

– O que é que é isso?! 4 Este porco não foi destripado? Por Hércules que não! Chama, chama aqui o cozinheiro!

5 Como o cozinheiro, de volta, permanecesse ali à mesa, perfilado, aflito, e dissesse que tinha se esquecido de destripar aquele porco, Trimalquião berrou:

– O quê? Esqueceu? Dá impressão que ele só não pôs a pimenta e o cominho... Tira a roupa dele!

6 Sem demora, o cozinheiro foi despojado das vestes e, com ar desanimado, ficou entre dois carrascos. Entretanto, todos se puseram a pedir por ele. Diziam:

– Isso acontece... deixa, nós te pedimos; depois dessa, se ele cair noutra, ninguém vai pedir por ele.

31 A Sibila de Cumas recebeu de Apolo a graça de viver tantos anos quantos fossem os grãos de areia da praia. Contudo, sem ter pedido a juventude, ao envelhecer a Sibila foi secando a ponto de assemelhar-se a uma cigarra.

7 Eu, de uma intransigência das mais cruéis, não consegui me conter e, aproximando-me do ouvido de Agamêmnon, disse:

– Venhamos e convenhamos; esse escravo deve ser o que há de imbecil. Vê lá se alguém pode se esquecer de destripar um porco... Por Hércules, nem se fosse um peixe eu o perdoava.

8 Mas não Trimalquião, de sorriso aberto de novo:

– Pois então – disse ele –, já que você é de memória tão fraca, destripa ele pra gente. Já!

9 Tendo novamente vestido sua túnica, o escravo agarrou um punhal e, de mão trêmula, cortou aqui e ali o ventre do porco. 10 Sem demora, dos cortes que iam se alargando, graças à curvatura formada pelo peso, derramaram-se salsichas e chouriços. [50.] 1 Os escravos, então, o aplaudiram espontaneamente, gritando em coro:

– Viva Gaio!

Além disso, o cozinheiro foi homenageado com um brinde e também com uma coroa de prata. Recebeu seu copo numa travessa de bronze de Corinto. 2 Como Agamêmnon examinasse essa bandeja bem de pertinho, Trimalquião aproveitou:

– Eu sou o único que tem verdadeiros bronzes de Corinto.

3 Como um resto de arrogância, eu esperava que ele dissesse para lhe trazerem seus vasos de Corinto. 4 Mas ele fez ainda melhor:

– Você deve estar querendo saber – disse ele – por que então eu sou o único que possui verdadeiros bronze de Corinto: é porque o bronzista de quem eu compro se chama Corinto. Ora, o que é "coríntio" senão quem tem o nome de Corinto? 5 Mas não vão vocês pensar que eu seja um ignorante: eu sei muito bem de onde surgiu, pela primeira vez, o bronze de Corinto. Quando Tróia caiu, Aníbal, macaco velho, malandro de marca maior, juntou numa só fogueira tudo quanto era estátua de bronze, de ouro e de prata, e botou fogo nelas; então, elas viraram uma coisa só, um bronze misturado. 6 Os artesãos pegaram essa massa e fizeram pratinhos, travessas e estatuetas. Foi assim que surgiu o bronze de Corinto, de tudo um pouco, nem uma coisa, nem outra. 7 Desculpem o que eu vou dizer: por mim, prefiro o vidro, pelo menos não fede. Porque, se não quebrasse, por mim eu preferia mais o vidro do que o ouro; agora, do jeito que ele é, não vale nada. [51.] 1 Mas houve um vidreiro que fez uma tigelinha de vidro que não se quebrava. 2 Por isso, foi admitido junto a César, levando consigo o seu presente. O vidreiro fez com que César examinasse a tigelinha com bastante atenção e em seguida atirou-a de encontro às lajes do chão. 3 César se espantou até não poder mais. O vidreiro, no entanto, recolheu a tigelinha do chão; ela estava amassada como um vaso de bronze. 4 Em seguida, pegou um martelinho que levava consigo e sossegadamente arrumou direitinho a tigelinha. 5 Por causa disso, pensava que tinha prendido um dos bagos de Júpiter, ainda mais depois que César lhe disse: "Por acaso alguém mais sabe dessa maneira de fazer vidros?". Espia só... 6 Como o vidreiro dissesse que não, César mandou que lhe cortassem o pescoço: se a coisa se espalhasse, ouro não ia valer mais que barro. [52.] 1 Sou louco por prata. Tenho mais ou menos umas cem taças daquelas feito urnas, de treze litros; o alto-relevo mostra como Cassandra matou seus filhos;[32] as crianças mortas jazem de tal forma que parecem vivas. 2 Tenho uma gadanha que um dos meus patrões me deixou, onde Dédalo fecha Níobe dentro

32 Trimalquião confunde Medéia com a profetisa Cassandra. Ver p. 258.

do Cavalo de Tróia.[33] 3 E também tenho copos com as lutas de Hermerote e de Petraites, todos de prata maciça. É... a minha inteligência eu não vendo por dinheiro nenhum.

Enquanto ele falava essas coisas, um escravo deixou cair uma grande taça. 4 Olhando-o, Trimalquião disse:

– Rápido, bate em você mesmo, pois você é um imprestável.

Na mesma hora, o rapaz, de lábio caído, começou a implorar. 5 Mas Trimalquião retrucou:

– O que é que você está me pedindo? Como se eu fosse ruim pra você... Ouve o que eu te digo: só você, por si mesmo, é capaz de não ser um imprestável.

6 Enfim, a nosso pedido, ele dispensou o escravo. Perdoado, este ficou dando voltas em torno da mesa. 7 E Trimalquião gritou:

– Água... pra fora! Vinho... pra dentro!

Aplaudimos o bom humor daquele gozador, e, mais que todos, Agamêmnon, que sabia por que méritos poderia ser chamado para outro jantar. 8 De resto, o elogiado Trimalquião bebeu alegre à beça e, já quase de fogo, disse:

– Nenhum de vocês pede para a minha Fortunata dançar? Vão por mim: ninguém dança melhor o córdax.[34]

9 E ele próprio, mãos erguidas sobre a testa, imitava o ator Siro, com todos os escravos em coro:

– *Madeia perimadeia!*

33 Nova confusão de Trimalquião: Dédalo fabricou uma novilha de madeira para que Pasífae se entregasse a um touro (cópula da qual nasceu o Minotauro). O Cavalo de Tróia, concebido por Ulisses, pertence à narrativa da guerra de Tróia.

34 Dança cômica, lúbrica e indecente da antiga comédia grega que movimentava sobretudo os ombros e os quadris. Por sua natureza, não era indicada para uma mulher casada.

10 E ele se exibiria no meio de todos se Fortunata não se aproximasse de seu ouvido e, creio, lhe dissesse que não ficava bem a um homem na posição dele cometer disparates tão grosseiros. 11 Mas nada era tão instável; uma hora ele mantinha o respeito para com Fortunata, sua esposa, outra ele seguia apenas seus instintos.

[53.] 1 Mas quem interrompeu todo aquele entusiasmo de dançar foi um secretário, que leu em voz alta como se fosse o *Diário de Roma*:[35]

2 "Sétimo dia antes das calendas de sextiles: na propriedade de Cumas, que é de Trimalquião, nasceram trinta meninos e quarenta meninas; do terreiro onde foram batidos, foram recolhidos ao celeiro quinhentos mil módios de trigo; foram amansados quinhentos bois. 3 No mesmo dia: o escravo Mitridates foi pregado na cruz[36] por ter falado mal do gênio de nosso Gaio. 4 No mesmo dia: dez milhões de sestércios foram recolhidos ao cofre pois não puderam ser aplicados. 5 No mesmo dia: nos jardins de Pompeu ocorreu um incêndio que teve início na casa do administrador Nasta."

6 – O quê? – disse Trimalquião. – Quando os jardins de Pompeu foram comprados para mim?

7 – No ano passado – respondeu o secretário –, e por isso ainda não entraram na conta.

35 *Vrbis Acta* ou *Diário de Roma* era a publicação dos fatos cotidianos da *Vrbs* que mais interessavam aos romanos, tendo sido organizado por Júlio César, durante seu primeiro consulado. Em latim recebeu diversas outras denominações, como *Acta Populi*, *Acta Diurna*, *Publica*, *Vrbana*. Essa espécie de jornal focalizava fatos relativos aos acontecimentos públicos, ao palácio imperial e fatos diversos referentes à vida cotidiana.

36 A *crux* foi o mais cruel e ultrajante meio de aplicação da pena de morte entre os romanos e estava normalmente reservada aos escravos. As faltas que implicavam tal condenação eram em geral a pirataria, o assassinato, o banditismo e a incitação à revolta.

8 Então Trimalquião se queimou:

– Quaisquer que forem as propriedades que me forem compradas, se eu não souber em seis meses, não permito que sejam colocadas nas minhas contas.

9 Os editais dos edis também foram lidos daquele modo, e os testamentos de uns escravos mateiros que continham uma cláusula especial, destinada à exerdação de Trimalquião; 10 depois liam-se nomes de administradores e a notícia de uma liberta que, tendo sido apanhada em flagrante no alojamento do mestre de banhos, fora repudiada por um guarda. Também se leu o desterro de um atriense a Baias; ainda em seguida, a notícia do processo contra um contador, e o resultado de uma ação entre camareiros.

Foi então que chegaram os acrobatas. 11 Um idiota muito sem graça veio com uma escada e foi mandando que um garoto dançasse pelos degraus e no topo, ao ritmo das canções; depois, mandou-o atravessar círculos de fogo e erguer uma ânfora com os dentes. 12 Apenas Trimalquião admirava essas coisas, e dizia que era uma profissão ingrata: de resto, dizia haver duas entre as coisas humanas a que ele assistia com bastante prazer, equilibristas e corneteiros; o restante, animais, números de música, era pura porcaria.

13 – Para falar a verdade – disse ele –, eu tinha comprado atores cômicos, mas preferi que eles fizessem uma atelana,[37] e mandei o flautista do meu coral tocar músicas latinas.

[54.] 1 Exatamente no momento em que Gaio dizia essas coisas, o rapaz despencou em cima de Trimalquião. Foi um ber-

37 Atelana era uma farsa de natureza popular originária da Campânia, sem qualquer relação com a comédia literária. Desproporcional é também o fato de tocar-se música latina em lugar da grega. Pela ótica antiga, essas escolhas de Trimalquião indicam um disparate.

reiro de todos os escravos, e não menos dos convidados, não por causa de um homem tão insuportável cujo pescoço quebrado veriam com prazer, mas porque o jantar acabaria mal: eles teriam um morto alheio para chorar, sem necessidade. 2 Os médicos acorreram, pois o próprio Trimalquião carregava nos gemidos e se deitava sobre o braço como se o tivesse quebrado; entre os primeiros que o acudiram estava Fortunata, com os cabelos desgrenhados e uma taça nas mãos, dizendo-se infeliz e desgraçada. 3 Quanto ao rapaz que caíra, ele se arrastava já há algum tempo aos nossos pés, pedindo perdão. Para mim aquilo era péssimo, pois eu desconfiava que, por meio de alguma palhaçada, aquelas súplicas estivessem preparando um desfecho teatral. Além disso, não me saía da memória aquele cozinheiro que tinha se esquecido de destripar o porco. 4 E assim eu me pus a olhar em torno de todo o triclínio, receando que alguma coisa saísse sozinha pela parede, sobretudo quando o escravo, que enfaixara o braço machucado do patrão com lã branca em vez de escarlate, começou a ser chicoteado. 5 A minha suspeita não estava muito errada, pois, em vez de uma punição, veio uma ordem de Trimalquião mandando que o escravo fosse libertado, para que ninguém dissesse que um homem daquele naipe houvesse sido ferido por um escravo.

[55.] 1 De nossa parte, aprovamos inteiramente aquela atitude e, naquele bate-papo, cada qual dava uma opinião diferente de como as coisas humanas estavam à beira do abismo.

2 – Bem – disse Trimalquião –, não convém que esta ocasião passe sem guardar uma lembrança escrita.

Pediu imediatamente tabuinhas para escrever e, sem grandes reflexões, recitou as seguintes elucubrações:

3 *O que não esperas acontece pelas costas/ – e, acima de nós, Fortuna cuida de seus afazeres./ Portanto, dá-nos vinhos falernos, ó escravo!*

4 A partir desses versos, o assunto recaiu nos poetas. E, durante muito tempo, o primeiro lugar esteve com Mopso de Trácia. Até que Trimalquião disse:

5 – Queria saber, mestre: que diferença acha que existe entre Cícero e Publílio? Por mim eu acho que o primeiro foi mais eloqüente, e o segundo, mais nobre. É possível dizer que haja algo melhor que esses versos?

6 *Na fauce do prazer ilimitado/ desmoronam as muralhas de Marte./ Para a gula de alguns em gaiolas engorda-se o pavão/ vestido de uma plumagem dourada qual tapetes da Babilônia./ Para outros, engorda-se uma galinha da Numídia;/ para outros, ainda, engorda-se um capão das Gálias./ Até mesmo a cegonha – grata viajante estrangeira,/ paladina da piedade, pés delgados, tocadora de castanholas,/ ave que expulsa o inverno, sinal de tempos quentes/ – fez recentemente seu ninho num caldeirão de sevícias./ Preciosa, qual é a finalidade de uma pérola?/ A que se reserva a margarita indiana?/ Acaso para que a matrona enfeitada de adornos do mar/ arraste irrefreável seus pés para uma coberta alheia?/ Para que a verde-esmeralda, vidro precioso?/ Para que as ígneas pedras de Cartago?/ Será para que do carbúnculo brilhe honradez?/ Convém vestir uma mulher casada/ com um tecido leve como o vento,/ e expô-la nua ao público numa roupa fina como a névoa?*

[56.] 1 Mas, depois das letras, qual é a profissão que julgamos mais difícil? 2 Na minha opinião, acho o médico e o operador de câmbio: o médico, porque sabe o que acontece lá por dentro do coitado do ser humano e quando a febre aparece, se bem que eu

tenho verdadeiro ódio deles, 3 porque eles só me receitam chá de
erva-doce; o operador, porque ele reconhece o bronze através
da prata. 4 Quanto aos bichos, os mais trabalhadores são os bois e
as ovelhas: os bois, porque com o trabalho deles a gente garante
a bóia de todo dia; as ovelhas, porque com a lã elas nos deixam
vaidosos. 5 E – ah, que injustiça criminosa! – existe quem coma
carne de ovelha e se aposse de sua pele. 6 Ao passo que, para mim,
as abelhas eu considero animais divinos, que expelem o mel, se
bem que dizem que elas o trazem de Júpiter. É por isso que elas
picam, porque em todo lugar que tiver doçura, é lá que se vai
encontrar amargura.

7 Trimalquião estava já até mesmo roubando a ocupação dos filósofos, quando numa grande taça começaram a circular uns bilhetinhos da sorte, e um escravo, ali posicionado exatamente para essa função, leu em voz alta a sorte tirada naquelas lembrancinhas:

8 *"Prata perniciosa": trouxeram um pernil com acetábulos em cima.*

"Travesseiro": trouxeram um bolinho de carne de pescoço.

"Experiência e afronta": deram biscoitos salgados e um dardo com uma maçã.

9 *"Alho-poró e pêssegos": a pessoa recebeu um chicote e uma faca.*

"Pardais e papa-moscas": uva passa e mel ático.

"Roupa de banquete e roupa de cerimônia": a pessoa recebeu um bolinho e tábulas de escrever.

"Canal e medida de um pé": trouxeram uma lebre e uma sandália.

"Enguia e letra": o convidado recebeu um rato atado a uma rã e um maço de beterrabas.

10 Rimos por um bom tempo. Já não me lembro mais: foram umas seiscentas dessas.[38] [57.] 1 Mas como Ascilto, de uma caçoada incontrolável, zombasse de tudo com as mãos erguidas para o céu e risse até as lágrimas, um dos libertos, companheiro de Trimalquião, aquele que ficava bem à minha esquerda, se queimou e disse:

– Do que é que você está rindo, ô sua besta? 2 Por acaso todo esse luxo do meu patrão não te agrada? Ah! Vai ver que você é mais rico e está acostumado a ir a festas melhores... Ah, se fosse certo que a deusa deste lugar me protegesse, como é certo que eu te fecharia o bico, se eu estivesse aí do teu lado! 3 É o roto falando do rasgado, sei lá que vagabundo, um tresnoitado, que não vale o que mija. Em suma, se eu mijar em volta dele, ele não vai saber por onde fugir. Por Hércules! Não é comum eu me esquentar com facilidade, mas se eu dou moleza, eles montam em cima. Ele fica rindo! 4 Que é que há para rir? Por acaso teu pai comprou o feto a peso de ouro? Você é um cavaleiro romano? E eu sou filho de um rei. "Por que então você virou escravo?", você deve estar perguntando. Porque eu mesmo me entreguei à escravidão, e preferi ser cidadão romano a ser tributário.[39] E agora eu espero viver assim: que eu não seja motivo de chacota para ninguém. 5 Sou um homem entre os homens; ando de cabeça erguida; não devo nada, nada a ninguém; nunca levei um protesto, ninguém me falou em público: "Paga o que deve!". 6 Comprei umas terrinhas, juntei um dinheirinho; tenho vinte bocas para

38 Os jogos de palavras contidos nesta passagem são de difícil compreensão em latim e conseqüentemente ainda de mais difícil tradução.

39 Alguns estrangeiros, provenientes de povos dominados pelos romanos, preferiam entregar-se à escravidão para não pagar tributos, na esperança de um dia receber a manumissão, passando a ser cidadãos romanos.

sustentar, fora o meu cachorro; comprei minha mulher de volta, para que ninguém enxugasse as mãos nela; paguei mil denários pela minha própria cabeça; fui nomeado séviro augustal e nem precisei pagar nada; espero morrer assim: que eu não passe vergonha depois de morto. 7 No entanto, você é tão ocupado que não dá para olhar para trás? No outro, você vê um piolho; em você, não vê um carrapato. 8 Na sua opinião nós só fazemos papel de ridículos; eis o mestre de vocês, um homem já idoso: nós caímos nas boas graças dele. Mas você, um fedelho cheirando a leite, não tuge nem muge; seu vaso de barro... você parece mais uma tira de couro na água: é mais maleável; melhor, não. 9 Você é mais rico... Vai, almoça duas vezes, janta duas vezes. Eu prefiro mais o meu crédito do que tesouros. No fim das contas, alguém me pediu duas vezes? Durante quarenta anos eu fui escravo; no entanto, ninguém sabe se sou um escravo ou um homem livre. E eu cheguei a esta colônia como um escravo de cabelos compridos; a basílica ainda não estava construída. 10 No entanto, dei duro para satisfazer meu patrão, um homem cheio de nobreza e muito digno; uma unha dele valia mais do que você todinho. E em casa eu tinha quem me passasse a perna, de um modo ou de outro. No entanto – graças ao Gênio dele! – dei a volta por cima. 11 Isso que enfrentei são verdadeiras provas, pois nascer em liberdade é tão fácil quanto dizer "vem cá"... Do que é que você está espantado agora, que nem um bode numa plantação de ervilhas?

[58.] 1 Gitão há muito segurava o riso. Ao ouvir isso, ele, que estava acomodado aos nossos pés e não tinha um pingo de educação, caiu na gargalhada. 2 O adversário de Ascilto bronqueou com isso e passou uma descompostura no rapaz:

– Você também, até você está rindo, seu cebola enroladinha? Viva as saturnais! Já é dezembro, é? Quando é que você pagou

a vintena?... Sei lá o que está fazendo esse desgraçado, comida
de corvo... Já, já dou um jeito de Júpiter descarregar a ira em
você e nesse aí que não pode com você. 3 Pelo meu pão! É pelo
meu amigo Trimalquião que eu deixo isso passar; do contrário,
eu teria te devolvido essa provocação na mesma hora. Mas tudo
bem com a gente, apesar desses porqueiras, que não podem com
você. 4 Tal patrão, tal escravo, claro. É à força que me seguro, e por
natureza sou cuca-fresca, mas, quando começo, não pago dois
asses nem pela minha própria mãe. Eu te pego lá fora, na certa,
seu rato. Seu rato, quer dizer, seu nanico! 5 Eu não cresço nem
para cima nem para baixo se eu não atirar teu patrão debaixo
de uma folha de arruda, nem vou te poupar, mesmo que você
chame por Júpiter Olímpico. Já, já te dou um jeito: você não
vai longe com esse cabelinho barato e esse patrão desqualificado.
6 Na certa você vai cair nas minhas garras, ou eu não me conheço,
ou você não vai rir, mesmo que tenha barba de ouro. 7 Já, já dou
um jeito de Atana[40] descarregar a ira em você e no primeiro que
te fez ficar tão insuportável. Não aprendi geometria, literatura
e bobagens sem sentido, mas sei ler as letras maiúsculas, pos-
so dizer porcentagens para asses, libras e sestércios. 8 No fim das
contas, se você quer alguma coisa... uma apostinha... eu e você:
vamos, aposto um lingote de ouro. Você já vai ver que teu pai
perdeu dinheiro, embora você saiba retórica. Toma lá: "O que é, o
que é? De longe venho, venho largo. Resolve-me". 9 Vou te dizer:
"O que é, o que é? Corre e do lugar não sai". "O que é, o que é?
Cresce e fica menor." Você corre, se espanta, se afoba que nem
um rato num penico. 10 Portanto, ou você fica quieto, ou não vá

40 É a deusa Palas Atena, ou Minerva. A forma Atana era corrente no sul da Itália, região da Magna Grécia.

incomodar alguém melhor que você, que nem sabe que você nasceu; a não ser que você ache que eu me preocupo com os anéis cor de buxo que você roubou da sua amante. 11 Pela Oportunidade propícia! Vamos ao fórum tomar dinheiro emprestado: você já vai ver que este anel de ferro tem crédito. 12 Bah! Bela coisa é uma raposa molhada! Desejo ter um lucro tamanho e morrer tão bem assim como desejo que o povo jure pela minha partida se eu não te perseguir por toda parte até a morte. 13 E que bela coisa é esse aí, que te ensina esses negócios: um cabeça-oca, não um professor. Nós aprendemos de modo diferente: bem que nosso professor dizia: "Tudo em ordem com as coisas de vocês?"; "Vai direitinho para casa, cuidado para não olhar para os lados. Cuidado para não falar mal de alguém mais velho que você". 14 Mas agora é só bagunça: nenhum desses porcarias escapa. Eu, do jeito que você está vendo, ergo as mãos para o céu pela minha profissão.

[59.] 1 Ascilto ensaiara responder àquela descompostura, mas Trimalquião, encantado com a eloqüência do seu amigo liberto, disse:

–Vamos, deixem as discussões de lado. Ânimo, de preferência. E você, Hermerote, deixa o rapazinho. Nele, o sangue está fervendo; você é que precisa ser mais compreensivo. 2 Nessas coisas quem é vencido sempre vence. Também você, quando era um frangote, cocorocó, não tinha bom senso. Portanto, é melhor não perdermos o bom humor. Vamos assistir aos homeristas.

3 Entrou um grupo e imediatamente bateu com estrépito as lanças nos escudos. O próprio Trimalquião sentou-se numa almofada, e como os homeristas dialogassem em versos gregos do modo incômodo como costumam fazer, ele lia o libreto em latim, com voz de orador. Sem demora, depois de feito silêncio, falou:

– Vocês sabem de que lenda eles estão tratando? Diomedes e Ganimedes foram dois irmãos. 4 Helena era irmã deles. Agamêmnon raptou-a, e no lugar dela sacrificou uma corça em honra a Diana. De modo que agora Homero conta como troianos e parentinos lutam entre si. 5 Agamêmnon venceu, é claro, e entregou sua filha Ifigênia como esposa a Aquiles. Por isso Ájax enlouquece, o que logo a seguir vai mostrar a trama da história.[41]

6 Nem bem Trimalquião falou isso, os homeristas soltaram gritos de aplauso e, entre os escravos que corriam para todos os lados, apareceu um novilho cozido – tinha um elmo na cabeça –, trazido numa travessa de duzentas libras. 7 Um Ájax veio em seguida e, com a espada desembainhada, como se tivesse enlouquecido, retalhou o novilho, tendo-o golpeado a torto e a direito. Recolheu os pedaços com a ponta da espada e os repartiu entre os convidados que assistiam espantados à cena.

[60.] 1 E não se pôde admirar embrulhadas tão selecionadas por muito tempo: de repente os lambris do teto começaram a emitir ruídos, e todo o triclínio estremeceu. 2 De minha parte, eu me levantei assustado, temendo que algum acrobata escorregasse lá do alto. Não menos espantados, os demais convidados ergueram o rosto, na expectativa daquilo que de novo se anunciaria do céu. 3 Eis que de repente, porém, dos lambris agora abertos surge um enorme anel, decerto retirado de um grande tonel; por toda a sua circunferência pendiam coroas de ouro

41 Trimalquião confunde-se completamente: Diomedes e Ganimedes são Cástor e Pólux. Helena não era sua irmã e também não foi raptada por Agamêmnon, e sim por Páris; não foi Helena quem substituiu Ifigênia por uma corça, mas a deusa Diana; os parentinos nada têm a ver com o ciclo troiano; Agamêmnon não entrega sua filha Ifigênia a Aquiles; Ájax não enlouquece pelo motivo alegado, mas porque lhe foram negadas as armas de Aquiles.

com alabastros cheios de perfume. 4 Enquanto éramos convi-
dados a apanhar essas lembrancinhas, eu fiquei olhando para a
mesa... Nisso, já havia chegado ali uma bandeja cheia de doces,
ocupada, na parte central, por um Priapo trabalhado por um
padeiro; no regaço bastante amplo, levava uvas e frutas de toda
espécie, como se costumava usar. 5 Estendemos as mãos direto
para aquele belíssimo arranjo e, repentinamente, mais um mon-
te de brincadeiras fez o riso voltar. 6 É que, ao mais leve toque,
todos os docinhos e todas as frutas largaram a esguichar uma
substância amarela, fazendo chegar até nós um líquido nojento.
7 Certos, então, de que um prato banhado segundo um ritual tão
escrupuloso fosse sagrado, todos nós nos levantamos ao mesmo
tempo e dissemos: "Salve, Augusto, pai da pátria!". Entretanto,
mesmo depois dessa saudação, tendo alguns convidados apa-
nhado as frutas, nós próprios enchemos os nossos guardanapos;
principalmente eu, que não tinha planejado carregar Gitão com
um presente tão bom.

8 Enquanto isso, entraram três escravos vestidos com túnicas
brancas. Dois deles colocaram sobre a mesa Lares ornados com
bulas; o terceiro, fazendo circular uma pátera, gritava: "Que os
deuses sejam propícios!". Trimalquião, por sua vez, dizia que um
se chamava "Fabrício"; outro, "Feliciano"; e outro, "Lucrécio".
9 E como circulasse uma imagem fiel do próprio Trimalquião e
todos a beijassem, ficamos acanhados de deixá-la ir sem fazer o
mesmo. [61.] 1 Depois que todos se desejaram saúde de espírito e
de corpo, 2 Trimalquião voltou-se para Nicerote e disse:

–Você costumava ficar animado num banquete; sei lá... Você
está tão quieto, não fala nada... Quer me deixar satisfeito? Então
eu estou te pedindo: conta um caso que te aconteceu.

3 Encantado com a amabilidade do amigo, Nicerote disse:

– Que eu dê adeus a tudo o que já ganhei na vida se já não faz muito tempo que ando estourando de felicidade de te ver assim. 4 Vá lá, que tudo seja só de brincadeira, se bem que eu tenho medo dessa gente estudada rir da minha casa. Só que eu vou contar; eles vão ver. Que me importa quem ri? É melhor o riso do que o ridículo.

5 “*Tendo assim dito*”,[42]

deu início a esta história: 6 “Nos meus tempos de escravo, morávamos na rua Angusta; hoje é o palacete de Gavila. Lá, de acordo com a vontade dos deuses, caí de amores pela mulher de Terêncio, o taberneiro: vocês conheciam Melissa, a tarentina, um espetáculo de mulher. 7 Mas, por Hércules, eu me engracei dela não por seus dotes físicos, ou porque pensei em fazer amor com ela, mas principalmente porque era mulher direita. 8 Se eu pedia qualquer coisa, ela nunca me negava; ela ganhava um asse, meio asse eu tinha; eu o guardava com ela e nunca fui enganado. 9 O marido dela morreu lá pras bandas do campo. Então, aos trancos e barrancos, fui que fui, e descobri como chegar até ela. Porque, como dizem, é nos apertos que os amigos aparecem. [62.] 1 Por coincidência, meu patrão tinha ido a Cápua para resolver uns problemas com um lote de perfumes chiques. 2 Por meu lado, aproveitei a ocasião e convenci nosso hospedeiro a me acompanhar por cinco milhas. Ele, por sinal, era um soldado forte como o Orco. 3 A gente botou o pé na estrada quase na hora do galo cantar; a lua alumiava como se fosse meio-dia. 4 Passamos por entre uns túmulos: o homem cismou de se aliviar junto das lápides; eu, por meu lado,

42 Este hemistíquio é característico da poesia épica (Virgílio, *Eneida* 2.790), parodicamente colocado aqui em relação à natureza da história que se vai contar. A tradução é de Carlos Alberto Nunes (São Paulo: Edições A Montanha, 1981).

me sentei cantarolando e contei as lápides. 5 Então, quando me
voltei para meu companheiro, ele ficou pelado e largou todas as
suas roupas ao longo do caminho. Eu estava com o coração na
boca; estava que nem morto. 6 Ele, por sua vez, mijou em volta das
roupas e zás: virou lobo. Não vão vocês pensar que eu esteja brin-
cando; nenhum dinheiro no mundo pagaria uma mentira como
essa. 7 Mas – como eu tinha começado a dizer – depois que virou
lobo, ele se pôs a uivar e fugiu para a floresta. 8 Assim, de cara, eu
não sabia onde estava; depois, me aproximei para pegar as roupas
dele: tinham virado pedra! Quem no meu lugar não morreria de
pavor? 9 Mesmo assim, eu puxei da espada e golpeei as sombras
por todo o caminho até o sítio da minha amiga. 10 Entrei feito um
fantasma, quase bati as botas, o suor me escorria pelas pernas; os
olhos, mortos; com muito custo, depois de um tempo, eu me refiz.
11 Melissa, a minha querida, estranhou que eu estivesse caminhan-
do tão tarde da noite e disse: 'Se você tivesse chegado antes, pelo
menos daria uma mão pra gente; pois não é que um lobo invadiu
o sítio, e os animais... ele sangrou todos feito um carniceiro? Mas
ele não levou a melhor, apesar de ter fugido: um escravo nosso
varou a garganta dele com uma lança'. 12 Quando ouvi isso, arre-
galei os olhos a não mais poder, mas quando amanheceu, fugi para
a casa de nosso Gaio como o estalajadeiro roubado,[43] e depois
voltei para aquele lugar onde as roupas tinham virado pedra: não

43 Uma corrente fábula de Esopo conta que um ladrão, querendo roubar o manto de seu hospedeiro, começa a bocejar e lhe explica que no terceiro bocejo ele se transformaria num lobisomem. E boceja pela segunda vez. Apavorado, o hospedeiro quer fugir, mas o ladrão o retém pelo manto, pedindo que lhe guardasse as roupas enquanto estivesse transformado em lobisomem. E boceja pela terceira vez. O hospedeiro não pestaneja: livra-se do manto que o segura e foge, ficando, assim, o manto em poder do ladrão.

encontrei nada, a não ser sangue. 13 E ainda por cima, quando cheguei em casa, o soldado estava estirado na cama feito um boi, e um médico cuidava da garganta dele. Eu me dei conta de que ele era um lobisomem. Depois disso, com ele eu não consegui mais comer nem pão, nem que me matassem. 14 Eles conhecem a opinião dos outros sobre essa história; eu se estou mentindo, que os Gênios de vocês descarreguem em mim a sua ira".

[63.] 1 Todos estavam atônitos de admiração e voltados para ele. Trimalquião disse:

– Não duvido nada disso tudo. Podem acreditar em mim: meus pêlos se arrepiaram, pois sei que Níceron não conta bobagens. 2 No fundo ele é sério, e o menos brincalhão possível. Na verdade, eu mesmo vou contar a vocês uma coisa assombrosa. Um burro no telhado. 3 "Nos meus tempos de escravo de cabelos compridos – na verdade, desde pequeno eu levei uma vida de luxúrias –, morreu o favorito do patrão, nosso próprio patrão. Por Hércules, uma pérola, jeitosinho, perfeito em tudo. 4 Bem quando a pobrezinha da sua mãe chorava por ele, e então nós, que éramos muitos, estávamos na maior tristeza, de repente as bruxas romperam na barulheira; parecia um cachorro perseguindo uma lebre. 5 Nessa ocasião havia um capadócio junto com a gente, um sujeito grandalhão, valente pra burro, e forte: ele poderia segurar um boi danado. 6 Nesse momento, empunhando sua espada, ele avançou decidido porta afora, tendo a mão esquerda cuidadosamente enfaixada, e atravessou uma mulher pelo meio, bem neste lugar – são e salvo fique isto que eu toco! Ouvimos um gemido, mas para falar bem a verdade, as bruxas mesmo, nós não vimos. 7 Mas, de volta, o idiota se atira na cama; ele tinha o corpo todo arroxeado, como se tivesse apanhado de chicote, porque na certa uma mão maligna o tinha tocado. 8 De nossa parte, com a

porta fechada, retornamos de novo ao trabalho, mas a mãe do
menino, ao abraçar o corpo do filho, toca-o e vê um pequeno
fardo de palha. Não tinha coração, nem tripas, nada: as bruxas já
haviam roubado o menino, é claro, e o substituíram por um boneco
de palha. 9 Eu peço a vocês, é preciso que acreditem em mim; exis-
tem mulheres videntes, são as Noturnas, e elas podem fazer tudo
o que está certo virar de ponta-cabeça. 10 Além do mais, depois
disso aquele grandalhão idiota nunca mais recuperou a cor dele;
pra falar a verdade, poucos dias depois ele morreu louco."

[64.] 1 A um só tempo nós nos admiramos e acreditamos em
tudo aquilo, e depois de beijar a mesa, pedimos às Noturnas que
se mantivessem longe de nós enquanto voltávamos do jantar. 2 E
de fato já me parecia que várias lâmpadas queimavam e que todo
triclínio estava mudado quando Trimalquião disse:

– Ei, Plócamo, você não conta nada? Não diverte a gente
com nada? E você costumava ser mais animado, cantarolar linda-
mente os diálogos das comédias, ajuntar poesia cantada. 3 Ai, ai! O
tempo das vacas gordas já era...

– As minhas quadrigas já degringolaram desde que peguei a
gota – disse Plócamo. – Pelo contrário, quando eu era bem mais
jovem, quase fiquei tísico de tanto cantar. 4 E as danças? E os
diálogos das comédias? E as imitações dos barbeiros trabalhando?
É... o único que se comparava a mim era Apeles...

5 E, com a mão ajeitada diante da boca, assoprou não-sei-
quê de horroroso, que depois teimava ser grego. E como Trimal-
quião também não deixasse de imitar os trompeteiros, voltou-se
para suas delícias, a quem chamava Creso. 6 O rapaz – remelento,
dentes podres – com uma fita verde enrolava uma cadela preta,
gorda que era uma indecência. Punha um pão pela metade sobre
a almofada, dava-lhe para comer e ela recusava com náusea. 7 Esse

trabalho chamou a atenção de Trimalquião, que mandou que trouxessem Cílax, o "guardião da casa e dos moradores". Sem demora, trouxeram um cachorro de um porte enorme, preso por uma corrente. Advertido pelo calcanhar do porteiro para que se deitasse, o cachorro se postou em frente à mesa.

8 Disse Trimalquião, jogando-lhe um pão branco:

– Ninguém me ama mais que ele em minha casa.

9 O rapaz, revoltado pelo fato de Trimalquião elogiar Cílax com tanto entusiasmo, largou a cadela no chão e atiçou-a para que ela se preparasse para a briga. Cílax, como é natural para um cachorro, encheu o triclínio com um latido horrível, e quase estraçalhou a Pérola de Creso. 10 E a confusão não ficou apenas na briga, mas inclusive um candelabro, tendo tombado sobre a mesa, não só quebrou todos os vasos de cristal como também respingou alguns convidados com óleo fervendo. 11 Trimalquião, para não parecer abalado pelo próprio prejuízo, beijou o rapaz e mandou-o subir em suas costas. 12 Não demorou muito, o rapaz fez Trimalquião de cavalo e com a mão bateu nos ombros dele. Entre risadas gritava:

– *Bucca, bucca*, quanto tem aqui?[44]

13 Depois de um bom tempo, mais calmo então, Trimalquião mandou preparar uma grande vasilha com vinho e água, e repartiu a bebida entre todos os escravos, os quais estavam sentados aos seus pés. Mas com uma exceção:

44 Trata-se de um jogo infantil de adivinhação: uma criança se faz de cavaleiro e outra de cavalo. O cavaleiro deve montar mantendo um certo número de dedos da mão levantados. O "cavalo" deve adivinhar o número de dedos escolhido pelo cavaleiro. Na passagem, contudo, não se descarta certo apelo sexual no contato entre Trimalquião e o garoto.

– Se alguém não quiser receber – disse –, é para lhe ensopar a cabeça. De dia, o dever; agora, a alegria!

[65.] 1 A esse ato de bondade seguiram iguarias cuja lembrança – se merece fé quem conta – chega a me chocar: 2 para cada um, no lugar de tordos, serviram galinhas cevadas, e também ovos de gansa adornados de confeitos parecidos com pequenos barretes de libertos. Trimalquião insistiu muito para que comêssemos esses ovos, dizendo ao mesmo tempo que as galinhas estavam desossadas.

3 Enquanto isso, um lictor bateu na porta do triclínio e, vestido de branco, entrou um convidado de última hora, acompanhado de um grande número de pessoas. 4 Apavorado por aquela imponência, pensei que havia chegado o pretor. Então, ensaiei me levantar e pôr meus pés descalços no chão. 5 Agamêmnon riu dessa precipitação e disse:

– Fica no teu lugar, ó seu grande estúpido! É Habinas, o séviro; é aquele marmorista que tem fama de construir túmulos com perfeição.

6 Com essas palavras, nasci de novo e retomei meu lugar. E fiquei observando com enorme admiração Habinas entrar. 7 Mas ele, já bêbado, apoiava as mãos no ombro de sua esposa e, cheio de coroas e de um perfume que lhe escorria pela testa, indo parar nos olhos, tomou o lugar de honra e, ato contínuo, pediu vinho e água quente. 8 Trimalquião, encantado com esse bom humor, pediu ele mesmo uma taça de maior capacidade e quis saber como o amigo tinha sido recebido.

9 – Tivemos de tudo – disse Habinas –, só faltou você. Mas na verdade eu só tinha olhos para cá. Por Hércules, foi tudo bem, do mesmo jeito. 10 Cissa estava dando um luxuoso banquete fúnebre pelo pobrezinho de seu escravo, a quem havia concedi-

do a liberdade às portas da morte. Eu acho que está numa grande dívida com os coletores da vintena: eles calcularam cinqüenta mil sestércios pelo morto. 11 Mas tudo foi animado, mesmo que tenham obrigado a gente a espalhar metade da nossa bebida em cima dos pobres dos ossos dele.

[66.] 1 – Mas – disse Trimalquião –, o que vocês tiveram no banquete?

– Vou dizer, se conseguir. É que sou de memória tão boa que muitas vezes esqueço até meu nome. 2 Mas deixe ver... Primeiro tivemos um porco com uma guarnição feita de salsichão e rodeado de chouriços pretos, e miúdos de galinha bem-feitinhos. Também tivemos, é lógico, beterraba e pão integral feito em casa, que eu prefiro ao branco: é mais nutritivo, e quando vou fazer as necessidades não fico sofrendo. 3 O prato em seguida foi uma torta de queijo gelada, com uma cobertura de mel quente misturado com um vinho da Hispânia muito bom. E, olha, nem cheguei a tocar na torta, e quase até me cobri de mel. 4 Em volta, grão-de-bico e tremoço, avelãs à vontade e uma maçã para cada um. Agora, eu peguei duas e zás: embrulhei no guardanapo. Se eu não levar algum presente para o meu peixinho, vou ter encrenca. 5 Bem faz a patroa de me chamar a atenção: na entrada tivemos um pedaço de carne de urso. Cintila, sem pensar nas conseqüências, experimentou, e quase vomitou as tripas. 6 Eu, pelo contrário, comi mais de uma libra: tinha o mesmíssimo gosto de javali. Também, é o que eu sempre digo: se o urso come o pobre do homem, com mais razão o pobre do homem não deve comer o urso? 7 No fim, tivemos queijo fresco e vinho fervido, e um caracol para cada um, e pedaços de tripa e fígado em pratinhos, e ovos confeitados, e nabos, e mostarda branca, e um pratinho todo cagado... Chega! Quanta invenção! Até azeitona em conserva foi passando numa tigela, de onde uns mal-educados tiraram três punhados cada um. O pernil... esse nós dispensamos. [67.] 1 Mas me conta, Gaio, estou te perguntando, por que a Fortunata não senta aqui com a gente?

2 – Você conhece o jeito dela – disse Trimalquião. – Se não arrumar a prata, se não dividir as sobras entre os escravos, ela não vai colocar nem uma gota d'água na boca.

3 – Mesmo assim... – respondeu Habinas – se ela não se abancar, eu dou o fora.

E já ia se levantando se todos os escravos, a um sinal de Trimalquião, não tivessem chamado Fortunata mais de quatro vezes.

4 Fortunata então chegou com a roupa apertada de tal forma por um cinto verde-claro que por baixo apareciam sua túnica cereja, umas tornozeleiras espiraladas e chinelos brancos com detalhes dourados. 5 Então, enxugando as mãos num lenço que trazia preso ao pescoço, ela se dirige ao leito de Cintila, esposa de Habinas. Enquanto esta batia palmas, Fortunata beija-a.

– Puxa! Até que enfim a gente te vê!

6 A coisa foi indo até o ponto em que Fortunata tirou os braceletes de seus braços gordalhões e os deixou à mostra, para que Cintila os admirasse. Por fim, soltou inclusive as tornozeleiras e uma redinha que dizia ser comprovadamente de ouro. 7 Trimalquião reparou nisso e mandou que trouxessem tudo. Disse ele:

– Vocês podem ver o que prende as mulheres: é assim que a gente, feito uns bobocas, acaba sendo espoliado. Deve ter aí umas seis libras e meia. Eu mesmo tenho um bracelete, feito dos milésimos sacrificados a Mercúrio, de pelo menos umas dez libras.[45]

45 Um milésimo da riqueza arrecadada por Trimalquião deveria ser ofertado a Mercúrio, o deus do comércio. Contudo, é digno de nota que o ouro reverte em benefício de Trimalquião, que o transforma numa jóia. Por outro lado,

8 Por último, para não passar por mentiroso, mandou inclusive trazer uma balança, a fim de que convidados conferissem o peso. 9 E melhor não fez Cintila, que puxou do pescoço um relicário dourado, ao qual dava o nome de "Feliciano". Então, tirando dois brincos e, por sua vez, dando-os a Fortunata, para que ela examinasse seus detalhes; ela disse:

– Ninguém tem brincos mais encantadores que estes que ganhei de presente de meu marido.

10 – O quê? – disse Habinas. – Para eu te comprar esse feijão de vidro, você me limpou. Fiquem certos de que se eu tivesse uma filha, eu lhe cortaria as orelhas. Se não existissem mulheres, nós teríamos tudo por um nada; agora, isto aqui é mijar quente e beber frio.

11 Enquanto isso, meio melindradas, as mulheres riram entre si e, bêbadas, trocaram beijos, enquanto uma falava do zelo da outra como dona-de-casa, e a outra, da sem-vergonhice e do desmazelo do marido da amiga. 12 E enquanto elas se abraçavam desse jeito, Habinas se levantou de mansinho, agarrou os pés de Fortunata e os atirou sobre o leito.

13 – Au, au! – gritou ela, com a comprida túnica acima dos joelhos. Aninhada, então, no regaço de Cintila, escondeu com o lenço o rosto, ainda mais horrendo por causa do rubor.

[68.] 1 Logo depois, tendo Trimalquião dado ordem de servir a sobremesa, os escravos tiraram todas as mesas e trouxeram outras. Espalharam serragem tingida de amarelo e vermelho e uma coisa que eu nunca tinha visto antes: mica em pó. 2 Na mesma hora, Trimalquião disse:

considerando que uma libra equivale a 327 gramas, esse bracelete pesaria mais de três quilos e corresponderia a uma quantidade de três toneladas de ouro arrecadado pelo liberto. É outro exagero de Trimalquião.

– Eu poderia realmente estar satisfeito com esse prato; vocês terão de fato uma sobremesa. Mas se tiver algo de bom, manda.

3 Nesse meio-tempo, um escravo alexandrino, que servia água quente, achou de imitar rouxinóis, no que Trimalquião gritou imediatamente:

– Troca!

4 Subitamente, eis outra brincadeira. O escravo que estava sentado aos pés de Habinas, acho que sob ordens de seu patrão, de repente recitou com voz bem impostada:

"*Entrementes Enéias e sua armada já se faziam ao largo.*"

5 Jamais um som tão horrível bateu em meus ouvidos. É que lhe faltava cultura: elevava e diminuía seus berros sem nenhum ritmo; além disso, ele misturava versos de atelanas. Dessa forma, pela primeira vez, até mesmo Virgílio me desapontou. 6 No entanto, na hora em que ele por fim se cansou, Habinas comentou:

– Ele nunca foi à escola... Mas eu fiz com que ele se instruísse mandando-o para junto dos ambulantes. 7 Com ele não tem páreo, se quer imitar os carroceiros ou os camelôs. Ele é tão esperto que dá desespero na gente: ao mesmo tempo é sapateiro, é cozinheiro, é pasteleiro... Pau pra toda obra. 8 Agora, ele tem dois defeitos que, se não tivesse, seria perfeito: é circuncidado e ronca. Quanto ao fato de ser vesgo, não me preocupo; é assim que Vênus olha. Por isso, ele fala pelos cotovelos, é difícil vê-lo de olho parado. Comprei-o por trezentos denários.

[69.] 1 Cintila atalhou a conversa do marido:

– É claro que nem todas as "habilidades" desse escravo ordinário você conta... 2 Um alcoviteiro, isso sim; mas eu cuido dele, e vai ser na base do ferrete.

Trimalquião riu e disse:

– Conheço o capadócio: ele não nega a raça, e eu bato palmas para ele, por Hércules! Isso, sim, ninguém vai lhe pôr no túmulo.[46] Mas você, Cintila, deixa dessa ciumeira. 3 Vai por mim; nós também conhecemos vocês. Pelas minhas forças, se eu não costumava brincar com a própria patroa, a ponto do patrão desconfiar; foi por isso que ele me largou a cuidar lá de uns rincões... Mas boca calada, que eu ganho mais.

4 O safado do escravo, como se tivesse recebido um elogio, tirou das vestes uma lâmpada de cerâmica e por mais de meia hora ficou imitando os trompeteiros, enquanto Habinas fazia que o acompanhava comprimindo o lábio inferior com a mão. 5 Por fim, ele chegou a avançar para o meio do triclínio e, ora com uns pedaços de caniço, imitou flautistas, ora coberto de uma capa, representou com um chicote cenas da vida dos carroceiros. Isso até o momento em que Habinas, tendo-o chamado para junto dele, beijou-o e ofereceu-lhe bebida, dizendo:

– Bravo, Massa! Ganhou estas alpercatas.

6 E não teria havido limite nenhum para tanto sofrimento, se não fosse servido o último prato: umas tortinhas em formato de tordo, recheadas com uvas passas e nozes. 7 Depois vieram também marmelos que, para parecerem ouriços-do-mar, estavam traspassados de espinhos. Essas coisas até que seriam suportáveis, se não aparecesse um prato ainda mais monstruoso, a ponto de nós preferirmos morrer de fome: 8 na hora em que foi servido, como imaginávamos, um ganso cevado, rodeado de peixes e aves de todo tipo, Trimalquião disse:

46 Habinas era natural da Capadócia, e os capadócios tinham fama de libidinosos. Ao dizer que "conhece o capadócio", Trimalquião dá a entender que as delícias da vida devem ser aproveitadas.

– O que vocês estão vendo aqui é feito com um só ingrediente.

9 Eu, para variar muito esperto, entendi na hora do que se tratava. E, me virando para Agamêmnon, disse:

– Vou me admirar se tudo isso não for feito de madeira ou, no mínimo, de argila. Em Roma, eu vi nas saturnais uma miniatura que representava banquetes, feita do mesmo jeito.

[70.] 1 E eu nem bem acabara de falar, Trimalquião disse:

– Pelo aumento da minha riqueza, não da minha barriga! Juro que meu cozinheiro fez tudo isso com carne de porco. 2 Não pode haver homem mais valioso. Para quem quiser, de uma vulva ele faz um peixe; de um toucinho, um pombo; de um presunto, uma rolinha; dos quartos, uma galinha. Por isso, bolei para ele um nome muito bonito: ele se chama Dédalo. 3 E uma vez que ele tem boa cabeça, como presente eu lhe trouxe de Roma umas facas de ferro nórico.

Trimalquião mandou que as trouxessem na mesma hora e ficou admirando os objetos que examinava. Chegou mesmo a nos deixar provar o fio na bochecha.

4 De repente, entraram dois escravos como se houvessem brigado perto da fonte; de fato, ainda traziam as ânforas no ombro. 5 Então, embora Trimalquião fizesse o papel de juiz entre os dois briguentos, nenhum dos dois acatou a decisão daquele mediador; deram, sim, um na ânfora do outro com um bastão. 6 Aflitos com o atrevimento daqueles bebuns, reparamos melhor nos dois brigões e notamos que do bojo das ânforas quebradas iam escapando ostras e conchas, que um escravo recolhia e ia servindo numa travessa. 7 O talentoso cozinheiro não deixou por menos e numa grelha de prata preparou caracóis enquanto cantava com uma terrível voz entrecortada.

8 Dá vergonha contar o que aconteceu depois. Respeitando então um costume que eu não conhecia, escravos de cabelos compridos trouxeram óleo perfumado numa bacia de prata e untaram os pés dos convidados, tendo, no entanto, lhes enlaçado as pernas e os calcanhares com pequenas coroas de flores. 9 Depois, o mesmo perfume foi colocado num vaso próprio para vinhos e numa lucerna. 10 Quando Fortunata já se dispunha a dançar e Cintila já aplaudia bem mais do que falava, Trimalquião anunciou:

– Filárgiro, eu lhe dou permissão de se acomodar à mesa. Você também, Carião, embora seja um famoso torcedor dos verdes.[47] Diga à sua mulher Menófila para ela se acomodar também.

11 Que mais? Quase fomos atirados dos leitos, a tal ponto os escravos invadiram todo o triclínio. 12 Eu, pelo menos, acima de mim percebi o cozinheiro, que de um porco fizera um ganso: fedia a salmoura e a tempero. 13 Não contente em tomar lugar à mesa, ele se pôs imediatamente a imitar Éfeso, o ator trágico, e depois a provocar o patrão com uma aposta:

– E se os verdes ganharem a primeira palma nas próximas corridas do circo?

[71.] 1 Encantado com essa provocação, Trimalquião disse:

– Amigos, não só os escravos também são homens como beberam igualmente do mesmo leite, apesar de um mau destino tê-los oprimido. Entretanto, se depender de mim, cedo vão beber a água da liberdade. Em suma: eu liberto todos eles no meu testamento. 2 Além disso, a Filárgiro deixo uma propriedade

47 Na Roma antiga, havia quatro equipes que disputavam as corridas no Circo: a equipe vermelha (*factio russata*), a branca (*factio albata*), a azul (*factio ueneta*) e a verde (*factio prasina*). O torcedor costumava usar a cor da equipe de sua preferência.

e sua esposa; também, a Carião deixo uma casa de cômodos,[48] o
valor da vigésima e um dormitório completo. 3 Mas é a minha
querida Fortunata que faço herdeira mesmo. E ainda a recomen-
do a todos os meus amigos. Torno públicas todas essas intenções
pelo seguinte: para que todos os que dependem de mim me
amem agora como se eu já estivesse morto.

4 Todos desataram a dar graças à benevolência do patrão,
quando ele, pondo-se sério, mandou buscar um exemplar do testa-
mento e em voz alta o leu todo, de ponta a ponta, sob o lamento
da criadagem. 5 Voltando-se depois para Habinas, disse:

– E aí, amigão? Você me constrói o túmulo do jeito que
eu te disse? 6 Eu te peço por favor para pintar minha cadelinha
junto aos pés da minha estátua, e também coroas de flores, óleos
perfumados, e todas as lutas de Petraites, para que graças ao teu
trabalho eu possa viver após a morte. Além disso, quero que meu
túmulo tenha cem pés de frente e duzentos de fundo. 7 Em volta
de minhas cinzas quero todo tipo de árvores frutíferas e vinhas
em abundância. É de fato uma grande bobagem ter casas bem
cuidadas enquanto se está vivo e não cuidar delas quando deve-
mos ocupá-las por um tempo bem maior. E por isso antes de
tudo quero que seja escrito:

ESTE TÚMULO NÃO FAZ PARTE DA MINHA HERANÇA.

8 Além do mais, vou tomar algumas providências; cuidarei, no
testamento, de não receber ofensas depois de morto. Vou colocar,

48 Uma *insula* (casa de cômodos) era uma habitação popular de mais de um andar composta por vários apartamentos destinados à locação. Opõe-se à *domus*, mansão ou casa habitada por um único proprietário.

então, um dos meus libertos de guarda na sepultura, para que o povo não corra a cagar no meu túmulo. 9 Te peço para fazer no meu túmulo navios com as velas enfunadas pelos ventos, e eu sentado numa tribuna, vestido com uma toga pretexta e cinco anéis de ouro, distribuindo ao povo moedas tiradas de um saco. É... você sabe que eu dei um banquete e dois denários por cabeça. 10 Se você achar bom, também se podem colocar uns triclínios. Você também vai representar o povo todo se divertindo. 11 Na minha direita você vai colocar uma estátua da minha Fortunata com uma pomba nas mãos e conduzindo uma cadela presa por uma correia; vai pôr o meu "peixinho" e grandes ânforas seladas para o vinho não escorrer. Depois, você pode esculpir uma urna quebrada, e sobre ela um escravo chorando. No meio, um relógio, para que quem vá ver as horas, queira ou não queira, leia o meu nome. 12 A inscrição... presta atenção se esta aqui te parece boa o bastante:

AQUI JAZ C. POMPEU TRIMALQUIÃO MECENACIANO. FOI ESCOLHIDO COMO SÉVIRO AUGUSTAL MESMO DURANTE SUA AUSÊNCIA. PODIA ESTAR EM TODAS AS DECÚRIAS DE ROMA, MAS NÃO QUIS. RELIGIOSO, CORAJOSO, FIEL. VEIO DO NADA, DEIXOU TRINTA MILHÕES DE SESTÉRCIOS. E NUNCA ESCUTOU UM FILÓSOFO. DESCANSE EM PAZ. – TU TAMBÉM.

[72.] 1 Mal Trimalquião disse isso, desatou a chorar copiosamente. Chorava também Fortunata, chorava também Habinas. Por fim, como se tivessem sido convocados para um enterro, todos os escravos encheram o triclínio com seus lamentos. 2 Eu mesmo também já havia caído no choro, quando Trimalquião falou:

– Mas então, já que a gente sabe que vai morrer, por que não... viver? 3 Então eu quero ver todo mundo contente...Vamos ao banho que eu garanto: vocês não vão se arrepender. 4 Lá está quente como um forno.

– Beleza! – disse Habinas. – De um só dia, fazer dois, nada mau... – E se levantou de pés descalços e acompanhou o alegre Trimalquião.

5 Por minha vez, voltando-me para Ascilto, disse:

– O que você acha? Eu, se vejo um banho agora, é morte na certa.

6 – Vamos concordar – disse ele –, e enquanto eles se dirigem ao banho, nós vamos é fugir no meio da confusão.

7 Como esse plano nos parecesse interessante, chegamos à porta na direção indicada por Gitão. Lá, um cachorro preso numa corrente nos pregou um susto tamanho que Ascilto até caiu no viveiro de peixes. E comigo não foi diferente: eu, que também estava embriagado e que havia me assustado até com um cachorro numa pintura, fui dar-lhe uma ajuda, mas nesse movimento fui puxado para aquele mesmo turbilhão. 8 O atriense, no entanto, intervindo e acalmando o cachorro, nos ajudou e nos tirou para o seco. Tremíamos. 9 Gitão, por sua vez, há muito já havia se livrado do cachorro por meio de uma saída brilhante: tudo, tudo o que de nós havia recebido do banquete ele jogara para aquele ladrador que, interessado na comida, tinha sossegado. 10 De resto, tiritando de frio, tentamos conseguir de qualquer maneira do atriense que nos deixasse sair por aquela porta, mas ele falou:

–Você está enganado se pensa que pode sair por onde entrou. Nenhum convidado jamais saiu pela mesma porta; entra-se por uma, sai-se por outra.

[73.] 1 Que podíamos fazer nós, pobres coitados, fechados naquela nova espécie de labirinto? Então, tomar um banho agora era tudo o que queríamos. 2 Assim, pedimos ao atriense que nos levasse até o local, onde entramos sem as nossas roupas, as quais Gitão se pusera a secar à porta. É bem verdade que era um lugar apertado e parecido com um tanque de resfriamento, onde Trimalquião permanecia em pé. Mas nem assim foi possível escapar daquela sua presepada asquerosa; na verdade, ele dizia que não havia nada melhor que um banho sossegado, e que outrora naquele mesmo local havia existido uma padaria. 3 Depois, quando cansado ele se sentou, animado pela sonoridade daquele lugar, abriu sua boca bêbada até o teto e desandou a assassinar canções de Menécrates – segundo diziam os que estavam entendendo a língua dele. 4 Os demais convidados corriam em torno de uma tina, de mãos dadas, e faziam um barulho muito grande cantando velhas toadas. Outros, porém, ou tentavam recolher anéis do chão, com as mãos presas, ou, de joelhos, tentavam dobrar o pescoço para trás e tocar o dedão do pé. 5 Enquanto cada convidado brincava do seu jeito, nós entramos na banheira preparada para Trimalquião. Então, quando passou nossa bebedeira, fomos levados para outro triclínio, onde Fortunata havia feito um luxuoso arranjo sobre as lucernas. Notei também outras coisas: pescadores de bronze, mesas todas de prata, tendo, ao seu redor, grandes taças de cerâmica com detalhes em ouro. O vinho, sob nossos olhares, passava por um coador. 6 Então falou Trimalquião:

– Gente, hoje é o dia em que um dos meus escravos fez a barba pela primeira vez. Homem de bom caráter, é bom que se diga, e capaz de viver de migalhas. Por isso, vamos beber até cair e festejar até o sol raiar.

[74.] 1 Bem no momento em que dizia essas coisas, um galo cantou. Perturbado com o som emitido pela ave, Trimalquião mandou que jogassem vinho sob a mesa e que espargissem a lâmpada com vinho puro. 2 Depois, ele passou o anel para a mão direita e disse:

– Não foi à toa que essa trombeta aí deu o alarme: ou está para acontecer um incêndio, ou alguém nas vizinhanças está nas últimas. 3 Longe de nós! Quem trouxer esse agourento vai ganhar um prêmio.[49]

4 Nem bem se disse isso, um galo foi rapidamente trazido das proximidades. Trimalquião mandou que o cozinhassem num caldeirão. 5 Picado por aquele habilíssimo cozinheiro que pouco antes modelara aves e peixes com carne de porco, o galo foi atirado num caldeirão. E enquanto Dédalo bebia aquele seu brinde escaldante, Fortunata moía pimenta num pilão de buxo. 6 Então, consumidas essas iguarias, Trimalquião voltou-se para os escravos e falou:

– O quê? Vocês não comeram até agora? Então vão, para que outros venham para o serviço.

7 Veio outra turma e, enquanto aqueles que saíam gritaram "Boa noite, Gaio!", por sua vez os da turma que chegava disse-

49 O galo era considerado um infalível augúrio. Seu canto fora de hora prenunciava sempre um evento funesto, fosse um incêndio, um acidente, a própria morte. O esconjuro preconizado para esquivar-se dos perigos anunciados era principalmente verter água debaixo da mesa. Em seu exibicionismo e megalomania, no entanto, Trimalquião faz com que sob sua mesa se verta vinho. Depois de tomada essa providência, como reforço apotropaico o supersticioso Trimalquião passa o anel da mão esquerda para a mão direita. É preciso lembrar que era muito difundido na Antigüidade o uso de um anel considerado mágico como uma espécie de amuleto contra o mau olhado.

ram "Bom dia, Gaio!". 8 Foi quando nossa alegria se perturbou pela primeira vez: tendo entrado entre os novos serviçais um rapaz não de todo feio, Trimalquião partiu para cima dele e se pôs a dar-lhe uns beijos bem demorados. 9 Então, para mostrar que ainda tinha direitos iguais, Fortunata pegou a falar mal de Trimalquião, dizendo que ele era um sujo e um sem-vergonha, incapaz de conter seus desejos. Por último, ainda acrescentou:

– Cachorro!

10 Ofendido pela injúria, Trimalquião foi à forra, atirando uma grande taça contra o rosto de Fortunata. 11 Como se tivesse perdido um olho, ela soltou um grito e levou as mãos trêmulas ao rosto. 12 Cintila também se penalizou e cobriu a amiga palpitante junto ao colo. Melhor ainda, um escravo muito prestativo também levou-lhe uma pequena vasilha com água fria para o rosto. Inclinando-se sobre ela, Fortunata pôs-se a gemer e a chorar. 13 Trimalquião retrucou:

– Ora! Essa biscate não se lembra do que era? Eu a tirei do estrado onde ela estava exposta para venda! Eu fiz dela um ser humano! Mas ela incha feito uma rã e não cospe na própria roupa. Um cepo em forma de mulher. 14 Mas então: quem nasceu numa cabana não tem sonhos com palácios. Que meu Gênio me ajude; já, já vou dar um jeito de domar essa Cassandra de botinas. 15 E eu, um pobre coitado, podia ganhar dez milhões de sestércios. Você sabe que eu não minto. Agatão, o perfumista de uma dama aqui da vizinhança, puxou-me de lado e disse: "É bom você não deixar tua raça desaparecer". 16 Mas porque eu dou uma de bonzinho e não quero parecer leviano, eu mesmo me enfio uma machadinha na perna. 17 Não tem dúvida, já, já vou dar um jeito de você me procurar com as unhas. E para que desde já você entenda o que fez para si mesma: Habinas, não quero que você coloque a estátua dela no meu túmulo; é para não ficar brigando depois de morto. Muito pelo contrário, para que ela veja que eu posso castigar, não quero que me beije quando eu estiver morto.

[75.] 1 Depois desse cataclismo, Habinas tentou interceder junto a Trimalquião para que ele deixasse de tanto nervosismo:

– Nenhum de nós consegue evitar os erros – disse. – Somos homens, não deuses.

2 Cintila também, a mesma coisa: falou chorando e, chamando-o de Gaio, apelou para o Gênio dele, pedindo que não fosse intransigente. 3 Trimalquião não conteve por mais tempo suas lágrimas:

– Habinas, pelo tanto que quero te ver desfrutando os teus bens, eu te peço: se eu fiz alguma coisa errada, me cospe na cara. 4 Beijei esse rapaz de excelente caráter, não por sua beleza, mas porque tem caráter: sabe dividir por dez, pega um livro e lê com facilidade; economizou sua ração diária e conseguiu uma roupa de trácio; com o que vem poupando, comprou uma dessas cadeiras de encosto arcado e dois pequenos vasos de verter vinho. Ele não merece ser a minha menina-dos-olhos? Mas Fortunata fica implicando. 5 Então é assim, sua nanica? 6 Acho bom você aproveitar o que tem, seu abutre. Não me faça mostrar os dentes, queridinha: do contrário, você vai ver como sou cabeçudo. 7 Você me conhece: o que eu falei, tá falado. Mas vamos ao que interessa. 8 Eu peço a vocês: ânimo, minha gente! Eu também já estive na mesma situação de vocês hoje, mas cheguei até isto aqui pelo meu próprio esforço. Bom senso é o que faz os homens; o resto... nada tem o menor valor. 9 Compro bem, vendo bem; vocês vão ver que outros são de outra opinião. Estou estourando de felicidade. Mas você, que está aí rosnando, você ainda chora? Já, já vou arrumar um jeito de você chorar pelo seu destino. 10 Mas como eu tinha começado a dizer, a essa fortuna é que me trouxe o meu caráter. Vim tão grande da Ásia quanto este candelabro aqui. Quer dizer: todo dia eu costumava me medir por ele. E a fim de ter barba no rosto mais depressa, eu lambuzava a boca com óleo de lucerna. 11 É, mas no entanto fui as delícias do meu patrão durante quatorze anos. E não é nenhuma vergonha o que o patrão manda. Eu no entanto satisfazia minha própria patroa também. Vocês sabem o que eu estou falando: vou ficar quieto porque não sou de ficar contando vantagem. [76.] 1 Além disso, graças aos deuses, eu me tornei patrão de minha própria casa, e eis que acabei tomando o lugar do cabeça-oca do meu próprio patrão. 2 Que mais? Ele me fez co-herdeiro de César, e recebi um patrimônio digno de um senador. 3 No entanto nunca ninguém está satisfeito. Eu quis entrar nos negócios. Resumindo, construí cinco navios, carreguei com vinho – valia ouro na época – e mandei para Roma. 4 Parecia que tinha sido ordem minha: todos os navios afundaram. É fato, não é fantasia, não. Num único dia, Netuno engoliu trinta milhões de sestércios. Vocês pensam que eu desisti? 5 Por Hércules! Para mim... nem senti o gosto desse prejuízo: foi como se não tivesse acontecido nada. Fiz outros navios, maiores, melhores, com mais recursos, para ninguém dizer que eu não tinha coragem. 6 Todo mundo sabe... um navio grande tem uma grande força. Embarquei de novo o vinho, o toucinho, a fava, o perfume de Cápua, os escravos. 7 Nessa hora, Fortunata teve uma atitude cem por cento: todo o seu ouro, todas as suas roupas ela vendeu, e me deitou cem moedas de ouro na mão. 8 Esse foi o fermento do meu capital. Faz-se cedo o que querem os deuses. Numa só viagem arredondei a quantia de dez milhões de sestércios. Comprei na hora todas as terras que foram de meu patrão. Construí um palacete, comprei mercados de escravos e ao mesmo tempo comprei bestas de carga. Tudo o que eu tocava crescia como um favo. 9 Depois que em toda a minha região passei a ser o que mais tinha posses, eu pulei fora: me retirei dos negócios e passei a emprestar dinheiro para libertos. 10 E embora eu não quisesse de jeito nenhum, um astrólogo, que tinha vindo por acaso a nossa colônia, me levou a retomar meus negócios. O nome dele era Serapa, um desses gregos aí. Conselheiro dos deuses. 11 Ele me disse até coisas que eu tinha esquecido; contou tudo, de cabo a rabo; conhecia minhas entranhas; só faltava me dizer o que eu tinha comido na véspera. Parecia que ele tinha sempre morado comigo. [77.] 1 Você está de prova, Habinas – se não me engano você estava junto: "Tu conquistaste tua senhora à custa daquelas coisas... Tu és pouco feliz nas amizades. Nunca ninguém retribui o que tens para dar. 2 Tu possuis grandes extensões de terra. Tu alimentas uma víbora no teu peito", e – o que eu não diria a vocês, hein? – ele disse até mesmo que me restam agora trinta anos, quatro meses e dois dias de vida. Além disso, logo, logo eu vou receber uma herança. 3 Isso foi o que disse meu destino. Porque se eu conseguir juntar minhas terras à Apúlia, terei chegado satisfeito ao fim da vida. 4 Nesse meio-tempo, enquanto Mercúrio olhava por mim, construí este palacete. Como vocês sabem, era um casebre, agora é um templo. Tem quatro salas de jantar, vinte quartos, dois pórticos de mármore; em cima, uma série de salas, o quarto em que eu mesmo durmo, uma sala de estar para essa víbora aí, o aposento excelente do porteiro; nas acomodações cabem meus hóspedes. 5 Quer dizer, quando Escauro vem para estas bandas, não quer se hospedar em outro lugar, e perto do mar ele tem o pai, que o abriga. 6 E tem muitas outras coisas, que já, já eu mostro a vocês. Acreditem em mim:

"Um asse tenhas, um asse valerás; dinheiro tens, prestígio terás". Assim como esse seu amigo que foi rã e agora é rei. 7 Enquanto isso, Estico, traz as roupas com que eu quero ser enterrado. Traz também o perfume e uma amostra daquela ânfora, onde está o vinho que eu exijo para lavarem os meus ossos.

[78.] 1 Estico não se demorou; mas, sim, trouxe para o triclínio uma capa branca e uma toga pretexta... Trimalquião mandou que nós a apalpássemos: não eram feitas de boa lã? 2 Então, abrindo um sorriso, falou:

– Estico, veja para que nem os ratos nem as traças toquem nesta roupa. Do contrário, vou te queimar vivo. Eu quero ser enterrado cheio de pose, para que todo mundo fale bem de mim.

3 Na mesma hora abriu um frasco de perfume de nardo e nos borrifou a todos, dizendo:

– Espero que quando eu estiver morto este perfume continue me agradando como agora.

4 Quanto ao vinho, esse ele mandou derramá-lo num vaso apropriado. Então falou:

– Imaginem que vocês são os convidados de meu banquete fúnebre.

5 Aquilo caminhava para o extremo mau gosto, quando Trimalquião, tocado de uma bebedeira das mais desprezíveis, mandou que trouxessem novo espetáculo e corneteiros para o triclínio. Então, amparado por vários travesseiros, deitou-se em seu leito derradeiro e disse:

– Finjam que estou morto. Digam algo de belo.

Os corneteiros atacaram numa marcha fúnebre. 6 Principalmente um, o escravo daquele agente funerário, que entre eles era o melhorzinho, tocou tão alto que acordou toda a vizinhança. 7 Então os guardas que zelavam pelo bairro, certos de que a casa de Trimalquião estava pegando fogo, arrombaram subitamente a porta e, por sua conta, com água e machados, deram início a um tumulto.

8 Aproveitando aquela excelente oportunidade, demos adeus a Agamêmnon e fugimos apressadamente, como se fosse de um incêndio mesmo.

7. O abandono de Encólpio

[79.] 1 Sem o auxílio de um único facho que nos abrisse o caminho, andávamos a esmo, e o silêncio da noite já avançada não nos deixava sequer a esperança de cruzarmos com algum transeunte que portasse uma luz. 2 Além de tudo, havia a nossa bebedeira e o confuso fato de não compreendermos aqueles lugares nem mesmo durante o dia. 3 Assim, depois de ficarmos arrastando por quase uma hora inteira os pés ensangüentados por tudo quanto era cascalho e cacos de vaso cheios de pontas, foi a esperteza de Gitão que nos tirou daquela embrulhada. 4 Por cautela, porque receava perder-se até mesmo à luz do dia, ele na véspera havia marcado com giz todas as pilastras e colunas. Essas marcas venciam a noite mais cerrada e, perdidos como estávamos, nos mostravam o caminho por meio de sua notável luminosidade.

5 No entanto, nossa fadiga não cessou nem mesmo depois de chegarmos à hospedaria. 6 É que a própria albergueira, uma velha, depois de beber tanto com os outros hóspedes não teria recobrado os sentidos nem que ateassem fogo nela. E talvez tivéssemos passado a noite toda na entrada se não aparecesse um mensageiro de Trimalquião com uma luxuosa comitiva de dez carros. 7 Sem

hesitar muito tempo, ele arrebentou a porta da hospedaria e nos passou pelo mesmo buraco.

★

8 *Que noite foi aquela, ó deuses e deusas!/ Que leito macio!/ Ardentes nós nos abraçamos e usamos nossos lábios/ para trocarmos de um para o outro/ as nossas almas sem destino./ Adeus, ó inquietações da vida.../ Mas, no que me toca, foi esse o princípio do fim.*

Eu não tenho por que me felicitar: 9 não é que, vencido pelo vinho, eu relaxei minhas mãos bêbadas, e Ascilto, capaz de conceber qualquer ultraje, roubou-me o menino durante a noite, levando-o para seu leito? Tendo rolado à vontade com um irmãozinho que não era seu, e percebendo ou não o ultraje, ou mesmo dissimulando-o, dormiu em abraços alheios, esquecido do direito natural. 10 Logo que acordei, tateei todo o leito despojado da minha alegria e – se merecem fé os amantes – hesitei em atravessar os dois com o gládio e fazer do sono e da morte uma coisa só. 11 Depois, tomei uma decisão mais sensata e acordei Gitão a bofetadas. Mas quanto a Ascilto, encarando-o com um olhar ameaçador, eu disse:

– Uma vez que você, com esse crime, violou a confiança e nossa amizade mútua, pegue as suas coisas o mais depressa possível e procure outro lugar para cometer suas infâmias.

12 Ele não se opôs, mas depois que dividimos os nossos pertences com a maior boa-fé, ele disse:

– Anda, agora também vamos dividir o menino.

[80.] 1 Pensava eu que Ascilto, prestes a partir, estivesse brincando. Mas não, ele puxou seu gládio numa atitude parricida e disse:

– Você não há de desfrutar sozinho dessa presa com quem está se deitando. Ainda que desprezado, quero a minha parte, nem que seja preciso cortá-la fora com este gládio.

2 Quanto a mim, minha atitude foi a mesma, e com o manto enrolado em volta do braço, pus-me em guarda para a luta.

3 No meio da loucura desses infelizes, na mais completa tristeza, o menino se arrastava chorando aos pés dele e pedia – suplicava – que aquela humilde hospedaria não divisasse novos irmãos tebanos,[1] nem que maculássemos com sangue mútuo a santidade de tão nobre amizade. 4 Gritava ele:

– Se é inevitável um crime assim, eis aqui minha garganta nua; levai até ela as mãos, cravai nela as espadas. Sou eu que devo morrer, eu, que destruí essa santa amizade.

5 Depois desses pedidos, baixamos as armas. Ascilto foi o primeiro a falar:

– Eu é que darei um fim ao desacordo. O próprio garoto que siga quem ele quiser. Que pelo menos lhe seja garantida a liberdade de escolher o companheiro.

6 Julgando que nossa antiqüíssima relação já houvesse se transformado num pacto de sangue, nada temi. Na verdade, até aceitei a proposta com uma precipitação temerária e deixei a disputa para aquele juiz. Ele nem sequer refletiu: na verdade, para não dar a impressão de hesitar, mal ouviu a última sílaba, ergueu-se e escolheu Ascilto como companheiro. 7 Fulminado por essa sentença, caí sobre o leito assim como estava, sem o gládio e, condenado, teria lançado a mão sobre mim mesmo se não me fosse odiosa a vitória do inimigo.

1 A atitude trágica de Gitão lembra Etéocles e Polinice, filhos de Édipo e Jocasta, os irmãos que mataram um ao outro em luta pelo trono de Tebas.

8Ascilto parte arrogante com sua prenda, deixando abandonado num lugar estranho aquele que pouco antes era o seu camarada querido e de igual condição graças às semelhanças do destino.

9*A palavra amizade, assim,/ perdura apenas enquanto interessa;/ pedra num tabuleiro/ toma uma trajetória inconstante./ Enquanto a sorte permanece,/ vós, amigos, conservais inalterado o semblante;/ quando cessa ela, em fuga infame voltais os rostos.*

★

No palco, uma trupe encena um mimo:/ aquele é chamado de pai; este, de filho;/ um outro intitula-se "o rico"./ Logo que o roteiro encerra seu texto humorístico,/ a face verdadeira reaparece; a encenada fenece.

[81.] 1Contudo, não me entreguei às lágrimas por muito tempo, mas temendo – entre outros infortúnios – que Menelau, o ajudante de nosso mestre, me encontrasse sozinho na hospedaria, juntei minhas poucas coisas e, entristecido, parti para um local retirado, próximo ao mar. 2Ali fechado durante três dias, a solidão e o abandono voltando-me ao espírito, com o pranto eu fustigava o meu peito doente e, em meio a tantos e tão fortes gemidos, muitas vezes eu chegava a gritar:

– Não teve a terra o poder de aniquilar-me, sugando-me para o seu seio? 3Nem o mar, impiedoso até mesmo para com os inocentes? Escapei à justiça, salvei-me da arena, matei aquele que me hospedou, tudo isso para que, apesar desses títulos de audácia, eu jazesse mendigo, exilado, abandonado num albergue de uma cidade grega? E quem é o culpado desta minha solidão? 4Um rapaz corrompido por todo tipo de luxúria e, como ele próprio confessa, que merece o exílio. Porque se deixou estuprar, eximiu-se da escravidão; porque se deixou estuprar, consideram-no livre já de nascimento. Ao jogo de dados ele deve os anos que viveu; ele, que até quem o julgava homem o tomou por uma garota. 5 E aquele outro? Um menino que no dia da toga viril vestiu roupa de madame; ele, que a mãe convenceu de que não era homem; que num cárcere de escravos serviu de mulher; que depois se inverteu e mudou de afinidades; ele, para quem a expressão "velha amizade" não faz sentido e – mas que vergonha! – feito uma mulher da rua, vendeu tudo em troca dos abraços de uma única noite. 6 Agora os amantes passam a noite inteira abraçados e, talvez exaustos pelos prazeres que trocam entre si, zombam de minha solidão. Mas isso não fica assim. Ora, ou eu não sou homem e livre, ou vingarei com seu sangue malfazejo essa ofensa contra mim.

[82.] 1 Depois de dizer tudo isso, prendi meu gládio à cinta e, para que a fraqueza não pusesse a ação a perder, restabeleci as forças com uma boa quantidade de alimentos. Em seguida ganhei o passeio e, como é próprio de um desatinado, fiquei circulando por todos os pórticos. 2 Mas, enquanto com o semblante perturbado e enfurecido eu não pensava em mais nada que não fosse morte e sangue, e várias vezes levava a mão ao cabo da espada, que eu oferecera aos deuses infernais, um soldado reparou em mim. Talvez fosse um vagabundo ou um assaltante, desses que agem à noite.

3 – E aí, colega – disse ele –, de que legião você é? Qual é a sua centúria?

Como ficou evidente que eu estava mentindo, não só a respeito do centurião como também da legião, ele replicou:

– Ora, vamos! No seu exército os soldados andam de chinelas?

4 Como então eu entregasse a mentira pelo meu semblante e também pela própria tremedeira, ele mandou-me baixar as armas e precaver-me contra o que pudesse ocorrer de mau. Então, esbulhado e, além disso, com a vingança atalhada, voltei para a hospedaria. O medo foi diminuindo aos poucos, e acabei agradecendo a petulância do assaltante.

★

5 *Cercado de água não bebe;/ os frutos pendentes não colhe o infeliz Tântalo,/ oprimido embora pela sofreguidão./ Há de ser esta a imagem do grande abastado que,/ embora tudo acumule, sente o medo/ e suporta a fome com boca ressequida.*

★

6 Convém não dar muito crédito aos planos, porque o destino tem suas disposições.

★

8. Eumolpo

[83.] 1Acabei indo parar numa pinacoteca maravilhosa, tamanha era sua variedade de quadros. De fato, lá eu vi o produto das mãos de Zêuxis, que o ataque do tempo ainda não arruinara; toquei, também – não sem um certo estremecimento – os esboços de Protógenes, que rivalizavam em realismo com a própria natureza. 2Além disso, havia uma pintura de Apeles que os gregos chamam *monócnemon*,[1] a qual eu também pude venerar. De fato, os contornos das figuras haviam sido traçados com tantos detalhes para parecerem naturais que dava a impressão de que as almas é que haviam sido pintadas. 3Aqui a majestosa águia levava pelo céu o filho de Ida. Ali o inocente Hilas repelia uma dissoluta náiade. Apolo dizia malditas as suas mãos assassinas, e sua lira distendida ele adornava com uma flor há pouco desabrochada. 4Em meio a todas essas representações de casos amorosos, como se estivesse sozinho, eu gritei:

1 Zêuxis, Protógenes e Apeles foram célebres pintores gregos. *Monócnemon*: alude-se aqui a uma pintura desconhecida de Apeles que, por sugestão do termo, indicaria uma imagem que se apoiava em uma só perna, possivelmente uma Diana em atitude de corrida.

– Quer dizer que o amor toca até mesmo os deuses! No pró-
prio céu, Júpiter não encontrou o objeto de seus amores; contudo,
mesmo disposto a dar uns passos em falso, não fez mal a ninguém
na Terra. 5 A ninfa, que havia raptado Hilas, teria abrandado sua
paixão se acreditasse que, a fim de resolver a situação, Hércules se
apresentaria. Apolo transformou em flor a sombra de seu garoto.
Todos os mitos falam também de relações amorosas sem a presen-
ça de um rival. 6 Mas justamente eu acolhi em meu convívio um
companheiro mais cruel que Licurgo.[2]

7 Acontece, porém, que, enquanto eu falava aos quatro ventos,
entrou na pinacoteca um velho de cabelos brancos e de aparência
atormentada. Adivinhava-se nele um ar de grandeza, não sei bem,
mas pela maneira de se vestir ele não era exatamente elegante, a
ponto de passar-se com facilidade por um desses homens da cate-
goria dos intelectuais, desses que costumam odiar os ricos. 8 Ele
então parou ao meu lado.

★

– Eu sou poeta – ele disse –, e acho que não dos piores, se é que
se pode confiar um pouco nas coroas, que, como acontece, tam-
bém são dadas como prêmio aos medíocres. 9 Mas, então, por que

2 A menção a Licurgo aqui pode ter mais de uma explicação: pode tratar-se do rei da Trácia que criou obstáculos à relação de Baco com seus súditos, ou indicar, talvez, um orador grego, contemporâneo de Demóstenes, de caráter incorruptível. Ainda, não é impossível tratar-se de uma lembrança de Encólpio acerca de uma personagem do próprio *Satíricon* que figuraria nas partes perdidas da obra, talvez antes do episódio de Quartila. Licurgo teria hospedado Encólpio e por ele teria sido roubado e assassinado em razão de ciúmes amorosos despertados pela maldição de Priapo.

estou tão malvestido, você me pergunta. Por causa disso mesmo: o amor pelo talento nunca deu riqueza a ninguém.

10 *Quem confia no oceano colhe grandes proveitos./ Quem busca as batalhas e os acampamentos militares/ cobre-se de ouro./ O vil adulador dorme bêbado em púrpura bordada,/ e quem procura mulheres casadas/ tem seu erro transformado em recompensa./ Somente a eloqüência passa frio sob panos rotos/ e, com seu pobre discurso, invoca as artes abandonadas.*

[84.] 1 Não resta dúvida, é assim mesmo: se alguém que é inimigo de todos os vícios teima em caminhar corretamente na vida, a primeira coisa que obtém é o ódio, por causa da disparidade de hábitos. Quem, afinal, pode aprovar princípios opostos aos seus? 2 Depois, aqueles que se preocupam apenas em acumular riquezas não querem que ninguém julgue que existam coisas melhores do que aquilo que eles próprios possuem. 3 Assim, atiram-se da maneira que podem contra os amantes da literatura, para mostrar que também estes se submetem ao dinheiro.

⋆

4 Não sei como, mas a irmã de um grande talento é a pobreza.

⋆

5 Quisera eu que meu inimigo, que me obriga à abstinência, fosse incapaz de prejudicar-me a ponto de poder apaziguar-se. Mas, na verdade, ele é um antigo malfeitor, e mais astuto que os próprios gigolôs.

★

[85.] [EUMOLPO.] 1 – Certa vez, estive na Ásia a serviço de um questor. Alojei-me em Pérgamo. Lá eu me arrumei muito bem: a casa em que morei era confortável, e o filho do dono, então, era uma beleza fora de série. Logo pensei numa maneira de me tornar namorado dele sem levantar as suspeitas do pai. 2 Então, durante o jantar, todas as vezes que se mencionava algo a respeito de casos com rapazes bonitos, eu me inflamava de uma forma tão veemente, eu me negava a violentar meus ouvidos com palavras obscenas, mostrando uma tristeza tão profunda que principalmente a mãe do moço via-me como se fosse eu um dos antigos filósofos. 3 Logo, a fim de que nenhum sedutor se infiltrasse em casa, eu já havia passado a levar o adolescente ao ginásio, a organizar os estudos dele, a ensiná-lo e orientá-lo.

★

4 Por acaso, certa vez nos deitamos no triclínio, porque as festividades daquele dia haviam reduzido a aula e as brincadeiras mais fortes nos deram preguiça de nos recolhermos. Foi quando, perto da meia-noite, percebi que o menino ainda estava acordado.
5 Então, murmurando bem baixinho, fiz uma promessa:

– Ó Senhora Vênus – disse eu –, se eu beijar este menino sem que ele perceba, amanhã eu lhe darei um casal de pombos.

6 Bastou ouvir o preço dos meus desejos, o menino começou a roncar. Então, aproximei-me do manhoso e o enchi de beijocas. Satisfeito com esse começo, levantei bem de manhãzinha e cumpri minha promessa: escolhi um casal de pombos e levei para o pequeno, que já esperava pelo presente.

[86.] 1 Na noite seguinte, como acontecesse a mesma coisa,
mudei então de conversa:

– Se eu acariciar este garoto com a minha mão-boba – disse eu – e ele não perceber, darei a esse paciente rapaz dois galos dos mais brigões.

2 Diante dessa promessa, o garoto veio espontaneamente
mais para perto, e eu acho que ele ficou com medo de que eu
dormisse. 3 Então tratei de acalmar sua inquietação e me regalei
com todo o corpo dele. Mas não cheguei ao prazer supremo.
Depois, quando amanheceu, eu lhe trouxe, para sua alegria, aqui-
lo que havia prometido.

4 Quando a terceira noite me deu oportunidade, arrastei-me para junto do garoto, que fingia estar dormindo, e disse-lhe ao ouvido:

– Ó deuses imortais! Se enquanto esse menino dorme eu fizer sexo com ele – mas tem que ser bem gostoso e até o fim –, em troca dessa felicidade amanhã darei ao garoto um formidável trotador da Macedônia. Mas com esta condição: se ele não perceber.

5 Nunca o menino dormiu um sono mais profundo. Assim, primeiro enchi minhas mãos com a brancura de seus seios de leite; em seguida uni-me a ele num beijo e, depois, de uma só vez eu cumulei todos os meus apetites.

6 De manhã ele ficou em meu quarto esperando pelo que
eu costumava fazer. Você sabe que é mais fácil comprar pombos
e galos que um cavalo trotador. Além disso, eu ainda temia que
um presente tão grande tornasse minha generosidade suspeita.
7 Algumas horas mais tarde, voltei para casa e não fiz nada a não
ser beijar o garoto. Mas ele, olhando em volta, logo abraçou-me
o pescoço e perguntou:

– O senhor pode me dizer onde está meu trotador?

★

[87.] 1 Por causa dessa afronta, fechei para mim mesmo a porta que eu tinha aberto; mas, mesmo assim, voltei àquela safadeza. De fato, poucos dias depois uma casualidade semelhante nos proporcionou a mesma boa sorte, e logo que percebi o pai ressonar, insisti com o garoto para que ele voltasse às boas comigo, isto é, disse que fosse menos intransigente com o que lhe acontecesse, e outras coisas que uma libido intumescida ordena. 2 Mas ele, nitidamente zangado, não dizia outra coisa que não fosse o seguinte:

3 – Dorme, ou vou já dizer a meu pai.

Mas nada é tão difícil que um mau caráter não arranque. Enquanto ele dizia "Vou acordar meu pai", eu, a despeito de tudo, me introduzi sorrateiramente e arranquei prazer de sua mal fingida relutância. 4 De sua parte, ele não pareceu desapontado com minha lascívia e depois de algum tempo reclamando de ter sido enganado e ter se tornado alvo de risadas entre seus colegas, a quem contara minha promessa, disse:

5 – É, mas você vai ver: eu não serei como você. 6 Se quer, faz de novo.

Já que não havia mais ressentimento, voltei às boas com o garoto e, depois de aproveitar sua boa vontade, caí no sono. 7 Mas não se contentou com mais essa vez o menino, que estava na flor da juventude e numa idade em que é muito forte o desejo de se entregar. Assim, ele me tirou do sono dizendo:

– Será que você não quer mais?

8 É claro que o presente ainda não era de todo mau. Suspiros, suores... Embora eu estivesse moído, ele teve o que pedia, e eu caí de novo no sono, derreado de prazer. Menos de uma hora depois, ele voltou a me cutucar com a mão, dizendo:

– Por que a gente não faz de novo?

Então, depois de acordar tantas vezes, eu é que fiquei danado da vida e acabei lhe devolvendo as próprias palavras:

9 – Ou você dorme, ou eu direi já a seu pai.

★

[88.] 1 Fiquei animado com essas palavras e pus-me a conversar com aquele homem, que se mostrava muito entendido. Consultei-o a respeito de quando aqueles quadros haviam sido pintados e de uns outros assuntos pouco claros para mim. Ao mesmo tempo, tratei de tirar dele a causa da decadência de nossos dias, numa época em que as belas-artes pereciam, entre as quais a pintura, que não havia deixado o menor vestígio. 2 Disse ele, então:

– Foi a cobiça do dinheiro que provocou essas mudanças. Nos tempos antigos, quando a virtude pela virtude ainda agradava, vigoravam as artes liberais, e a maior emulação entre os homens era a de desvendar o que seria proveitoso para a posteridade. 3 Assim, Demócrito extraiu o sumo de todas as plantas e, para demonstrar a propriedade dos minerais e das ervas, gastou a vida inteira em experiências. 4 Eudoxo certamente envelheceu no topo das mais altas montanhas para estudar o movimento dos astros e do céu, e Crisipo, a fim de se preparar para a pesquisa, dopou-se três vezes com heléboro. 5 Contudo, voltando às artes plásticas, Lisipo morreu de fome, obcecado pelas linhas de uma única estátua, e Mirão não encontrou um sucessor, ele que praticamente fizera em bronze almas de homens e de animais. 6 Mergulhados em vinho e mulheres, porém, nós nem sequer ousamos conhecer artes já estabelecidas, mas, detratores das coisas dos antigos, apenas aprendemos e ensinamos vícios. Onde está a dialética? Onde a astronomia? Onde o caminho cultíssimo da sabedoria? 7 Quem foi alguma vez a um templo e fez promessa para alcançar a eloqüência? Quem fez promessa para atingir a fonte da filosofia? 8 Não se pede sequer boa saúde, física ou mental, mas antes mesmo de tocar o limiar do Capitólio um promete uma oferenda se enterrar um parente rico; outro, se cavar um tesouro; outro, se até o fim da vida acumular trinta milhões de sestércios. 9 É comum o próprio Senado, condutor do bem e da justiça, prometer mil libras de ouro ao Capitólio. E para tornar patente a todos a cobiça por dinheiro, é justamente por meio do dinheiro que faz súplicas a Júpiter. 10 Portanto, não é de admirar que a pintura esteja em crise, quando todos, deuses e homens, julgam uma barra de ouro mais bela que qualquer obra de Apeles e Fídias, esses gregos fora do comum. [89.] 1 Mas estou vendo que você está profundamente interessado naquele quadro, que mostra a tomada de Tróia.[3] Então, usarei versos para tentar explicar a pintura:

v.1 *Era já a décima safra./ Encontravam-se os infelizes frígios oprimidos/ entre temores que passavam de um extremo a outro./ Em razão de um medo atroz,/ oscilava hesitante a confiança do vate Calcante./ Eis senão que a um prenúncio do deus de Delos/ despoja-se o topo do monte Ida/ e os carvalhos cortados caem em quantidade/ para se transformar num cavalo ameaçador./*

v.7 *Abrem-se um enorme covil e um fojo secreto,/ capazes de entranhar um exército./ Oculta-se nesse local uma coragem enfurecida/ em*

3 O poema que se segue remete ao livro II da *Eneida*, de Virgílio. Suetônio informa que Nero teria cantado poema de título idêntico enquanto Roma ardia no famoso incêndio.

razão de uma luta já velha de uma década./ Os dânaos preenchem os profundos recessos,/ e se escondem nessa oferenda./ v.11 *Ó pátria! Acreditamos expulsas as mil naus/ e a terra livre da guerra:/ era essa a inscrição estampada no animal;/ isso afirmava Sinão, tramando a ruína,/ mentira capaz de levar-nos ao desastre./* v.15 *Uma multidão libertada e a salvo da guerra/ logo avança pelas portas, cumprindo promessas./ Pelas faces escorre o pranto,/ e o júbilo do espírito outrora atemorizado tem lágrimas também./* v.18 *O medo logo as secou, pois o sacerdote de Netuno,/ Laocoonte, de cabelos desgrenhados,/ cumula o povo de clamores/ e, brandindo em seguida um dardo, visa ao ventre do cavalo./ O destino, contudo, retém suas mãos e o golpe resvala/ e faz crescer a confiança naquela armadilha./* v.21 *Mas ele de novo procura dar firmeza à fraca mão/ e com sua bipene sonda os flancos profundos./ Os jovens lá dentro recolhidos estremecem/ e, à medida que produzem o ruído,/ a massa de carvalho dá sinais de um estranho medo./* v.27 *Avança a juventude oculta,*[4] *enquanto toma Tróia/ e, com a novidade do ardil, decidem toda a guerra./* v.29 *Sucedem outros prodígios:/ no lugar em que a altiva Tênedos*[5] *ocupa o mar/ com a linha de sua costa, as águas se erguem/ e se encrespam, e resulta uma onda que rebentada/ é mais baixa que o mar sereno,/ tal como no silêncio da noite ouve-se ao longe/ o som de remos quando frotas sulcam o mar/ e geme sua superfície marmórea tocada pela nau que flutua./* v.35 *Voltamo-nos para ver: serpentes de espiras gêmeas/ levam as ondas para os rochedos/ e, feito embarcações de alto costado,/ seu peito túmido vai abrindo as espumas para os lados./* v.38 *Ressoa a cauda, as jubas aparecendo acima das águas/ têm o mesmo brilho dos olhos./ Um esplendor de raio incendeia o mar/ e sibilantes as ondas tremulam./* v.41 *Os corações*

4 São os soldados escondidos dentro do cavalo de madeira.

5 Ilha defronte o litoral de Tróia, atrás da qual escondeu-se a frota grega que fingira bater em retirada.

ficaram assombrados./ Com suas ínfulas e seu traje de culto frígio ali estavam,/ sagrados, os filhos de Laocoonte, dúplice prova de seu amor./ De repente, as ondulantes serpentes os prendem com o dorso./ Eles levam as mãos pequeninas ao rosto,/ nenhum pensa em auxílio para si,/ mas cada qual pensa no irmão./ A piedade modificou os destinos/ e a própria morte arruína os infelizes,/ a temer um pelo outro./ v.48 *Eis então que o pai, auxílio sem qualquer valia,/ cumula o desastre dos filhos./ As serpentes atacam o homem, ainda que alimentadas pela morte,/ e seu corpo, o arrastam para o solo./* v.51 *O sacerdote jaz como vítima entre os altares e toca a terra./ Assim, profanou-se o que havia de sagrado: / Tróia, cujo destino era a ruína, primeiro perdeu os deuses./* v.54 *Já plena, Febo emitia o esplendor de seu brilho/ e conduzia os astros menores com sua face resplandecente./ Foi quando os gregos abriram seus esconderijos/ e espalharam seus homens entre os filhos de Príamo,/ que se encontravam mergulhados na noite e no vinho./* v.57 *Os chefes experimentam-se nas armas/ da forma como costuma fazer o corcel da Tessália:/ livre do nó do jugo, ele sacode a cabeça/ e a longa crina, pronto para a corrida./* v.61 *Seus gládios eles os sacam,/ manejam seus escudos e lançam-se ao combate./ Nesse momento um grego degola os guerreiros pesados de vinho/ e os leva a continuar seu sono na morte, derradeira./ Um outro acende as tochas dos altares/ e contra os troianos invoca os deuses sagrados de Tróia.*

[90.] 1 Quem passava pelos pórticos atirou pedras em Eumolpo enquanto ele recitava. Mas ele, que já conhecia a homenagem ao seu talento, cobriu a cabeça e fugiu do templo. 2 Eu, de minha parte, receei que ele me chamasse de poeta. Assim, fugindo atrás dele, cheguei ao litoral, e tão logo foi possível parar fora do alcance dos projéteis, perguntei a ele:

3 – Mas o que é que você quer com essa doença? Em menos de duas horas comigo, e você falou mais como poeta do que

como gente. Assim, não me admira que o povo te persiga a pedra-
das. 4 Eu também vou encher meus bolsos de pedras, para te tirar
sangue da testa todas as vezes que você começar a ficar saliente.

Ele virou-se e falou:

– Ó meu jovem, não é hoje a primeira vez que isso acon-
tece. 5 Na verdade, sempre que entro num teatro para recitar algo,
o público me recebe desse jeito. 6 Em todo caso, para não ter
motivo de briga também com você, o dia inteiro vou me privar
desse alimento.

E eu disse:

– Então, se por hoje você deixar de lado essa birutice, vamos jantar juntos.

★

7 Mando a encarregada dos aposentos preparar um pequeno jantar.

★

[*Encólpio reencontra, nos banhos, seu amado Gitão e o leva para o lugar onde estava hospedado.*]

9. Gitão

[91.] 1Vejo Gitão com panos e escovas, encostado a uma parede, triste e abatido. 2Via-se: era a contragosto que fazia papel de escravo. Assim, para me certificar daquilo que eu estava vendo...

★

Abrindo-se num sorriso, ele volta-se para mim, dizendo:

– Desculpe, irmãozinho. Quando não há armas, eu falo francamente. Arranque-me das mãos desse bandido sanguinário, e castigue com a crueldade que quiser o arrependimento deste teu juiz. Será um alívio muito grande para um ser desprezível como eu ter perecido por tua vontade.

3Por meu lado, mandei que parasse com aquela choradeira, para que ninguém percebesse nossas intenções e, tendo abandonado Eumolpo – bem... ele recitava um poema ali nos banhos –, tirei Gitão por uma saída escura e suja, chegando às escondidas ao meu albergue. 4Então, a portas fechadas, atirei-me em cima dele, cheio de abraços, cobrindo com meu rosto sua boca banhada em lágrimas. 5Durante um bom tempo, nem um nem outro encontrava palavras. O garoto mesmo tinha o peito encantador sacudido por muitos soluços.

6 – Que injustiça! Que vergonha! – disse eu. – Porque, mesmo abandonado, eu te amo. Neste peito meu não há mais cicatriz, apesar de ter recebido uma profunda ferida. Que é que você tem a dizer, você, que cedeu a um amor alheio? Será que eu mereci essa afronta?

7 Depois que se percebeu amado, ele ergueu um pouco mais a sobrancelha...

★

– As questões sobre o nosso amor eu não passei para outro juiz. Pelo contrário: desde que você esteja sinceramente arrependido, eu já não me queixo de nada, nem me lembro de nada.

8 Como eu tivesse falado tudo isso entre gemidos e lágrimas, o garoto enxugou o meu rosto com o manto e disse:

– Eu te pergunto, Encólpio, recorro à tua própria memória, confio em você: fui eu que te abandonei ou foi você que me entregou? Uma coisa é certa, da minha parte confesso sinceramente: quando vi os dois armados, fugi para o mais forte.

9 Tendo beijado repetidas vezes aquele peito pleno de sabedoria, enrosquei meus braços em torno de seu pescoço. E para que ele entendesse facilmente que eu o perdoava e que a amizade ressurgia com confiança ainda maior, estreitei-me todo contra o peito dele.

[92.] 1 Já era noite fechada, e a mulher cuidara de minha encomenda para o jantar, quando Eumolpo bate à porta. 2 Pergunto eu:

– Quantos vocês são?

Ao mesmo tempo, pus-me imediatamente a espiar, com a maior atenção, por uma fresta da porta para ver se Ascilto não tinha vindo junto. 3 Só depois que vi meu convidado sozinho eu o recebi. Logo que ele se deitou no pequeno leito do quarto e deu de cara com Gitão arrumando tudo, meneou a cabeça e disse:

– Lindo, o teu Ganimedes! 4 Hoje promete!

Não me agradou muito uma indiscrição dessas logo de cara, e fiquei com medo que eu estivesse recebendo em casa um sujeito igual ao Ascilto. 5 Eumolpo insistiu e, como o menino lhe desse uma bebida, ele disse:

– Prefiro você a todos lá dos banhos.

E depois de secar o copo, acabou dizendo que nunca tinha tido um dia pior.

6 – Na verdade, enquanto me lavava – falou –, quase apanhei, porque tentei recitar um poema para os que estavam sentados ali ao redor da banheira. Depois que fui atirado dos banhos como tinha sido do teatro, fiquei circulando por todos os cantos e chamando por Encólpio aos gritos. 7 Numa outra parte, um rapaz nu, que perdera as roupas, chamava por Gitão aos gritos com uma indignação não menor. 8 E se com uma imitação muito da petulante uns escravos zombaram de mim, como se eu estivesse louco, a ele uma enorme platéia o circundou, admirada, aplaudindo-o com todo o respeito. 9 É que o volume que ele levava no meio das pernas era tão grande que daria para acreditar que o próprio homem era o cabo de um amuleto. Como dá trabalho esse moço! Acho que ele começa num dia e termina no outro. 10 Assim, ele imediatamente encontrou ajuda, não sei de quem; um cavaleiro romano de má fama, como diziam, colocou sua roupa em volta do rapaz que vagava e levou-o para casa, acho que para só ele aproveitar tão grande fortuna. 11 Mas eu não: nem sequer a minha roupa eu

receberia do encarregado, a não ser que desse uma garantia. Bem dizem: mais vale um bom pinto que um bom tino!

12 À medida que Eumolpo dizia essas coisas, eu ia mudando de fisionomia, ora feliz com os vexames do meu inimigo, ora desanimado com seu êxito. 13 Fosse como fosse, fiquei quieto e mandei servir o jantar, como se não soubesse nada daquela história.

★

[93.] 1 – Desprezível é o permitido, e a alma, corrompida pelo vício, ama o proibido.

2 *O faisão caçado na Cólquida e as aves da África/ agradam ao paladar porque não são comuns./ Mas o ganso branco e o pato de penas coloridas/ sabem à plebe./ O escaro trazido das praias mais distantes/ e os produtos colhidos pelos Sirtes,/ se algum naufrágio os forneceu, aprovam-se./ O ruivo agora é indigesto. A amante vence a esposa./ A rosa teme o cinamomo. Se há procura, ótimo parece.*

3 – É isso – disse eu – o que você havia prometido, que hoje não faria mais nenhum verso? E a tua palavra? Poupe-nos, pelo menos a nós, que nunca te apedrejamos. Na verdade, se algum dos que estão bebendo nesta bodega sentir o cheiro da palavra "poeta", juntará toda a vizinhança e acabará conosco pelo mesmo pretexto. Tenha dó da gente, lembre-se da pinacoteca ou dos banhos...

4 Gitão, que era a delicadeza em pessoa, censurou-me por falar assim. Disse que não era correto fazer isso, porque eu tinha injuriado uma pessoa mais velha e, ao mesmo tempo, esquecido do meu dever: a mesa que eu havia oferecido com boa vontade

eu tirara com grosseria. Disse muitas outras palavras de moderação e respeito, que convinham muito bem à sua beleza.

★

[94.] [EUMOLPO PARA GITÃO] 1 – Feliz mãe, a sua, que teve um rebento como você: vá em frente, garoto! A beleza aliada à sabedoria constitui uma rara mistura. 2 Por isso, não pense que você perdeu seu latim: você encontrou alguém que te ama. Meus poemas te encherão de louvores. Serei teu mestre e teu homem de confiança, vou te seguir, mesmo até onde você não me ordenar. Encólpio nem se importa: é a outro que ele ama.

3 Também Eumolpo teve sorte de aquele soldado ter tirado a minha espada, senão era contra o sangue dele que eu ia me desforrar da antipatia que nutrira por Ascilto. E isso não escapou a Gitão. 4 Por isso, ele saiu da sala como se fosse buscar água e, com essa previdente ausência, abrandou a minha gana. 5 Assim, quando minha raiva passou um pouco, eu disse:

– Eumolpo, fale em versos, mas não faça propostas desse tipo, eu prefiro. Se eu sou um sujeito nervoso, você é um lascivo: veja como nossos gênios não combinam. 6 Então, imagine que eu tenha enlouquecido: cede à minha demência, isto é, dê o fora o mais rápido que puder.

7 Esse aviso confundiu Eumolpo, que embora não procurasse saber o motivo de minha raiva, saiu logo em seguida, depois de puxar repentinamente a porta do quarto. Tirando escondido a chave, ele me deixou inesperadamente trancado e correu à procura de Gitão. 8 Quanto a mim, preso, decidi acabar com minha vida enforcando-me. E eu já havia amarrado o cinto à armação da cama que estava em pé junto à parede, e ia passando o nó no

pescoço, quando pelas portas abertas entra Eumolpo, acompanhado de Gitão, e das raias da morte me traz de volta para a luz.

9 Especialmente arrastado da dor para a cólera, Gitão solta um grito e, tendo me empurrado com as duas mãos, joga-me sobre o leito.

10 – Você está enganado, Encólpio, se pensa que pode morrer antes de mim. Comecei primeiro: no albergue do Ascilto, quis encontrar um gládio. 11 Se não tivesse te encontrado, eu estava a ponto de morrer, atirando-me num abismo. E para saber que a morte não está longe dos que a buscam, contemple por sua vez aquilo a que você quis que eu assistisse.

12 Tendo falado isso, apanha a navalha do empregado de Eumolpo e, com a garganta talhada uma e outra vez, desaba aos nossos pés.

13 Eu solto um grito, espantado e, seguindo a queda do corpo, com aquela mesma ferramenta, busco o caminho da morte. 14 Mas nem estava ferido Gitão, sem um traço de lesão que fosse, nem eu sentia dor alguma. É que compunha o estojo uma navalha grosseira e sem fio, dessas feitas para dar segurança aos jovens aprendizes de barbeiro. 15 Por isso, nem o empregado se assustara com o roubo da ferramenta, nem Eumolpo falara alguma coisa para interromper aquela morte que não passara de encenação.

[95.] 1 Enquanto se encena essa farsa entre amantes, chega o albergueiro com parte de nosso modesto jantar. Tendo contemplado aqueles indivíduos a rolar pelo chão na mais lamentável balbúrdia, ele perguntou:

2 – Vejamos: vocês estão bêbados, são fugitivos ou as duas coisas? Quem é que suspendeu aquela cama? O que significa essa tramóia tão disfarçada? 3 Por Hércules! Para não me pagar o quarto, vocês planejaram fugir para a rua durante a noite. Mas isso não

fica assim, deixa comigo: vocês vão ficar sabendo que aqui não é a casa-da-mãe-joana, mas a pousada de Marco Manício.

4 Grita Eumolpo:

– E ainda vem nos ameaçar?

E, ao mesmo tempo, com a mão espalmada, dá uma sonora bofetada no rosto do homem. 5 Esse, zonzo por haver bebido com os outros hóspedes, lança à cabeça de Eumolpo uma moringa de barro e abre a testa daquele velho gritalhão. Então ele se arrancou apressado do quarto. 6 Tendo perdido a paciência com a briga, Eumolpo passa a mão num candelabro de madeira e segue o fugitivo, vingando então seu supercílio com um sem-número de golpes. 7 Acorrem então os escravos do hospedeiro e um bando de bêbados. Eu, porém, aproveito a ocasião para me vingar e deixo Eumolpo para fora. Tendo assim devolvido todas as desfeitas àquele velho brigão, ponho-me a desfrutar não só de meu quarto, como também da noite, desta vez sem um rival, é claro.

8 Enquanto isso, fora do quarto, os cozinheiros e inquilinos o espancam. Alguém tenta acertar-lhe os olhos com um espeto cheio de miúdos ainda chiando; outro sujeito, com um forcado roubado a uma despensa de carnes, põe-se em posição de combate. Uma velha remelenta é a mais obstinada: vestida com um manto imundo, montada sobre tamancos de madeira desiguais, arrasta pela corrente um cachorro enorme e o açula contra Eumolpo. 9 Mas ele, com o seu candelabro, se livrava de todo o perigo. [96.] 1 Quanto a nós, víamos tudo pela fresta da porta, que pouco antes se ampliara com a quebra do trinco do postigo. O que me interessava era a surra que ele estava levando. 2 Mas, na opinião de Gitão – sempre aquela sua compaixão! –, era preciso reabrir a porta e socorrer Eumolpo; afinal, ele corria perigo. 3 Na minha raiva, não contive a mão e pespeguei-lhe um belo

cascudo na cabeça, com compaixão e tudo. 4 Então ele se sentou na cama chorando. Quanto a mim, ora pregava um olho à fresta, ora outro, e me fartava com a situação de Eumolpo, como se fosse uma fina iguaria, e recomendava que fosse pedir ajuda. Eis que Bargates, o zelador do prédio, arrancado de seu jantar e carregado por dois serventes, pois tinha os pés doentes, foi parar no meio da disputa. 5 Depois de perorar com a voz cheia de raiva e balbuciante contra os bêbados e os fugitivos, olhando para Eumolpo, ele disse:

6 – Ó, príncipe dos poetas, era você? E como é que esses escravos desprezíveis não se afastam da briga o mais rápido que podem, nem seguram a mão?

★

[BARGATES, O ZELADOR, PARA EUMOLPO]

7 – A minha amiga anda me esnobando. Pela nossa amizade, faz uns versos contra ela, para que tome vergonha.

★

[97.] 1 Enquanto Eumolpo conversa em particular com Bargates, entra no albergue um pregoeiro, acompanhado de um escravo do Estado, e umas outras pessoas que formavam um grupo bem pequeno. Sacudindo uma tocha que soltava mais fumaça que claridade, ele anunciou o seguinte:

2 "– Desapareceu há pouco, nos banhos, um rapaz com cerca de dezesseis anos, cabelos cacheados, delicado, bonito, de nome Gitão. Quem estiver disposto a devolvê-lo ou apontar seu paradeiro receberá mil moedas".

3 Não longe do pregoeiro vinha Ascilto. Vestindo um manto todo colorido, levava numa bandeja de prata a recompensa prometida.

4 Mandei Gitão se esconder debaixo da cama e prender os pés e as mãos às correias com as quais a armação da cama sustentava o colchão, e assim como Ulisses outrora se havia colado a um carneiro, Gitão, estirado sob a cama, enganaria a mão de quem o procurasse. 5 Gitão obedeceu na hora e, num piscar de olhos, enfiou as mãos nas presilhas, e superou Ulisses no que se referia a uma astúcia bem semelhante. 6 Quanto a mim, para não levantar suspeitas, enchi o leito de roupas e formei a figura de um homem com o corpo de mais ou menos a minha estatura, e que ali estivesse só.

7 Enquanto isso, Ascilto, tendo percorrido todos os quartos acompanhado de um oficial de Justiça, chegou ao meu. E o que certamente lhe deu uma esperança maior foi que encontrou portas muito cuidadosamente aferrolhadas. 8 O escravo público, porém, introduzindo um machado nas fissuras da porta, afrouxou os ferrolhos, que eram firmes. 9 Quanto a mim, atirei-me aos joelhos de Ascilto e, em nome de nossa amizade e dos sofrimentos que nós dois já havíamos suportado, pedi que ao menos deixasse ver meu irmãozinho. Além disso, para que minhas preces fingidas tivessem uma aparência de verdade, acrescentei:

– Ascilto, sei que você veio para me matar. Afinal, para que trouxeste o machado? Vai, satisfaz a sua raiva, que eu te ofereço meu pescoço: derrama o sangue que você procurou a pretexto dessa busca.

10 Ascilto rebateu aquela idéia de rancor, garantindo que não estava à procura de outra coisa senão do garoto que fugira dele. Ele nunca desejara a morte de um homem, nem de um súplice como eu, de quem, sobretudo, ele conservara tanta afeição, mesmo depois daquela discussão que acabara com tudo entre nós.

[98.] 1 Mas o escravo do Estado não foi tão molenga: meteu sob a cama uma varinha que arrebatara do taberneiro e conferiu até mesmo todos os buracos das paredes. Gitão desviava o corpo dos golpes e, prendendo a respiração, cheio de medo, dava de cara com os percevejos.

★

2 Eumolpo, por sua vez, entra exaltado, já que a porta do quarto, quebrada, não pudera manter ninguém do lado de fora:

– Achei mil moedas! – diz ele. – Vou já atrás do pregoeiro que saiu, e te entregando como você bem merece, vou mostrar que Gitão está em teu poder.

3 Suplicando que abandonasse a idéia de matar quem já estava morrendo, eu abracei os joelhos dele. Mas ele permanecia inflexível, e eu lhe disse:

– Você teria razão de ficar nesse entusiasmo todo se pudesse apresentar o denunciado. Agora, o garoto se esgueirou pela multidão, e não consigo nem suspeitar para onde foi. Por favor, Eumolpo, encontra o garoto e devolve pro Ascilto.

4 Eu já estava quase convencendo-o disso quando Gitão, que tinha prendido o fôlego ao máximo, soltou três espirros seguidos, com tanta força que fez a cama balançar. 5 Eumolpo, tendo se voltado na direção desse abalo, recomenda a Gitão:

– Saúde!

Removido o colchão, vê um Ulisses a quem até mesmo um ciclope faminto poderia ter poupado. 6 Em seguida, voltando-se na minha direção, disse:

– O que que é isso, seu bandido? Mas nem sequer apanhado em flagrante você teve a coragem de dizer a verdade! Longe disso, se um deus, árbitro do destino dos homens, não tivesse arrancado um prenúncio do próprio menino pendurado, eu estaria agora, que nem um tonto, andando de taberna em taberna.

★

7 Gitão, muito mais carinhoso que eu, primeiro tapou a ferida do supercílio de Eumolpo com teias de aranha embebidas em óleo. Em seguida, trocou-lhe a roupa rasgada por seu próprio manto, pequenino, e tendo abraçado o velho, que já estava mais sossegado, tratou-o com beijinhos, como se fossem lenitivo.

8 – Nas suas mãos, paizinho querido – disse ele –, nas suas mãos estamos. Se você ama o teu Gitão, a primeira coisa a fazer é procurar conservá-lo. 9 Prouvera aos céus que um fogo inimigo me queimasse, a mim somente, ou que um gélido mar me afogasse. Pois eu é que sou a matéria de todos os crimes, sou eu a causa. Perecesse eu, e dois inimigos se reaproximariam.

★

[99.] [EUMOLPO] 1 – Foi sempre assim, por toda parte onde vivi: cada dia que passava era o derradeiro, como se ele não fosse nascer de novo.

★

2 Quanto a mim, com lágrimas profusas peço e imploro que ele volte também às graças comigo: os amantes não têm o poder de controlar a fúria de seus ciúmes. Doravante eu haveria de me empenhar para nada dizer nem fazer com que ele pudesse

ficar ofendido. Bastava que ele, como um *expert* das belas-artes, apagasse de seu espírito toda aquela lepra sem deixar marcas. 3 E ainda acrescentei:

– Nas regiões rudes e agrestes perpetuam-se as neves, mas onde, domada pelo arado, a terra torna-se fecunda, a leve geada se dissolve em breve instante. O mesmo se dá com a ira que invade o peito: toma por completo as mentes menos cultivadas, dissolve-se nas bem cuidadas.

4 – E para você mesmo comprovar que é verdade o que disse – falou Eumolpo –, toma lá: com um beijo, acabo com a ira. Assim, está tudo bem. Peguem suas coisas e ou me sigam, ou, se preferem, vão na frente.

5 Ele ainda falava quando a porta se abriu ruidosamente e, parado à entrada, as barbas arrepiadas, um marinheiro disse:

–Você está demorando, Eumolpo, como se não soubesse que é preciso se apressar.

6 Sem demora, erguemo-nos todos. Eumolpo, por seu lado, mandou seu empregado, que já dormia há muito, partir com sua bagagem. Eu, com a ajuda de Gitão, juntei na mala o que restava e, depois de uma prece aos astros, entrei na embarcação.

★

10. Licas

[100.] 1"– Que droga! O Eumolpo de olho no Gitão! Mas e daí? Não é de todo mundo o que a natureza fez de melhor? O sol brilha para todos. A lua, com sua comitiva de incontáveis astros, leva também as feras ao pasto. E as águas? Alguém pode dizer que exista algo mais belo que elas? E, no entanto, elas brotam para todos. Só o amor, então, será antes um furto que um prêmio? No fundo, no fundo, não quero possuir bens a não ser aqueles que todos invejam. Um só – e velho – não será um peso; mesmo que ele queira aproveitar alguma coisa, não vai ter fôlego para a tarefa".

2Assim que meti essas coisas nas idéias – mas não adiantava, não era de coração –, fui fingindo que pegava no sono com a cabeça enfiada na capa. 3Mas, de repente, como se fosse o destino a dar cabo de minha convicção, uma voz, que vinha do convés da popa e que mais parecia um gemido, disse assim:

– Então ele me enganou?

4Essa voz, masculina, sem sombra de dúvida, e levemente familiar aos meus ouvidos, atingiu meu coração palpitante. E, ainda por cima, com a mesma indignação, uma mulher aborrecida foi além, dizendo:

– Ah, se um deus fizesse o Gitão cair nas minhas mãos, que bela recepção daria eu a esse degredado!

5 Foi um choque tanto para mim quanto para Gitão: esse som tão inesperado nos pusera exangues. Eu, principalmente, durante muito tempo não soltei uma palavra, como se estivesse aturdido por um sonho turbulento. Com as mãos trêmulas, puxei Eumolpo pela roupa. Ele já tinha caído no sono, mas eu lhe disse:

– Pelos deuses, meu pai! De quem é este navio? Ou: quem é que ele está levando, você pode nos dizer?

6 Desperto, ele respondeu, malcriado:

– Era para isso que te agradava ocuparmos um local muito bem escondido no convés do navio? Para que não nos deixasse descansar? 7 Além disso, de que vai te adiantar se eu disser que o dono deste navio é Licas, o tarentino, e que ele leva Trifena, a degredada, para Tarento?

[101.] 1 Atônito depois desse cataclismo, estremeci e, o pescoço a descoberto, disse:

– Enfim, ó Destino, venceste-me de uma vez por todas!

Gitão, que se aninhara no meu peito, conteve a respiração durante muito tempo. 2 Depois, quando nosso próprio suor nos reanimou, atirei-me aos pés de Eumolpo, dizendo:

– Tenha piedade destes moribundos, e, em nome da mesma inclinação para os estudos que nos une, ponha um fim nisso tudo com tua própria mão. A morte se avizinha: se por teu intermédio ela não for admissível, será contudo para nós uma dádiva.

3 Farto desse aborrecimento, Eumolpo jurou pelos deuses e deusas que nem sabia o que tinha acontecido, nem tivera má-fé, mas que fora com a mais franca intenção e verdadeira honestidade que introduzira os companheiros no navio, do qual ele mesmo já há algum tempo decidira que faria uso.

4 – Porém – continuou ele –, que armadilhas são essas que aqui se encontram? Que Aníbal[1] navega conosco? Homem dos mais honrados, dono não só deste navio, que ele comanda, mas também de propriedades por toda parte, e de escravos negociantes, Licas, o tarentino, conduz uma carga para vender no mercado. 5 Este é o tal ciclope e chefe de piratas; a ele devemos nossa viagem. E além dele, Trifena, a mais bela de todas as mulheres, que viaja pra lá e pra cá por pura diversão.

6 – É justamente deles que estamos fugindo – disse Gitão. E, sem perda de tempo, expõe atropeladamente ao impaciente Eumolpo os motivos dos ressentimentos e o perigo iminente.

7 Confuso e sem saber o que dizer, Eumolpo manda cada um dar sua opinião.

– Imaginem – disse ele – que tivéssemos entrado no antro do ciclope. É preciso dar um jeito de fugir, a menos que esperemos um naufrágio para nos livrar de todo o perigo.

8 Disse Gitão:

– Melhor: convença o timoneiro a levar o navio para algum porto, não sem uma recompensa, evidentemente, e diga-lhe que o teu irmão, que padece com o mar, está nas últimas. Você poderia encobrir essa mentira com um jeito meio alterado e lágrimas para que, movido pela compaixão, o timoneiro seja complacente com você.

9 Eumolpo afastou essa possibilidade:

– Porque – disse ele – navios grandes se embaraçam em portos sinuosos. Também não será verossímil que meu irmão se sinta mal tão repentinamente. 10 Além do mais, por causa da posição dele, talvez o Licas deseje visitar o doente. Olha só como é fácil

1 Aníbal era considerado o grande rival dos romanos, símbolo da falta de confiança que se depositava nos cartagineses.

para nós, sem querer, aproximar o patrão dos fugitivos. 11 Mas
vamos supor que o navio possa ser desviado de sua longa rota, e
que o Licas não venha dar uma volta na cabine desses doentes:
como podemos sair do navio sem sermos vistos por todos? Com
a cabeça coberta ou descoberta? Coberta, quem não vai querer
ajudar os doentes? Descoberta, não será o mesmo que denunciar
a nós mesmos?

[102.] 1 – Por que não arriscamos – disse eu – e fugimos?
A gente desce para um bote deslizando por uma corda; aí corta-
mos as amarras e deixamos o resto por conta do Destino. 2 E eu
não vou fazer o Eumolpo correr esse risco. Pois faz algum senti-
do colocar um inocente em perigo alheio? Já fico satisfeito se o
acaso nos ajudar na descida.

3 – Não seria uma idéia disparatada – diz Eumolpo –, se fosse
viável. Pois quem deixará de notar fugitivos? O timoneiro notará,
principalmente. Durante a noite ele fica absolutamente atento e
vigia até mesmo o movimento das estrelas. 4 E ainda que dormisse
e pudesse ser enganado, só daria certo caso a gente tentasse a fuga
por outra parte do navio: é pela popa, é pelos próprios lemes que
se deve descer, pois é por ali que desce a corda que mantém atado
o bote. 5 Além disso, Encólpio, estou admirado de você não ter
pensado que um marinheiro fica dia e noite no bote, permanen-
temente de guarda, e de não ter te ocorrido que esse guarda não
pode ser arrancado de lá a não ser morto, nem pode ser atirado ao
mar senão à força. 6 O que é possível fazer, perguntem à audácia
de vocês. Porque, no que depender de eu mesmo acompanhá-los,
não fujo de nenhum perigo que mostre uma esperança de salva-
ção. 7 Na verdade, penso que nem vocês desejam dispor da vida
sem razão, como se ela fosse um objeto sem o menor valor. 8 Vejam
se isso lhes interessa: eu vou pôr vocês em duas peles e, amarra-

dos por tiras entre as roupas, vou trazê-los como minha bagagem, com buracos abertos aqui e ali, é claro, através dos quais vocês possam receber ar e alimento. 9 Depois vou sair berrando que os meus escravos, temendo um castigo mais pesado, se precipitaram de noite no mar. Depois, quando o navio tiver chegado ao porto, sem levantar suspeitas, eu os carregarei feito bagagem.

10 – Ah, então assim está bem – disse eu –, solidamente empacotados... que nem aqueles cujo ventre nunca faz das suas? Que nem gente que nunca tem propensão para espirrar nem para roncar, não é? Vejamos... porque um tipo de truque desses já tenha dado certo uma vez comigo? 11 Mas suponha que a gente possa agüentar um dia inteiro amarrados: o que acontecerá então, caso uma calmaria ou uma tempestade nos retenha? O que faremos? 12 O vinco também estraga roupas dobradas durante muito tempo, e documentos empacotados mudam de feição. Jovens até hoje mal-acostumados ao sofrimento, agüentaremos empacotados e amarrados feito estátuas?

★

13 Deve haver outro caminho para a gente se salvar. Olhem só a idéia que eu tive. O Eumolpo, como homem dedicado às letras, naturalmente tem tinta. Então, vamos aproveitar esse recurso para mudar de cor, do cabelo às unhas. Assim, na condição de escravos etíopes, por um lado estaremos à disposição dele, contentes porque assim ficamos livres de suplícios injustos; por outro lado, de outra cor nós enganamos os nossos inimigos.

14 – Ah, é? – disse Gitão. – Então faça-nos a circuncisão, para parecermos judeus, e fure as nossas orelhas, a fim de imitarmos árabes, e pinte o nosso rosto de cal, para que a Gália nos tome como seus cidadãos. Como se só a cor pudesse modificar as

feições e não fosse necessário que muitos detalhes se combinassem num conjunto de afinidades para que a tramóia passasse como verdade. 15 Imagine que o nosso rosto possa ficar mais tempo maquiado; suponha que nem um respingo d'água faça manchas pelo corpo, nem a roupa grude na tinta, o que acontece com freqüência, mesmo que não contenha cola importada. Vamos, por acaso podemos fazer os lábios incharem como um tumor medonho? Por acaso podemos encrespar os cabelos com um ferro de frisar? Podemos por acaso marcar a testa com cicatrizes? Por acaso podemos vergar as pernas em arco? Por acaso podemos andar metendo os calcanhares no chão? Por acaso podemos arrumar a barba à moda estrangeira? A cor arranjada suja artificialmente o corpo, não o modifica. 16 Escutem o que este louco desesperado pensou: cubramos a cabeça com a roupa e atiremo-nos ao mar.

[103.] 1 Mas Eumolpo, aos brados, se opõe:

– Nem deuses nem homens permitam que vocês acabem assim com a sua vida, tendo um fim tão infame! É mais fácil fazer o que estou mandando. O meu empregado, como vocês viram pela navalha, é barbeiro: quero que ele raspe imediatamente não apenas a cabeça, mas até as sobrancelhas de vocês dois. 2 Eu mesmo vou logo em seguida marcar a testa de vocês com uma cuidadosa inscrição, de modo que vocês pareçam ter sido punidos com o ferrete.[2] Assim, essas letras ao mesmo tempo servirão para despistar os que estão em seu encalço e para encobrir suas feições com um suplício forjado.

3 A trapaça não tardou: procuramos discretamente a amurada do navio e deixamos a cabeça, junto com as sobrancelhas, à disposição para o barbeiro pelar. 4 Eumolpo encheu ambas as frontes

2 Ver p. 255.

com enormes letras, e, sem refrear a mão, traçou por toda a face o conhecido aviso de escravo fugido.

5 Mas um dos passageiros, que se debruçara na amurada do navio para aliviar o peso do estômago embrulhado, notou por acaso o barbeiro executando seu serviço ali, fora de hora, sob a luz da lua. Ele se horrorizou com aquele agouro, que era como um último voto de náufragos, e voltou a deitar-se em seu leito.

6 Fizemos então que não escutamos a praga que o passageiro mareado tinha rogado, voltando à nossa aflitiva situação. E, num silêncio compenetrado, gastamos as horas restantes da noite num sono maldormido.

★

[104.] [LICAS] 1 – Tive a impressão de que Priapo me apareceu em sonho, dizendo: "O Encólpio que você procura, fique sabendo que, por obra minha, foi parar em teu navio".

2 Trifena até se arrepiou:

– É como se a gente tivesse dormido junto – disse ela. – Pois também a mim eu tive a impressão da imagem de Netuno, que eu vi no tetrastilo de Baias, aparecer para mim, dizendo: "Você vai encontrar Gitão no navio de Licas".

3 Disse Eumolpo:

– Justamente por isso você há de entender que Epicuro é um homem divino, pois ele, com uma lógica finíssima, desaprova enganos desse gênero.

4 Apesar de tudo, Licas esconjurou o sonho de Trifena:

– Quem nos proíbe de revistar o navio – disse – para dar a entender que não desprezamos advertências de inspiração divina?

5 Heso, o sujeito que à noite nos surpreendera – como éramos azarados! – cometendo aquele ato espúrio, de repente gritou:

– Então são eles! Eles que, de noite, à luz do luar, estavam raspando a careca – um péssimo sinal, valham-me os deuses! O que eu ouço dizer é que a bordo de um navio nenhum mortal tem o direito de cortar nem as unhas, nem os cabelos, a não ser quando o vento se enfurece contra o mar.

[105.] 1 Licas, perturbado com essas palavras, inflamou-se:

– Quer dizer que alguém cortou os cabelos a bordo, e isso na calada da noite? Tragam imediatamente os culpados aqui, para que eu saiba com a cabeça de quem o navio deve ser expiado.

2 – Fui eu – disse Eumolpo. – Eu que mandei fazer isso. E não provoquei um agouro contra mim mesmo neste navio em que eu deveria viajar. Mas, porque esses delinqüentes estavam com os cabelos compridos e horrorosos, e para não parecer que o navio tinha virado um cárcere, mandei essa porcariada ser raspada dos desgraçados. Ao mesmo tempo, foi também para que as letras escritas em sua testa aparecessem inteirinhas aos olhos de quem quisesse ler, sem ficar escondidas debaixo dos cabelos.
3 Entre outras coisas, eles gastaram todo o meu dinheiro com uma rameira que ambos mantinham. Ontem à noite eu os arranquei dela, encharcados de perfume e vinho. Em resumo: eles ainda cheiram a restos do meu patrimônio.

★

4 Assim, para expiar a divindade protetora do navio, decidiram aplicar quarenta chicotadas em nós dois. Tudo aconteceu sem demora: marinheiros furiosos avançaram em nossa direção, munidos de cordas e dispostos a aplacar a divindade tutelar à custa de um sangue

que era dos mais infames. 5 E não foi de outra forma, senão com
uma dignidade espartana, que eu suportei três golpes. No entanto,
logo ao primeiro golpe, Gitão fez tamanho escândalo que encheu
os ouvidos de Trifena com sua voz, que ela conhecia muito bem.
6 Não foi somente a patroa que se comoveu, mas as escravas tam-
bém, e todas elas, levadas por aquele som familiar, correram em
direção à vítima. 7 Gitão, graças à sua beleza admirável, logo desar-
mara os marinheiros e pusera-se, mesmo sem falar nada, a implorar
aos furiosos, quando as escravas gritaram em coro:

– É o Gitão, o Gitão! Essas mãos, parem com tamanha bru-
talidade! É o Gitão, senhora, socorro!

8 Trifena apura os ouvidos – já complacentes, segundo a boa
vontade dela – e de maneira precipitada praticamente voa para
cima do rapaz. 9 Licas, que me conhecia muito bem, como se ele
próprio ouvisse minha voz, chegou perto de mim e não exami-
nou nem minhas mãos, nem meu rosto, mas, os olhos baixos, sem
hesitar, levou a mão diligente até as minhas partes e disse:

– Oi, Encólpio.

10 Admire-se agora alguém de que a ama de Ulisses, depois
de vinte anos, tivesse encontrado a cicatriz que revelava as ori-
gens dele... Pois se um homem assim esperto, mesmo confundi-
dos todos os traços do meu corpo e do meu rosto, chegou com
tanta eficiência ao único indício que delatava o fugitivo...

11 Lograda pelo nosso aparente castigo, Trifena chora, pois
ela julgava verdadeiros os sinais estampados naquela fronte de
cativos. Pôs-se a indagar, muito comiserada, qual ergástulo havia
se interposto em nossos caminhos, ou de quem seriam as mãos
tão brutais que haviam se detido naquele suplício. Certamente
algum castigo mereciam os fugitivos, cujo ódio tinha sido a paga
do bem que ela lhes devotara.

[106.] 1 Movido pela cólera, Licas deu um verdadeiro salto:

– Mas que mulher simplória! – disse ele. – Até parece que feridas produzidas a ferro podem absorver letras a tinta! Tomara que eles se enxovalhassem com essa inscrição da fronte: teríamos uma última compensação. Agora estamos sendo envolvidos por um teatrinho e somos alvos de chacota motivada por uma inscrição que mais parece um rascunho.

2 Trifena estava disposta a perdoar, porque nem toda a libido ela perdera, mas Licas, lembrando-se ainda da traição da esposa e das afrontas das quais fora alvo no pórtico de Hércules, proclama, com o semblante ainda mais violentamente perturbado:

3 – Penso que você já entendeu, não é, Trifena? Os deuses imortais não são indiferentes às preocupações humanas. Pois eles trouxeram esses patifes desavisados para este nosso navio, e com dois sonhos iguais nos advertiram daquilo que eles teriam feito. Vê lá se é possível perdoar aqueles a quem um deus mesmo destinou ao castigo. Quanto a mim, não sou cruel, mas temo sofrer a pena que eu perdoar.

4 Tendo sua opinião mudada por um discurso tão supersticioso, Trifena disse que não interferia no suplício; ao contrário, até concordava com uma justíssima vingança. Disse também que fora envergonhada por uma afronta não menor que aquela sofrida por Licas, e tivera a dignidade de seu pudor exposta em assembléia pública.

★

[107.] [EUMOLPO] 1 – Foi a mim que meus amigos escolheram como um embaixador para essa tarefa; afinal, penso que não sou um homem desconhecido para vocês. Eles me pediram que eu

os reconciliasse com alguns de seus melhores amigos de outrora.
2A não ser que vocês talvez pensem que tenha sido por acaso que
esses jovens caíram nestas redes, quando qualquer passageiro antes
procura saber pelo menos aos cuidados de quem ele entregou a
si próprio. 3Vocês já têm o espírito tranqüilo graças a essa expli-
cação. Portanto, sejam mais flexíveis e permitam a homens livres
irem, sem serem perturbados, para onde se destinam. 4Senhores
que são verdadeiros carrascos, que são implacáveis, também mode-
ram sua brutalidade se escravos que fogem voltam arrependidos;
os inimigos que se entregaram, esses nós os poupamos. Que mais
vocês procuram? Que querem mais? 5Vocês têm sob o seu olhar
jovens súplices. São bem-nascidos, honrados, e – mais importante
que tudo isso – já estiveram unidos a vocês por laços de amizade.
6Se roubaram o seu dinheiro, se violaram sua confiança, traindo-
os, por Hércules, vocês poderiam fartar-se com a própria punição
a que assistem. Eis a servidão estampada em sua fronte: vocês estão
vendo o rosto de homens que, mesmo seu nascimento indican-
do serem livres, decidiram voluntariamente receber as punições e
condenaram-se à proscrição.

7Licas interrompeu as súplicas do nosso intercessor dizendo:

– Não confunda a questão, mas trate, isso sim, cada coisa a seu
modo. 8Em primeiro lugar, se eles vieram espontaneamente, por que
rasparam a cabeça? Quem muda as feições não está pensando em
retratação, está é tramando um golpe. 9Depois, se eles planejavam
obter o perdão com o auxílio de um embaixador, por que você fez
tudo assim, para esconder os teus protegidos? Daí resulta que esses
patifes caíram por acaso nas minhas redes, e você quis encontrar um
meio de abrandar a violência do castigo que aplicaríamos. 10Na ver-
dade, quanto ao fato de você atrair antipatia sobre nós, dizendo com
insistência que eles são homens livres e decentes, cuidado para não

perder a causa por excesso de confiança. Que devem fazer aqueles que recebem afrontas quando os réus se entregam à punição? 11 De fato, eles foram nossos amigos: por isso merecem os maiores suplícios, pois quem lesa desconhecidos é chamado de ladrão; quem lesa os amigos é pouco menos que um parricida.

12 Eumolpo compensou um discurso tão inconveniente dizendo:

– Entendo que nada atrapalha mais esses pobres jovens que o fato de terem cortado os cabelos à noite: segundo esse argumento, eles parecem ter caído no navio, não ter vindo espontaneamente. 13 Eu só queria uma coisa: que o fato chegasse aos seus ouvidos da maneira tão inocente como simplesmente aconteceu. Para dizer a verdade, antes de embarcar, eles quiseram tirar da cabeça um peso incômodo e supérfluo, mas um vento mais forte fez com que deixassem para cuidar daquilo noutro momento. 14 E eles, contudo, não deram importância ao lugar onde começariam a fazer o que tinham decidido, porque nem conheciam o presságio nem a lei dos marinheiros.

15 – Que fim levou esses jovens súplices a tosar o cabelo? – perguntou Licas. – A não ser que, por acaso, carecas possam despertar mais compaixão... Além disso, por que é que, para alcançar a verdade, necessitam do auxílio de um intermediário? O que você me diz, ladrão? Que salamandra arrancou as tuas sobrancelhas?[3] A que deus ofereceu o cabelo? Responde, envenenador!

[108.] 1 Eu fiquei é petrificado, trêmulo pelo medo do suplício. Confuso, não encontrava o que dizer diante de algo tão evidente. Além disso, eu estava horrível, com vergonha de minha

3 Alusão a uma antiga crença de que o contato com a baba ou o sangue da salamandra resultaria na queda dos cabelos.

cabeça sem sobrancelhas e de uma careca comparável a essa da fronte. Enfim, não havia nada que fosse digno para fazer, nem para dizer. 2 Então eu chorava, e quando com uma esponja úmida me limpou as faces, e a tinta dissolvida se espalhou por todo o rosto confundindo todos os traços com uma mancha de fuligem, a ira de Licas se converteu em ódio.

3 De sua parte, Eumolpo diz que não admitirá que alguém, contra o direito divino e a lei, nem sequer toque em homens livres, e interrompe as ameaças daqueles carrascos não apenas com palavras, mas também com as mãos. 4 Enquanto fazia essas advertências, juntaram-se a ele o empregado que o acompanhava e um ou dois passageiros, muito franzinos, que para aquela desavença representavam mais um apoio moral que um reforço. 5 Certamente não instava por mim, mas, aproximando os punhos dos olhos de Trifena, gritei – a voz desembaraçada e clara – que usaria de minhas forças para que aquela mulher ímpia, a única em todo o navio que merecia ser açoitada, mantivesse a iniqüidade afastada de Gitão. 6 Mais irado ainda com minha ousadia, Licas ficou indignado pelo fato de que eu, tendo abandonado minha causa, pedia em favor de outra pessoa. 7 Não menos acesa pela desavença, Trifena se enfurece e divide todo mundo que estava no navio em duas facções. 8 De um lado, o barbeiro, empregado de Eumolpo, ele mesmo armado, distribuiu suas ferramentas entre nós. Do outro, os escravos de Trifena lutam desarmados. Ao combate não falta nem a gritaria das escravas. Mas o timoneiro, solitário, advertia que abandonaria o comando do navio caso não cessasse o delírio provocado pelo êxtase daqueles devassos. 9 No entanto, o furor dos combatentes persistia, eles lutando por vingança, nós pela vida. Caem muitos, de ambos os lados, mas sem chegar à morte.

Sangrando por causa dos ferimentos, muitos batem em retirada, como se fosse uma batalha mesmo. Ainda assim, de ninguém o furor se atenua.

10 Então, o bravíssimo Gitão levou até suas partes uma temerária navalha, depois de ameaçar que estava disposto a cortar a causa de tantas infelicidades. Trifena, já acenando com seu perdão, impediu esse imenso malefício. 11 Muitas vezes eu mesmo pus meu pescoço à mercê daquela navalha, não mais disposto a me cortar do que Gitão, que ameaçava fazê-lo. No entanto, ele alimentava a tragédia com mais ousadia, porque sabia estar de posse da famosa navalha com a qual já se degolara.

12 Mantendo-se os dois exércitos frente a frente, indicando que não se tratava de uma guerra comum, a custo o timoneiro conseguiu que Trifena, feito um verdadeiro negociador da paz, agenciasse uma trégua. 13 Dadas e recebidas as garantias segundo o costume ancestral, Trifena ergue um ramo de oliveira tirado à divindade tutelar do navio e arrisca-se a promover as conversações:

14 *Que fúria* – exclama ela – *converte em arma a paz?/ Que castigo mereceram nossas mãos?/ O herói troiano não transporta nesta esquadra/ a esposa do átrida enganado,/ nem a enlouquecida Medéia luta com o sangue fraterno,/ mas, desprezado, o amor ganha forças./ Ai de mim! Em meio a ondas como estas,/ quem brande as armas para provocar o destino?/ Quem é esse que não se sacia com uma morte apenas?/ Não derroteis semelhante mar, nem lanceis mais ondas/ aos seus abismos inclementes.*

[109.] 1 Ao ouvir o discurso dessa mulher, vertido numa voz entre alta e emocionada, seu exército hesitou ligeiramente, e chamadas à paz mais uma vez, as tropas interromperam a guerra. Feito general, Eumolpo aproveita esse momento de arrependimento: primeiro exprobra Licas veementemente, depois assina um pacto firmado em tábulas, cujo teor era o seguinte: 2 "De teu pleno conhecimento, Trifena, tu não te queixarás nem da afronta perpetrada por Gitão, nem do que fez ele até a data presente; não lhe causarás óbices nem procurarás vinganças, nem cuidarás de perseguições de outra natureza; também tu nada de repugnante determinarás ao menino, abraços, beijos, cópulas estimuladas pela libido, sob pena de pagares cem denários em espécie para cada agravo. 3 Também tu, Licas, de teu pleno conhecimento, nem com palavras desrespeitosas, nem com o olhar perseguirás Encólpio, nem o procurarás quando ele à noite dormir, e, se o requestar, serás penalizado em duzentos denários em espécie para cada agravo".

4 Composto o pacto nesses termos, depusemos as armas, e para que não restassem ressentimentos nos espíritos mesmo depois do juramento, todos concordaram, com beijos, em pôr um fim no que já era passado. 5 Palavras de estímulo chegam de todos os lados e, assim, serenam os ódios. O banquete servido em pleno local da batalha concilia a paz com a alegria. 6 Por todo o navio ouvem-se cantos, e tendo uma repentina calmaria interrompido o curso do navio, alguém tenta pegar com um forcado os peixes que saltam; outro, com iscas em anzóis, a custo puxava uma presa difícil de fisgar. 7 Até mesmo aves marinhas pousaram nas antenas. Um habilidoso artesão tocou-as com uma armação de juncos e, presas ao visco do vime, elas eram trazidas até suas mãos. As plumas esvoaçantes eram carregadas pela brisa, e a tênue espuma levava as penas em rodopios pelo mar.

8 Licas já ensaiava voltar às boas graças comigo, e logo Trifena salpicava Gitão com o finzinho de sua bebida, quando Eumolpo, ele mesmo meio alto por causa do vinho, quis desferir uns trocadilhos contra os carecas e os escravos marcados, até o momento

em que, tendo esgotado toda aquela brincadeira tão sem graça, voltou a seus poemas e começou a recitar a elegia dos cabelos:

9 *Único ornamento de beleza, caíram os cabelos,/ e as cabeleiras primaveris carregou-as o triste inverno./ Agora, despojadas de sua sombra lamentam-se as têmporas,/ e a cabeça queimada dos pêlos raspados ela se ri./ Ó ilusória natureza dos deuses: a alegria primeira/ que tu deste à nossa juventude é a primeira que tiras./* 10 *Ó infeliz! Há pouco eram os cabelos a causa de teu brilho,/ eras mais belo que Febo e a irmã de Febo./ Mas agora, mais polido que o bronze/ ou o redondo cogumelo do jardim, que a umidade fez brotar,/ tu evitas e temes as garotas zombeteiras./ Da mesma forma que deves acreditar/ que a morte vem rapidamente, uma coisa deves saber:/ uma parte de tua cabeça já pereceu.*

[110.] 1 Queria ele dizer mais, acho, versos ainda mais ridículos que os anteriores, quando uma escrava de Trifena leva Gitão para o porão do navio e enfeita a cabeça do rapaz com uma peruca cacheada da patroa. 2 Até mesmo sobrancelhas ela tirou de uma píxide e, seguindo rigorosamente a linha das retiradas, devolveu-lhe toda a sua beleza. 3 Trifena reconheceu o verdadeiro Gitão e, levada pela emoção à beira das lágrimas, pela primeira vez deu-lhe um beijo sincero.

4 Embora estivesse contente de que o rapaz houvesse recuperado o antigo aspecto, a cada momneto eu escondia o rosto, e compreendia que minha horrível aparência não se devia a uma deformidade corriqueira, a ponto de Licas nem sequer julgar-me digno de conversar. 5 Mas aquela mesma escrava socorreu-me nessa triste situação e, depois de me chamar de lado, enfeitou-me com cabelos não menos belos; ao contrário, meu rosto ganhou um brilho ainda mais encantador, porque era uma peruca de cachos loiros.

★

6 No entanto, Eumolpo, nosso advogado na hora do perigo e responsável pelo atual entendimento, para que a alegria não silenciasse por falta de histórias, começou a contar desdenhosamente uma série de casos contra a inconstância das mulheres: 7 como as mulheres facilmente se enamoram, como logo se esquecem até mesmo dos filhos... E não existia mulher tão virtuosa que uma insólita paixão não a levasse à loucura. 8 E não pensava em velhas tragédias ou nomes conhecidos há séculos, mas era uma história impressa em sua memória que ele iria contar, se quiséssemos ouvir. Voltados, então, o rosto e a atenção de todos para ele,

"*assim exordiou*":[4]

[III.] 1 "Havia em Éfeso uma certa mulher de tão notável castidade que chegava a atrair mulheres de cidades vizinhas para admirá-la.

2 Ela, tendo então falecido seu esposo, não satisfeita com o velho costume de acompanhar o cortejo fúnebre com os cabelos em desalinho e, aos olhares de todos, bater no peito nu, chegou a acompanhar o defunto até o túmulo, passando a guardar o corpo depositado no hipogeu, segundo o costume grego, e a chorar dia e noite. 3 Assim, nem os pais nem os parentes puderam demovê-la da aflição e de buscar a morte pela fome. Por último, afastaram-se os magistrados, recusados, e, motivo das lágrimas de todos, essa mulher de singular exemplo já estava no quinto dia sem se alimentar.

4 Expressão solene que se encontra na abertura do livro II da *Eneida*. A tradução está baseada na de Carlos Alberto Nunes (São Paulo: Edições A Montanha, 1981).

4 Junto àquela mulher combalida, uma fidelíssima escrava não só emprestava suas lágrimas ao luto da patroa como também renovava a iluminação do túmulo cada vez que esta se apagava.

5 Um só assunto, então, corria por toda a cidade: homens de todas as categorias admitiam ser aquele o único exemplo verdadeiro de castidade e amor que já se revelara. Foi quando o governador da província mandou crucificar alguns ladrões perto do abrigo no qual a matrona lamentava o cadáver recente do marido.

6 Na noite seguinte, um soldado, que vigiava as cruzes a fim de evitar que alguém tirasse um corpo delas e o arrastasse para a sepultura, notou uma luz brilhando mais intensamente entre os túmulos e ouviu um gemido de alguém que chorava. Então, quis saber – por um defeito da natureza humana – quem ou o que causava aquilo. 7 Então ele desce ao sepulcro e, à vista da belíssima mulher, primeiro estancou, como que perturbado por algum monstro e por imagens infernais. 8 Depois, tendo não só visto o corpo estendido do defunto, como também ponderado as lágrimas e a face rasgada pelas unhas, logo percebeu o que havia: era uma mulher que não podia suportar a saudade do finado.

Então, levou seu modesto jantar para o túmulo e pôs-se a exortar a mulher que chorava a que não insistisse na dor inútil, e a que não despedaçasse o coração com um gemido que a nada levava: era aquele o mesmo fim de todos, e o mesmo lugar para onde todos iam. E juntou outros argumentos pelos quais os espíritos atormentados são chamados de volta à razão. 9 Mas ela, apanhada desprevenida pelo consolo, bateu mais intensamente no peito e depositou sobre o corpo do defunto punhados de cabelos arrancados.

10 No entanto, o soldado não recuou, mas com a mesma exortação tentou oferecer alimento à pobre mulher, enquanto a escrava, aliciada pelo odor do vinho, ela mesma, em primeiro

lugar, estendeu a mão vencida à humanidade do convite do soldado; depois, refeita pela bebida e pela refeição, passou a debelar a persistência da patroa.

11 – O que vai adiantar para a senhora – disse ela – se morrer de fome? Se for enterrada viva? Se, antes que o destino exija, entregar seu espírito inocente?

12 "*Crês disto a campa cure e a cinza e os manes?*"[5]

A senhora precisa voltar à vida! Precisa abandonar essa obstinação feminina! Enquanto for possível, aproveita as vantagens da luz! O próprio corpo de seu marido que aqui jaz deve recomendar-lhe viver.

13 Ninguém ouve à força quando se trata de comer ou viver. E assim a mulher, enfraquecida pela abstinência de tantos dias, admitiu o rompimento de sua persistência, e se encheu de comida não menos avidamente que a escrava, que antes fora vencida.

[112.] 1 De resto, vocês sabem o que muitas vezes costuma pôr à prova a saciedade humana. Com as mesmas carícias com que o soldado levara a matrona a querer viver, ele também assaltou a sua castidade.

2 O jovem não parecia nem feio, nem desprovido de belas palavras à casta viúva, enquanto a criada, conciliadora, dizia repetidamente:

"*Pois também repugnas ao grato amor? Nem onde estás reflectes?*"[6]

5 *Eneida*, 4.34. A tradução é de Odorico Mendes e está disponível para *download* em http://www.unicamp.br/iel/projetos/OdoricoMendes/ (Projeto Odorico Mendes, do Instituto de Estudos da Linguagem – IEL – Unicamp, sob coordenação de Paulo Sérgio de Vasconcellos). *Link* consultado em outubro de 2007.

6 *Eneida*, 4.38-39 (Tradução de Odorico Mendes, também disponível no Projeto Odorico Mendes).

Bem, por que me demorar mais? Nem sequer naquela parte do corpo a mulher guardou abstinência e, vencedor, o soldado a persuadiu às duas coisas.

3 Assim, eles se deitaram juntos, não só naquela noite, na qual eles consumaram suas núpcias, mas também na noite seguinte, e também na terceira, com as portas do túmulo fechadas, claro, para que se alguém, conhecido ou desconhecido, fosse ao sepulcro, julgasse que a castíssima esposa houvesse expirado sobre o corpo do homem.

4 De resto, o soldado, encantado não só pela beleza da mulher como também pelo segredo, comprava tudo o que podia de bom com seus recursos, e logo à noitinha levava ao sepulcro.

5 Assim, logo que os pais de um dos crucificados viram rela-
xada a guarda, de noite despregaram da cruz o corpo pendente do
filho e lhe prestaram as honras supremas. 6 Mas o soldado, logra-
do enquanto descurava da vigilância, logo que no dia seguinte
viu uma cruz sem cadáver, receoso do suplício, expõe à mulher o
que tinha acontecido, e que ele não esperaria a sentença do juiz,
mas faria justiça à sua negligência com seu gládio. Portanto, ela
que arrumasse um lugar para ele, prestes a morrer, e proporcio-
nasse o fatal abrigo para o marido e para o amante.

7 Respondeu a mulher, não menos generosa que pudica:

– Não permitam os deuses que ao mesmo tempo eu assista aos funerais dos meus dois homens mais queridos. Prefiro pendurar o morto a matar o vivo.

8 Conforme essa idéia, manda tirar o corpo de seu marido do caixão e prendê-lo na cruz, agora vazia. O soldado aproveitou a engenhosidade da espertíssima mulher e, no dia seguinte, o povo ficou admirado de como o morto tinha se lascado na cruz."

[113.] 1 Foi com riso que os marinheiros receberam essa história, enquanto Trifena, corando mais do que o normal, apoiou ternamente seu rosto sobre o ombro de Gitão. 2 Mas Licas não riu e, meneando nervosamente a cabeça, disse:

– Se o governador tivesse sido justo, era seu dever ter devolvido o corpo do marido à cripta e crucificado a mulher.

3 Sem dúvida, Hedile voltara-lhe à cabeça, e o navio dele, pilhado quando passara por ele aquele bando de devassos. 4 Mas não só os termos do tratado não permitiam que ele trouxesse isso à tona, como também o clima de alegria, que nos tomara o coração, não dava lugar ao rancor.

5 De resto, aninhada no seio de Gitão, Trifena logo enchia o peito dele de beijos, enquanto, com os cabelos postiços, compunha suas feições, antes despojadas.

6 Eu estava triste, não podia admitir aquele novo acordo, e não comia nem bebia, mas, com olhares oblíquos e carrancudos, observava aqueles dois. 7 Aqueles beijos todos me feriam, as carícias todas, aquela invenção de mulher dissoluta. E no entanto eu não sabia ainda se me zangava mais com o rapaz, porque me tirara a amante, ou com a amante, porque corrompera o rapaz. Ambas as coisas aos meus olhos me pareciam absolutamente danosas, e mais tristes que minha antiga escravidão. 8 Além disso, Trifena não falava comigo como o amigo e o querido amante que eu fora até há pouco. Gitão também não me julgava digno do tradicional brinde, nem me chamava, pelo menos, para conversar junto deles. Acho que ele temia reabrir uma cicatriz recente naquele princípio de reconciliação. 9 Provocadas por aquela dor, as lágrimas inundaram meu peito, e os gemidos sufocados pelos suspiros quase me fizeram perder os sentidos.

★

10 Licas tentava ele também tirar partido do nosso prazer, e não trazia o cenho carregado, típico dos patrões, mas procurava parecer solícito, como um amigo.

★

[UMA ESCRAVA DE TRIFENA, PARA ENCÓLPIO] 11 – Se você tem um pouco de sangue livre, não vai fazer dela mais que uma bruaca. Se você for homem, não vai mais se meter com esse puto.

★

12 Nada me incomodava mais que Eumolpo percebesse ter acontecido tudo aquilo e, gozador como era, se desforrasse com seus poemas.

★

13 Eumolpo jura com as palavras mais solenes...

★

11. Naufrágio

[114.] 1 Enquanto falávamos disso e daquilo, o mar agitou-se e,
com suas trevas, nuvens vindas de todos os lados fecharam o dia.
Os marinheiros correm a seus postos em alvoroço e, à vista da
tempestade, recolhem as velas. 2 Mas nem eram normais as ondas
que o vento batia, nem o timoneiro sabia para onde dirigir o
curso do navio. 3 Algumas vezes o vento arremetia para a Sicília;
porém o mais freqüente mesmo era o aquilão, senhor do litoral
italiano, jogar a embarcação indefesa para todos os lados. E o que
era mais perigoso em todas as tempestades: de repente, esconderam a luz trevas tão cerradas que nem sequer a proa o timoneiro
via por inteiro. 4 Assim, quando o perigo assomou de modo evi-
dente, Licas estendeu-me tremendo as mãos súplices e disse:

5 – Anda, Encólpio, estamos em perigo. É você que tem de
nos socorrer: devolve ao navio o manto sagrado – você sabe – e
o sistro. Pelos deuses, tenha piedade, como você sempre faz.

6 E, enquanto vociferava, o vento bateu-o para o mar. Ele
ainda reapareceu à tona, mas a procela envolveu-o com um tur-
bilhão feroz e o engoliu. 7 Quanto a Trifena, porém, já a pon-
to de sucumbir, seus escravos de maior confiança a agarraram

e, colocando-a num bote juntamente com a maior parte de sua bagagem, salvaram-na da morte certa.

★

8 Abraçado a Gitão, aos berros, chorei.

– Será isso o que merecemos dos deuses? – disse eu. – Que apenas na morte ficássemos unidos? Mas isso o cruel Destino não nos concedeu. 9 Essa onda que de repente vira o barco... Esse mar enfurecido que separa os amantes abraçados... Pois bem, Gitão, se você verdadeiramente amou Encólpio, dê-lhe beijos enquanto for possível, e rouba este último gozo à precipitação dos fados.

10 Nem bem eu disse isso, Gitão tirou a roupa e entrou por dentro de minha túnica, pondo a cabeça fora, a fim de que eu o beijasse. E para que uma onda ainda mais traiçoeira não separasse os amantes assim unidos, ele passou um cinto em torno de nós dois, dizendo:

11 – Se não há mais nada, o mar certamente nos carregará unidos durante um tempo maior. Se por misericórdia ele quiser nos arrojar a uma mesma praia, lá, ou um passante qualquer nos cobrirá de pedras, movido pela habitual piedade humana, ou, em último caso, pela própria fúria das ondas, a areia sem querer nos cobrirá.

12 Padecendo desse último grilhão, e resignado como num leito fúnebre, fico à espera da morte, que já não me incomoda mais.

13 Enquanto isso, a tempestade submete-se totalmente aos comandos da sorte e assalta tudo o que restava do navio. Mastro, leme, corda ou remo: nada era poupado, mas como se fosse madeira bruta e tosca, tudo ia embora com as ondas.

★

14 Com pequenos barcos, acorreram pescadores muito ligeiros à cata de despojos. Depois, vendo que aqueles tesouros tinham dono e defensores, eles mudaram: em vez de praticar uma truculência, nos prestaram socorro.

★

[115.] 1 Ouvimos um murmúrio estranho: de baixo da cabine do capitão vinha o gemido de uma fera, como se quisesse escapar.
2 Depois de seguir então aquele som, encontramos Eumolpo sentado, enchendo de versos um enorme pergaminho. 3 Admirados pelo fato de que, às portas da morte, lhe sobrara tempo de fazer um poema, nós o arrancamos para fora, mesmo debaixo de seus brados de protesto, e lhe dissemos que tivesse bom senso. 4 Mas ele se queimou com a perturbação:

– Deixem-me terminar a frase – disse. – O fim deste poema está difícil de sair.

5 Eu agarro aquele maluco e mando Gitão aproximar-se e arrastar para terra firme o poeta que mugia.

★

6 Depois de todo esse trabalho, entramos aborrecidos numa cabana de pescadores e, após nos recuperarmos, fosse como fosse, com a comida estragada pelo naufrágio, passamos uma noite miserável.

7 No dia seguinte, como discutíssemos nosso problema, isto é, para que lugar deveríamos nos dirigir, vejo de repente o corpo de uma pessoa rolar para a praia, arrastado por um pequeno redemoinho. 8 Por essa razão, detive-me, triste, e, com os olhos rasos d'água, comecei por especular se o mar oferece alguma garantia:

9 – Este aqui – considerava eu – em algum lugar do mundo
talvez uma esposa o espere cheia de confiança. Talvez um filho,
sem saber da tempestade, ou talvez tenha deixado um pai em
quem tenha dado um beijo na hora da partida. 10 Estes são os
desígnios humanos, isto é o que se deseja com as grandes preo-
cupações. Eis o homem, e como ele flutua!

11 Até ali eu ainda chorava como se se tratasse de um des-
conhecido. Foi no momento em que uma onda fez rolar para a
terra seu rosto intacto que eu reconheci, jogado quase aos meus
pés, aquele que, ainda há pouco, era o terrível e implacável Licas.
12 Diante disso, não segurei por mais tempo as lágrimas; ao con-
trário, com a mão bati uma, duas, várias vezes no peito, dizendo:

– Onde está agora o teu rancor? Onde, a tua prepotência?
13 Eis-te exposto aos peixes e às feras, e tu, que pouco antes te van-
gloriavas da força de teu poderio, tu, náufrago, de tão grande navio
não tens sequer uma tábua. 14 Ide agora, mortais, e enchei o peito
de grandes desígnios. Ide cautelosos, e por mil anos disponde de
recursos pelas fraudes obtidos. 15 Ninguém duvida: ontem mesmo
este homem fez um balanço de seu patrimônio; não, ninguém
duvida que ele fixou, no seu íntimo, o dia de hoje como aquele
em que esperava chegar à pátria. Ó deuses e deusas! Quão distante
de seu destino jaz ele! 16 Mas não são apenas os mares que empres-
tam esse tipo de garantia aos mortais. Aquele que é partidário da
guerra, desapontam-no as armas; outro, enquanto rende votos aos
deuses, sepulta-o a ruína de seus penates. Aquele, tendo caído de
um carro, perde rapidamente a vida; a comida afoga o glutão; a
sobriedade, o abstinente. 17 Calcula bem: naufrágio há em toda
parte. Mas à vítima dos mares não cabe sepultura: como se impor-
tasse o meio que viesse a consumir o corpo prestes a perecer, se o
fogo, se a onda, se o tempo! Faze o que fizeres, tudo isso chegará

a um mesmo termo. 18 As feras, essas lacerarão o corpo: como se
o fogo fizesse melhor! E ainda acreditamos que este seja o castigo
mais pesado quando nos aborrecemos com os escravos... 19 Portan-
to, não é uma insânia fazer tanto, para que de nós a sepultura não
deixe traços?

★

20 E era justamente Licas que se consumia naquelas chamas atea-
das por mãos inimigas. Eumolpo, contudo, enquanto vai com-
pondo um epitáfio para o morto, projeta mais longe o olhar, em
busca de inspiração.

★

12. A caminho de Crotona

[116.] 1 Cumprimos nosso dever de boa vontade para em seguida tomar o rumo que havíamos traçado. Algum tempo depois, suando chegamos ao alto de um monte, de onde tomamos conhecimento de uma cidade localizada a pouca distância, no cume de uma elevação. 2 Estávamos tão perdidos que não sabíamos que cidade era aquela, até que recebemos de um agricultor – um capataz ali das proximidades – a informação de que se tratava de Crotona, cidade muito antiga e que já fora a principal da Itália. 3 Logo em seguida, sem rodeios, nós o interrogamos acerca de que tipo de homens habitava aquele solo insigne, ou que tipo principal de negócios exerciam depois que escassearam os recursos em decorrência de guerras freqüentes.[1] Ao que ele respondeu:

1 Fundada ao fim do século VIII a.C., Crotona destruiu em 510 a.C. a cidade rival de Síbaris. Ao longo do tempo foi entrando em decadência, em razão de inúmeras guerras, entre as quais as do tempo de Pirro (295-272 a.C.) e as Guerras Púnicas (entre 264 e 146 a.C.). Em 194 a.C., tornou-se colônia romana, permanecendo como uma pequena cidade provincial.

4 – Ó, meus caros forasteiros, se vocês são negociantes, mudem de plano e arrumem outro meio de vida. 5 Contudo, se são homens de fina distinção e sustentam indefinidamente uma mentira, estão correndo direto para o lucro. 6 Pois nesta cidade não se festejam as atividades literárias, a eloqüência aqui não tem espaço, a sobriedade e os bons costumes, por falta de estima, não chegam a dar frutos. Ao contrário: quantos homens vejam nesta cidade, saibam vocês que estão divididos em dois grupos: 7 ou caçam, ou são caçados, eis a verdade. Nesta cidade, ninguém tem filhos, pois qualquer um que tiver seus próprios herdeiros não é convidado nem para os banquetes nem para os espetáculos; longe disso, é cercado de todas as antipatias. Esse passa a figurar entre os mal-afamados. 8 Mas os que não se casaram, nem têm parentes próximos, esses chegam aos postos mais altos, isto é, são os únicos preparados para a guerra, os mais corajosos, e são tidos até mesmo como íntegros. 9 Vocês vão entrar numa cidade semelhante a campos pestilentos nos quais não existe mais nada além de cadáveres que são dilacerados, ou corvos que os dilaceram.

★

[117.] 1 Eumolpo, que não era nenhum tolo, concentrou-se na novidade da situação e confessou que aquela forma de enriquecimento não o desagradava. 2 Como os poetas têm fama de inconseqüentes, eu pensava que o velho estava brincando. Então ele disse:

– Ah, se eu tivesse um cenário com mais recursos, isto é, um figurino de gente, um aparato mais apropriado, que desse crédito à encenação! Por Hércules, não perderia essa oportunidade, mas, ao contrário, sem demora eu os tornaria muito ricos.

3 De minha parte, prometi atender a tudo o que ele determinasse, desde que nossa roupa lhe parecesse conveniente – era a que sempre levávamos em nossos golpes – e tudo aquilo que o sítio de Licurgo nos tivesse proporcionado quando o assaltamos.

– Pois – acrescentei – dinheiro mesmo, para as necessidades mais urgentes, esse eu confio que a mãe dos deuses nos dará.

4 – Por que então – disse Eumolpo – essa demora para montar a farsa? Se o negócio interessa, façam-me seu patrão.

Ninguém quis ir contra aquele plano que não custaria nada. Assim, para que a mentira fosse mais consistente entre todos nós, fizemos um pacto, de acordo com o juramento proposto por Eumolpo: sermos queimados, presos, surrados, mortos a ferro e tudo aquilo que Eumolpo ordenasse. Como legítimos gladiadores, solenemente oferecemos ao senhor o nosso corpo e as nossas almas.

6 Depois de prestado o juramento e de nos disfarçarmos de
escravos, fizemos em grupo uma saudação ao patrão, e também
juntos aprendemos com Eumolpo que ele sepultara o filho, um
jovem de extraordinária eloqüência e grande futuro, e por isso
o infelicíssimo velho saíra de sua cidade, para que não se avis-
tasse com os clientes e os companheiros de seu filho, ou para
que o túmulo dele não fosse uma fonte de lágrimas todos os
dias. 7 A essa tristeza acrescentara-se o recente naufrágio, no qual
perdera mais de dois milhões de sestércios; ele não se importara
com a perda, mas, privado de sua comitiva, não faria reconhe-
cer sua categoria. 8 Além disso, Eumolpo tinha na África uma
quantia de trinta milhões de sestércios em terras e depósitos.
E era bem verdade que sua escravaria, espalhada pelos campos
da Numídia, era tão grande que poderia, por exemplo, tomar
Cartago. 9 Segundo nosso plano, mandamos que Eumolpo tos-
sisse muito, que fosse doente do estômago e desaprovasse em

público qualquer tipo de comida. Também, que falasse em ouro e prata, além dos prejuízos com suas propriedades, e da inalterável esterilidade de suas terras. 10 E mais: que todos os dias se sentasse à frente de suas contas, e mensalmente renovasse os termos do testamento. E com o propósito de que nada faltasse à encenação, todas as vezes que ele tentasse chamar um de nós, que chamasse um pelo outro, para que fosse fácil parecer que o patrão se lembrara até mesmo dos que não estavam presentes.

11 Com essas coisas assim combinadas, oramos aos deuses "para que tudo corresse positiva e afortunadamente" e pusemo-nos a caminho. Mas Gitão não se agüentava sob o fardo ao qual não estava acostumado, e o empregado Córax,[2] rejeitando o serviço, largava as malas a todo instante, maldizendo-nos pela grande rapidez com que caminhávamos, e afirmava que ou atiraria longe as malas, ou fugiria com a carga.

12 – O que é que vocês estão pensando? – disse ele. – Que eu sou uma besta de carga ou um desses barcos feitos para transportar pedras? Nosso contrato é para serviços de homem, não de cavalo. E não sou menos livre que vocês, ainda que meu pai tenha me deixado pobre.

E, não contente em praguejar, ele de repente erguia bem alto um dos pés, e enchia a estrada ao mesmo tempo com um ruído indecente e um cheiro ruim. 13 Gitão ria desse desaforo e imitava cada traque dele com um ruído semelhante.

★

2 Trata-se aqui não de um escravo, mas de um trabalhador livre. Seu ofício, como fica claro pelo contexto, é o de barbeiro.

[Ainda no caminho que leva a Crotona, Eumolpo discorre acerca de literatura e declama um extenso poema que tem por objeto a guerra civil que em 48 a.C. culmina com a batalha de Farsália, cujas principais personagens são Júlio César e Pompeu.]

13. *A Guerra Civil*, de Eumolpo

[118.] 1– Ó jovens! – disse Eumolpo. – Quanto engano a tantos tem causado a poesia! Pois qualquer um, mal consegue metrificar um verso e inserir uma idéia mais delicada num período, logo pensa ter chegado ao Hélicon.[1] 2Assim, é freqüente acontecer o seguinte: quem se dedica à prática forense se refugia no sossego dos poemas como se o fizesse num porto de maior bonança, crente de poder compor com mais facilidade um poema que um debate ornado de pequenas sentenças reluzentes. 3Mas nem um espírito com uma formação mais apurada tem apreço pela fatuidade, nem o pensamento pode conceber ou chegar à criação a não ser inundado pelo imenso caudal das letras. 4É preciso evitar – como direi? – qualquer emprego de palavras vulgares e utilizar expressões distantes do povo, a fim de cumprir-se, como escreveu Horácio, o "odeio o vulgo ignorante e dele me mantenho afastado". 5Além disso, é preciso cuidado: os pontos de vista não devem ter destaque fora do conjunto da obra; devem destacar-se segundo a cor obtida por sua roupagem. Homero

1 O monte Hélicon, sede das Musas, deusas da literatura e das artes.

é exemplo, os líricos também; e o romano Virgílio, e as felizes expressões do meticuloso Horácio. Os demais certamente ou não viram o caminho por onde se chega à poesia, ou, tendo visto o caminho, temeram percorrê-lo. 6 Eis uma obra imensa como *A Guerra Civil*:[2] qualquer um que a abordar, a não ser um especialista em literatura, sucumbirá sob sua carga. Pois fatos históricos não se devem expressar em versos, coisa que os historiadores fazem muito melhor, mas a livre inspiração deve manifestar-se por peripécias, e intervenções divinas, e uma fabulosa enxurrada de sentenças, para que o delírio profético de um espírito inspirado apareça melhor que a precisão de uma narração baseada em documentos confiáveis. Vocês querem ver? É o caso deste improviso, ainda que não tenha recebido os últimos retoques:

★

[119.] v.1 *O romano vencedor já possuía o mundo todo/ – o mar, as terras, o céu, por onde correm os dois astros –/ e não se saciara./ As águas, cortadas por pesadas quilhas,/ eram totalmente percorridas./ Se longe alguma baía houvesse ainda desconhecida,/* v.5 *alguma terra que produzisse fulvo ouro, essa era inimiga/ e, tal como desígnios do destino,/ em guerras cruéis procuravam-se as riquezas./ Ao povo não agradavam os prazeres conhecidos,/ não as volúpias desgastadas pelo uso plebeu./* v.9 *O soldado, sobre as ondas, louvava o bronze de Éfira;/ o brilho procurado na terra rivalizava com o procurado na púrpura;/ daqui os númidas lançam acusações;/ dali os seres*[3] *novos tecidos apresentam/ e o povo árabe espoliara seus próprios campos./ Eis outras calamidades e chagas da paz ferida./* v.14 *Nas selvas, em troca*

2 O poema que se segue remete ao épico *A Guerra Civil*, de Lucano.

3 Os chineses, produtores de seda.

de ouro procura-se uma fera,/ e explora-se até os confins do Hámon dos
africanos[4]*/ a fim de que não falte às caçadas o animal de dentes preciosos.*[5]*/*
A fome de coisas estrangeiras sobrepesa as frotas/ e arrasta-se um tigre
agitado em jaula dourada/ para que beba o sangue humano sob aplauso
do povo./ v.19 *Ah! É uma vergonha mencionar,/ lembrar os destinos rui-*
nosos./ Como na tradição dos persas,/ raptaram-se homens mal chegados
à adolescência/ e, mutilado deles o sexo com o ferro,/ inutilizaram-nos
para o amor./ E a fim de que o passo forçado da idade que foge/ retarde
os anos apressados,/ a natureza se procura e não se encontra./ v.25 *E assim*
agradam a todos esses afemeados,/ com seu o andar de corpo requebrado,/
com os cabelos soltos, com tanta novidade nas roupas,/ enfim, tudo o que
nega a masculinidade./ Eis que se põe uma mesa de cedro que,/ tirado
das terras africanas,/ revela multidões de escravos/ e a púrpura, e imita
com manchas/ aquilo que arrasta o sentido,/ o ouro – agora de menor
valor que a madeira./ v.30 *O lenho estéril e sordidamente nobre/ circunda-o*
uma multidão sepultada pelo vinho,/ e, com as armas desembainhadas,/ o
soldado errante está sequioso de todos os prêmios do mundo./ v.33 *A gula é*
engenhosa./ O escaro, imerso em água do mar da Sicília,/ é trazido vivo
à mesa,/ e ostras colhidas nas margens lucrinas/ encarecem os banquetes/
e reabrem o apetite à custa de prejuízo./ Já a onda do Fásis está órfã
de aves,/ e na praia muda apenas a aragem solitária/ sopra as frondes
desertas./ v.39 *E não menor é a loucura que grassa no Campo de Marte,/*
e os quirites comprados direcionam seus votos/ aos espólios e ao som do
lucro./ v.41 *Venal o povo, venal o Senado: o apoio tem seu preço./ Também*
para os velhos decaíra a virtude de quando havia liberdade,/ e por causa
da difusão de riquezas transformou-se o poder,/ e a própria majestade
jaz corrompida pelo ouro./ v.45 *Vencido, Catão é repelido pelo povo;/ mais*

4 Nome de um oásis no deserto da Líbia.

5 O elefante e o marfim.

triste é aquele que venceu/ e se envergonha de arrancar os fasces a Catão.[6]*/* v.47 *Pois – eis a prova da indignidade do povo e a ruína dos costumes –/ não se expulsara um homem, mas em um único,/ vencera-se o poder e o decoro romanos./* v.50 *Porque tão perdida estava Roma!/ Era ela seu próprio resgate e presa/ sem ter quem a reclamasse./* v.51 *Além disso, a imundície da usura e o emprego do dinheiro/ consumiram a plebe encurralada entre duas voragens./* v.53 *Casa alguma está garantida, corpo algum sem penhor,/ mas como concebida no âmago das entranhas,/ uma podridão erra enlouquecida pelos membros entre uivos de dor./* v.56 *As armas agradam os miseráveis,/ e os bens dissipados pelo fausto/ são recuperados à custa de feridas./ A audácia desprovida de recursos é segura./* v.58 *Roma, imersa nesse lodo e entregue à letargia,/ que meios em sã consciência poderiam movê-la,/ senão a loucura e a guerra, e a libido excitada pelo ferro?/*

[120.] v.61 *Três generais trouxera a Fortuna,/ todos, um por vez, pela funérea Ênio*[7] *sepultados,/ cada qual sob uma pilha de armas./ O parta tem Crasso; no mar da Líbia jaz o Magno;/ Júlio banha com seu sangue a ingrata Roma,/ e como se não pudesse sustentar tantos sepulcros,/ a Terra dividiu as cinzas. Essas honras a glória confere./*

v.67 *Há um lugar, banhado pela água do Cócito,/ profundamente enterrado numa abrupta falha entre Partênope/ e os campos da grande Dicárquis.*[8]*/ É desse lugar que sai um hálito furioso/ e se espalha por meio de um vapor funesto.*[9]*/* v.71 *Essa terra não verdeja no outono,/ nem*

6 Catão, exemplo dos antigos valores do povo romano, foi derrotado em 55 a.C. nas eleições para a pretura em razão das intrigas políticas de Pompeu e Crasso para alijá-lo do processo em favor de Vatínio.

7 A deusa Belona, da guerra.

8 Partênope é Nápoles; Dicárquis, Pozzuoli.

9 Em razão da intensa atividade vulcânica, como já se pode perceber pela descrição do poema, essa região ficou conhecida como "boca do inferno". São os Campos Flegreus.

o campo fértil alimenta as ervas com seu céspede;/ nem enquanto dura
o canto primaveril/ falam as flexíveis ramagens ressonantes com sortido
alarido./ Mas o caos e as rochas cobertas de negro púmice/ se comprazem
com o funéreo cipreste/ que cresce nas vizinhanças, como num túmulo./
v.76 Entre esses sítios o pai Dite ergueu/ o rosto espargido das
chamas das piras funerárias/ e pela branca cinza,/ e com as seguintes
palavras dirige-se à Fortuna volitante:/ "Ó poder das coisas divinas e
humanas, ó Fortuna,/ tu a quem nenhum poder bem arraigado agrada,/
tu que sempre amas as matérias novidadeiras/ e, tudo logo que obtido
abandonas,/ acaso não te sentes vencida pelo peso romano?/ Não perce-
bes que, de resto,/ não podes mais tornar a erguer tua massa moribunda?/
v.84 A própria juventude romana odeia suas forças/ e tolera mal as rique-
zas que acumulou./ Olha, ó Fortuna, por todos os lados o luxo obtido
a partir de despojos/ e a fúria dos bens em face dos danos./ Constroem
os palácios com ouro e os erguem até as estrelas,/ as rochas desalojam
as águas, o mar nasce nos campos,/ e os homens se rebelam alterando a
ordem das coisas./ v.90 Eis que até mesmo meu reino buscam./ Abre-se
a terra perfurada por obras irracionais,/ já nas montanhas exauridas
as cavernas gemem,/ e enquanto a pedra encontra empregos inúteis,/
os manes infernais confessam a esperança que têm de alcançar o céu./
v.94 Por isso, ó Fortuna, vai, muda de pacífico para belicoso o teu aspecto,/
e anima os romanos, e fornece mais mortos ao meu reino./ v.96 Há muito
deixamos de banhar o rosto com sangue,/ e minha Tisífone não lava os
membros sedentos/ desde que a espada de Sula dele se embebeu/ e o
chão inóspito deu à luz alentadas colheitas de sangue"./

[121.] v.100 Depois de proferir essas palavras,/ tentou unir sua destra
à destra dela,/ e dividiu o chão, rompendo-o com uma fenda./ v.102 Então,
estas palavras/ a Fortuna de leve coração pronunciou:/ "Ó pai, a quem
obedecem as profundezas do Cócito,/ se agora me é permitido falar impu-
nemente a verdade,/ hão de se realizar teus desejos;/ pois uma ira não

menor que a tua se rebela neste meu peito,/ nem chama mais leve me queima as entranhas./ v.107 Tudo quanto concedi às cidadelas romanas eu odeio/ e enfureço-me com minha liberalidade./ Destruirá essa massa o mesmo deus que a erigiu./ E certamente satisfaz meu coração queimar seus homens/ e alimentar seu luxo com sangue./ Certamente diviso Filipos já coberta de uma dupla morte,/ e as piras da Tessália e os funerais dos povos iberos./ v.113 Já o fragor das armas retumba em meus ouvidos trêmulos./ Diviso além disso, ó Nilo, as plangentes barreiras que formas na Líbia./ E também a baía do Ácio, receosa das armas de Apolo./ v.116 Vamos, abre os reinos sedentos de tuas terras/ e recebe novas almas./ Dificilmente o marinheiro Porthmeu bastará/ para atravessar com sua canoa os fantasmas dos homens./ Uma frota é necessária./ E tu, ó pálida Tisífone, sacia-te com a ingente ruína/ e devora as feridas abertas:/ aos manes estígios vai-se conduzindo o mundo dilacerado"./

[122.] v.122 Mal terminara, uma nuvem partida/ por um raio rutilante estrondeou e soltou o fogo ali latente./ O pai das sombras abaixou-se e, reconduzido ao seio da terra,/ empalideceu temendo os golpes do irmão./ Em seguida, a ruína dos homens e os danos que viriam/ mostraram-se por intermédio dos auspícios divinos./ E o Titã,[10] disforme por causa do vulto ensangüentado,/ ocultou o rosto na treva: a impressão que ficava/ era a de que então já se respirava a guerra civil./ v.130 Em outra parte, Cíntia apagou sua face plena/ e ao crime roubou a luz./ Em pedaços, as serras estremeciam por causa da queda dos cumes,/ e os rios, passando a errar confusamente,/ pelos cursos conhecidos iam morrendo./ Com o estrondo das armas, o céu se enfurece,/ e entre as estrelas a tuba fremente anima o deus Marte./ O Etna é devorado por fogos insólitos e lança raios para o éter./ v.137 Eis que entre túmulos e ossos à espera de cremação/ as faces das sombras ameaçam com atroz estridor./ Um come-

10 O Sol.

ta acompanhado por estrelas desconhecidas traz incêndios/ e um novo
Júpiter baixa numa chuva de sangue./ v.141 Esses prodígios um deus logo
desfez./ E César, então, depõe todas as indecisões,/ e, levado pelo amor
da vingança,/ as armas gálicas larga e as civis ele empunha./

v.144 Nos aéreos Alpes, onde descem/ e se deixam pisar pedras arre-
messadas por um nume grego,[11]/ existe um local consagrado aos altares
de Hércules:/ o inverno cobre esse local com perdurável neve/ e alça-o
aos astros com seu vértice encanecido./ v.148 Fica a impressão de o céu ter
ali caído:/ não com raios de sol a pino se abranda esse local,/ não com
brisas primaveris,/ mas sob gelo e saraivadas de inverno inteiriçam-se
seus maciços./ Todo o mundo pode ele suportar nos minazes ombros./

v.152 Quando, com seu jubiloso soldado,/ César calcou esses cumes e
escolheu esse local,/ do mais alto vértice dos montes/ ele avistou ao largo os
campos da Hespéria.[12]/ Então, estendendo ambas as mãos aos astros disse
o seguinte:/ v.156 "Ó Júpiter onipotente, e tu, ó terra de Saturno,/ jubilosa
de minhas armas e outrora pejada de meus triunfos,/ sois testemunhas
de que Marte me arrasta contrariado/ para esses combates,/ que contra-
riadas levo as mãos. Mas compele-me uma ferida:/ expulso de minha
cidade enquanto tinjo de sangue o Reno,/ enquanto arranco dos Alpes os
gauleses/ que uma vez mais pretendem tomar nosso Capitólio,/ minha
vitória acarreta-me a certeza do exílio./ Por causa do sangue germano e de
sessenta triunfos,/ passei a ser perigoso./ Quem, contudo, se assusta com a
minha glória?/ Aliás, quem são os que vêem as guerras?/ São elas obras
vis e compradas à custa de recompensas:/ minha Roma é sua madrasta./
v.167 Mas, suponho, não impunemente:/ um covarde esta destra não vencerá
sem vingança./ Ide, vencedores furiosos, ide companheiros meus,/ e decidi a
ferro a questão./ v.170 Na verdade, um só crime nos cobra a todos,/ a todos

11 Hércules.

12 A Itália.

uma só ruína ameaça./ Devo um agradecimento a vós, não venci sozinho./ Porque nossos troféus o castigo os ameaça,/ e nossa vitória a infâmia mereceu,/ então que venha o Destino, aos lances de um dado./ Empreendei a guerra, e de vossas mãos provai o valor./ Minha causa já está concluída:/ em meio a tantos homens corajosos,/ não sei como posso ser vencido nas armas"./ v.177 Mal César proferiu essas palavras,/ do céu o pássaro do deus de Delfos anunciou felizes presságios,/ e com seu vôo cruzou os ares./ E, do lado esquerdo de uma horrível floresta,/ acompanhadas de chamas, soaram insólitas vozes./ O próprio brilho de Febo cresceu,/ mais radiante que o disco de costume,/ e cingiu-lhe a face com um fulgor dourado./

[123.] v.183 Com esses presságios a dar-lhe mais alento,/ César põe a caminho as insígnias de Marte/ e, em marcha à frente do exército,/ ele ataca de surpresa, senhor de uma insólita ousadia./ Em primeiro lugar, o gelo e o solo,/ este endurecido pela branca geada,/ não constituíram obstáculos,/ e nem mesmo sob manso horror causaram transtornos./ Mas, depois que as tropas romperam as brumas cerradas,/ e o espantadiço quadrúpede soltou-se dos embaraços formados pelas águas,/ aqueceram-se as neves./ Logo desaguavam do alto dos montes os rios há pouco nascidos,/ mas eles também seu movimento cessavam/ – recebiam ordens, parecia –,/ e com a suspensão da calamidade as correntes paralisavam,/ e o flagelo de há pouco estacionava ali,/ já prestes a causar destruição./ v.193 Então o terreno confundiu as pegadas,/ já antes não muito confiáveis, e enganou os pés./ Ao mesmo tempo, tropas e homens e armas eram derrubados/ e jogados todos num amontoado lamentável./ v.196 Eis que também as nuvens,/ batidas por um vento enregelado, desabavam a chover,/ nem faltaram rajadas de ventos em turbilhão,/ ou um céu todo feito em pedaços a grosso granizo./ v.199 As próprias nuvens, rompendo-se, caíam sobre as armas,/ e eram como uma onda do mar, enrijecida pelo gelo, que rebentava./

v.201 A Terra fora vencida pela desmesurada neve,/ vencidas também as estrelas do céu,/ vencidos também os rios presos a suas margens:/ César ain-

da não fora./ Contudo, apoiado em grande lança, cortava a passos seguros/ os
campos inóspitos como fosse o valoroso filho de Anfitrião/ a descer do vértice do
Cáucaso,/ ou como Júpiter de torvo semblante,/ quando se lançou dos ápices
do grande Olimpo/ e rechaçou as armas dos Gigantes, destinados a morrer./

v.209 Enquanto César, irado, põe abaixo as soberbas cidadelas,/ nesse
ínterim a volitante Fama, com flexíveis penas, esvoaça temerosa./ Chega
ela ao ponto culminante do supremo Palatino/ e com esse atrôo romano
golpeou todas as estátuas./ Frotas já singram os mares e fervilham pelos
Alpes/ tropas inteiras ainda banhadas pelo sangue germano./

v.215 As armas, o sangue, a carnificina, os incêndios/ – guerras
inteiras – voejam diante dos olhos./ Assim, os corações são compelidos por
essa desordem,/ e dividem-se aterrorizados entre duas questões./ Para uns,
é preferível a fuga por terra; para outros, por mar,/ e o oceano já é mais
seguro que a pátria./ Há os que preferem a sorte nas armas/ e lançar mão
das decisões do destino./ v.221 Cada um foge na medida de seu temor./ No
meio dessas agitações, o próprio povo é o mais rápido/ e – ó visão mais
deplorável! – guia-se, abandonada a cidade,/ para onde seu entendimento
em choque ordena./ v.224 Roma compraz-se com a fuga, e os Quirites, debe-
lados pelos boatos sussurrados, abandonam suas casas enlutadas./ v.226 Um
leva os filhos pela pávida mão;/ outro encerra seus penates no próprio rega-
ço/ e abandona o pranteado limiar de sua casa,/ e mata o inimigo ausente
à custa de seus votos./ v.229 Há os que estreitam as esposas ao peito angus-
tiado,/ há os jovens que, embora desacostumados ao peso,/ carregam os pais
idosos./ O que mais se teme perder, isso cada um leva./ Este, imprudente,
carrega consigo tudo que tem/ e para os combates leva despojos./ É como
quando, vindo do alto-mar, o forte austro encrespa/ e revolta as águas bati-
das:/ não adiantam as armas para os marinheiros,/ não adianta o timão;/
um amarra pesos aos mastros,/ outro busca os pontos seguros de uma baía
e praias tranqüilas;/ outro dá panos à fuga e deposita todas as esperanças
no Destino./ v.238 Por que me lamento de tão pequenas coisas?/ Pompeu, o

Magno, em companhia do outro cônsul, foge./ Pompeu, terror do Ponto e desbravador do feroz Hidaspe;/ o arrecife dos piratas; aquele que, obtendo três triunfos,/ Júpiter há pouco temera; aquele a quem,/ vencida sua voragem, o Ponto rendia veneração/ e também, submetidas suas ondas, o Bósforo./ Oh, vergonha! Pompeu foge, abandonando o que se denomina poder,/ a fim de que o Destino ligeiro visse também as costas do Magno./

[124.] v.245 *Tamanha peste visitou também os numes divinos:/ equipararam-se em sentimento aquela fuga e o temor do céu./ E então pelo mundo uma complacente multidão de deuses abandona, cheia de ódio,/ essas terras enfurecidas,/ e se aparta da amaldiçoada coluna de homens./* v.249 *A Paz, primeira entre outras deusas,/ agitando os níveos braços, escondeu com um elmo a cabeça vencida/ e, uma vez abandonado o mundo,/ a fugitiva buscou o reino implacável de Dite./* v.252 *Companheira dela, vai submissa a Confiança,/ e a desgrenhada Justiça,/ além da enlutada Concórdia, a pala em farrapos./* v.254 *Mas, de encontro, nos lugares onde, rompida, abre-se a morada do Érebo,/ emerge alastrando-se o coro de Dite:/ a medonha Erínia e a ameaçadora Belona,/ e a Megera armada de tochas, e o Leto, e as Insídias,/ e a pálida imagem da Morte./* v.258 *Entre essas, a Fúria, como livre dos freios que se romperam,/ alça a cabeça sanguinolenta num gesto largo/ e oculta com sangrento elmo o rosto perfurado por mil ferimentos./ Prende ao braço esquerdo o desgastado escudo de Marte,/ cumulado dos inumeráveis golpes, e sua destra ameaçadora,/ valendo-se de flamejante tocha, leva incêndios às terras./* v.264 *A Terra se ressente da presença dos deuses/ e, alterados, os astros buscaram o seu próprio equilíbrio,/ porquanto toda a corte do céu ruiu,/ tendo sido conduzida para duas direções./ Em primeiro lugar, Dione conduz as operações de seu estimado César;/ Palas, como companheira, junta-se a ele,/ e Marte, a brandir sua portentosa lança./* v.269 *Do Magno tomam partido Febo, com sua irmã/ e a prole cilênia,*[13] *e também Tiríntio,/ em tudo semelhante a*

13 Mercúrio nasceu sobre o monte Cilene, na Arcádia.

Pompeu, por causa de seus trabalhos./ v.271 *As tubas retumbaram, e a Discórdia, de cabelos desgrenhados,/ ergue a estígia cabeça para os deuses súperos./ Em sua boca, sangue coagulado;/ vertiam lágrimas seus olhos pisados,/ os dentes brônzeos cobertos de uma áspera saburra,/ a língua banhada em pus, o rosto coberto de serpentes./ E dentro das vestes esfarrapadas, o peito contorcido,/ ela agitava com trêmula mão uma tocha sanguinolenta./* v.278 *Logo que abandonou o Tártaro e as trevas do Cócito,/ em marcha ela buscou as altas cadeias do nobre Apenino,/ de onde pudesse observar todas as terras e toda a costa/ e as tropas que flutuavam pelo orbe todo,/ e de seu peito enfurecido faz irromper as seguintes palavras:/ "Pegai agora em armas, ó povos de coração inflamado;/ pegai, e lançai tochas no âmago das cidades./* v.285 *Será vencido quem se esconde; nem a mulher ceda,/ também não o rapaz ou a velhice já assolada pelo tempo;/ trema a própria Terra, e rebelem-se as casas destroçadas./ Tu, Marcelo, mantém a lei.*[14]*/ Tu, Curião, subleva a plebe.*[15]*/ Tu, Lêntulo, não refreies o corajoso Marte.*[16]*/* v.290 *Por que tu, ó divino, ainda hesitas em tuas próprias armas,/ por que não quebras as portas, por que não destróis os muros das fortificações, e por que não roubas os tesouros?/ Não sabes tu, ó Magno, guardar as cidadelas romanas?/ Procura as muralhas de Epidamno,*[17]*/ e tinge de sangue humano as baías tessálicas"./*

Fez-se nas terras tudo aquilo que a Discórdia ordenou.

★

14 Cônsul em 51 a.C., Marco Cláudio Marcelo tentou, por interpretações várias da lei, justificar e encobrir determinadas situações decorrentes da guerra civil.

15 Tribuno da plebe em 50 a.C., Gaio Escribônio Curião tinha fama de desonesto.

16 Cônsul em 49 a.C., Lúcio Cornélio Lêntulo Crus era francamente favorável à guerra.

17 Dirráquio, porto por onde fugiu Pompeu.

14. Crotona

2Tão logo Eumolpo despejou isso tudo com imensa prolixidade,
finalmente entramos em Crotona. Lá, num albergue – modesto, é
verdade – restauramos nossas forças. No dia seguinte, procurando
uma casa de aspecto melhor, demos com uma turba de caçadores
de herança empenhados em saber ou que espécie de homens éra-
mos, ou de onde vínhamos. 3Assim, de acordo com o plano pre-
concebido de comum acordo e com aquela exagerada prolixidade,
nós lhes dissemos de onde vínhamos e quem éramos. Acreditando
sem nada suspeitar, eles puseram de imediato seus recursos à dispo-
sição de Eumolpo – chegaram a brigar muito para ver quem mere-
cia fazê-lo.

★

4Todos os caçadores de herança procuravam insistentemente con-
quistar com presentes a simpatia de Eumolpo.

★

[125.] 1 Durante um bom tempo, essas coisas foram acontecendo em Crotona, e Eumolpo, na maior felicidade, esquecera-se de sua antiga situação a ponto de gabar-se aos seus de que ninguém ali podia resistir à sua simpatia e que, se eles praticassem algum delito nessa cidade, ficariam impunes, graças ao favor dos amigos.
2 Eu, de resto, ainda que todos os dias cumulasse mais e mais de boas coisas supérfluas o corpo já gordo, e pensasse que a fortuna tivesse baixado a guarda com relação a mim, muito freqüentemente cogitava tanto sobre minha condição quanto sobre a causa daquilo tudo.

3 – O que acontecerá – dizia eu – se um caçador esperto enviar um espião para a África e descobrir nossa mentira? E se o empregado de Eumolpo, cansado da atual felicidade, der uma pista aos amigos dele e, com uma inveja criminosa, revelar todo o truque? 4 Não há dúvida: será preciso fugir de novo, e embora a nossa pobreza tivesse sido combatida, uma nova mendicância tornaria a aparecer. Ó deuses e deusas! Que horrível é viver fora da lei! Sempre se espera o castigo merecido!

★

15. Circe

[126.] [CRÍSIDE, ESCRAVA DE CIRCE, PARA POLIENO] 1 – Você fica cheio de orgulho e vende os seus abraços em vez de dá-los de graça porque conhece a sua sensualidade. 2 Para que servem, afinal, esses cabelos ondulados com o pente? Para que esse rosto todo maquiado? E para que, além disso, esses olhares insinuantes e lânguidos? Para que o andar ensaiado com arte, e também os passos, a ponto de nem sequer uma vez divergirem da medida dos pés, se não for para exibir a sua beleza, a fim de vendê-la? 3 Olha para mim: não conheço os augúrios, nem costumo sondar o céu dos astrólogos; no entanto, pelo semblante descubro os costumes dos homens, e nem bem vi você passar, já sei no que está pensando. 4 Pois bem: se por um lado você nos vende o que eu procuro, está pronto o comprador; mas, por outro, se o der de graça, o que é mais gentil, faça com que eu te deva esse favor. 5 Porque confessar-se escravo, e de rasteira condição, é acender o desejo de uma mulher ardente. Pois certas mulheres queimam pelo sórdido, e não se sentem excitadas a não ser quando vêem ou escravos ou criados com as roupas erguidas. 6 Algumas a arena incendeia, ou um cocheiro sujo de pó, ou um histrião tal como

se exibe no palco. 7 Desse tipo é a minha patroa; ela salta as cator-
ze filas da orquestra[1] e vai buscar na mais ínfima plebe aquilo de
que ela gosta.

8 Orgulhoso desse discurso tão lisonjeiro, eu disse:

– Por acaso – pergunto – essa que me ama não é você?

Riu-se muito a escrava, depois de tão frio questionamento,
e disse:

– Não quero que você fique tão contente. 9 Até hoje nunca
me deitei com um escravo, e não permitam os deuses que eu
mande meus abraços para a cruz. 10 Isso é lá com as matronas: elas
é que beijam marcas de flagelo; eu, no entanto, apesar de ser escra-
va, só me deito com cavaleiros.

11 Pus-me a admirar, é claro, tamanha discrepância de desejos,
e incluí entre os prodígios uma escrava ter a arrogância de uma
matrona, e uma matrona, a subserviência de uma escrava.

12 Depois, como nossas brincadeiras se prolongassem, pedi à
escrava que levasse sua senhora até os plátanos. A idéia agradou
a moça. Assim, ela soergueu mais alto a túnica e virou-se para
aquele bosque de loureiros que margeava o passeio. 13 E, logo em
seguida, a escrava traz a patroa de onde estava escondida e põe ao
meu lado uma mulher mais perfeita que todas as obras de arte.

14 Não há uma palavra que possa apreender sua beleza; na
verdade, qualquer coisa que eu disser será pouco. 15 Seus cabelos
naturalmente ondulados se derramavam por sobre os ombros,
a fronte pequenina, que fazia as raízes dos cabelos voltarem-se
para trás, as sobrancelhas, que iam quase até a marca das maçãs

1 As catorze primeiras filas do teatro romano estavam reservadas para pessoas de boa posição social. As últimas filas eram ocupadas por pessoas de baixa extração.

do rosto e quase se misturavam do outro lado, no encontro das vistas, 16 os olhos mais brilhantes que estrelas resplandecentes em noite sem luar, as narinas um pouquinho ressaltadas, e a boca, pequenina, qual Praxíteles acreditou tê-la Diana. 17 Sem falar do queixo, da nuca, das mãos, da candura dos pés colocada numa grácil rede de ouro: 18 tudo teria ofuscado o mármore de Paros. Assim, então, foi a primeira vez que eu, velho enamorado, pude esquecer Dóris.

★

Que aconteceu, ó Júpiter, por que entre os habitantes do céu/ tu te calas, armas baixas, como uma lenda sem palavras?/ Era a hora de deixar brotar cornos na torva fronte,/ hora de disfarçar com a pluma os teus cabelos encanecidos./ Essa é a verdadeira Dânae: tenta apenas tocar seu corpo/ e logo com flamejante calor defluirão teus membros.

★

[127.] 1 Encantada, ela sorriu tão delicadamente que me parecia que a lua, afastadas as nuvens, mostrava todo o seu rosto. As mãos comandando a voz, logo ela disse:

Ó jovem, se não te aborrece uma mulher honesta e que conheceu um homem pela primeira vez este ano, eu te ofereço uma irmã. 2 É bem verdade que você tem um irmãozinho – não me envergonhou verificar –, mas o que o impede de adotar também uma irmãzinha? Venho com essa mesma atitude. Se estiver disposto, esteja servido e experimente o meu beijo.

3 – Mas muito pelo contrário! – falei. – Em nome de tua beleza, sou eu que te peço: não vá se aborrecer em admitir um

simples estrangeiro entre teus fiéis. Se permitir que eu te adore, você vai descobrir um devoto. E para que não pense que eu vá aproximar-me desse templo do Amor com as mãos abanando, eu te dou o meu irmãozinho.

4 – O quê? – disse ela. – Você o está dando a mim? Ele, sem o qual não pode viver, de cujo beijo você depende? Ele, que você ama assim como eu te quero?

5 Dizendo essas coisas, ela falava com tanta graça, modulando-lhe a voz, tão doce som acariciava o ar sussurrante, que era como se o coro das sereias cantasse por entre a brisa. Assim, enquanto eu a admirava – e não sei o que me parecia reluzir mais brilhante que o céu inteiro –, achei que devia perguntar o nome daquela deusa.

6 – Ah, é? – disse ela. – Minha escrava não te disse que me chamo Circe? Certamente não sou filha do Sol, nem minha mãe deteve o curso do mundo errante quando lhe agradava. Terei, no entanto, uma dívida para com o céu, se os fados nos ligarem. Ao contrário, não sei neste momento o que a divindade trama em seus desígnios secretos. 7 Nem é sem motivo que Circe ama Polieno: entre esses nomes sempre brota a velha chama.[2] Dê-me um abraço, se te agrada. Não há por que temer algum curioso: teu irmão está longe daqui.

8 Circe disse essas coisas e, com os braços mais macios que uma pluma, deitou-me ao solo coberto de relva florida.

9 *Flores quais derramara do ápice do monte Ida,/ verteu-as a Terra mãe quando Júpiter se juntou ao seu lídimo amor,/ e por todo o peito sentiu*

2 Na *Odisséia*, Ulisses é chamado de Polieno pelas sereias, e a feiticeira Circe devota-lhe ardente interesse.

brotarem chamas:/ desabrocharam rosas e violetas, e a junça macia;/ destacando-se do verde prado, sorriram os brancos lírios;/ foi assim que, para suas tenras ervas, a Terra atraiu Vênus./ E o dia, mais luminoso, favoreceu nosso amor secreto.

10 Nessa relva, um nos braços do outro, com mil beijos brincamos nas preliminares de um prazer mais consistente.

★

[128.] [CIRCE, PARA POLIENO] 1 – O que é que há? – disse ela. – Será que meu beijo te desagrada? Será que meu hálito, sem frescor, cheira a jejum? Será o suor desleixado das axilas? Se não são essas coisas, penso eu, será que você tem medo de Gitão?

2 Tomado de alto a baixo por um indisfarçável rubor, perdi minha força, se é que tivera alguma, e com o corpo todo meio frouxo, eu disse:

– Eu peço, ó minha rainha, não tripudies sobre minha infelicidade. Fui vítima de um filtro.

★

[CIRCE] 3 – Diga, Críside, mas a verdade: será que eu sou feia? Será que estou descabelada? Será que com algum defeito de nascença eu embaço a minha beleza? Nada de enganar a tua patroa. Não sei em que foi que erramos.

4 Logo em seguida, diante do silêncio da escrava, arrancou-lhe o espelho das mãos, e depois que tentou todos os gestos que o riso costuma inventar entre os amantes, largou no

chão a roupa amarrotada, e num rompante entrou no templo de Vênus.

5 Eu, ao contrário, feito um condenado e como se tivesse saído de um pesadelo, pus-me a sondar o meu íntimo se eu fora mesmo privado de um gozo verdadeiro.

6 *Da mesma forma como quando, na noite que traz o sono,/ os sonhos iludem os olhos errantes/ e escavada a terra o ouro traz à tona,/ uma ímproba mão pratica o roubo e toma nossos tesouros;/ o suor escorre pelo nosso rosto/ e um grande temor se apossa de nosso coração:/ que ninguém, tendo conhecimento desse ouro recôndito,/ pilhe-nos os bolsos repletos./ Logo, quando desaparecem esses júbilos de nosso espírito iludido/ e a realidade retorna, a alma deseja o que perdeu,/ renitente nessa imagem que passou.*

★

[GITÃO, PARA ENCÓLPIO] 7 – Assim, em nome disso eu te agradeço, porque você me ama segundo os moldes socráticos. Nem Alcebíades se deitou tão intacto na cama de seu mestre.

★

[129.] [ENCÓLPIO, PARA GITÃO] 1 – Acredite em mim, irmãozinho, não sei se sou um homem, não sinto nada. Está morta e enterrada aquela parte do corpo que outrora fazia de mim um Aquiles.

★

2 O rapaz, com medo de que desse margem a falatórios se fosse
apanhado aos segredos comigo, levantou-se e fugiu para dentro
da casa.

★

3 Críside, porém, entrou em meu quarto e deu-me uns bilheti-
nhos de sua patroa, nos quais estava escrito o seguinte: "CIRCE PARA
ENCÓLPIO. SAUDAÇÕES. 4 Se eu fosse uma libertina, eu me queixaria
de ter sido desapontada; agora chego a agradecer à tua impotência:
às portas do prazer foi que mais me diverti. 5 No entanto, que-
ro saber o que está acontecendo com você, e se por acaso che-
gou a sua casa com seus próprios pés, pois os médicos dizem que
é impossível os homens andarem sem os nervos. 6 Vou te contar,
rapaz: cuidado com a paralisia. Nunca vi um doente em tão gran-
de perigo. Juro! Você já morreu. 7 Porque, se o mesmo frio pegar
em teus joelhos e nas tuas mãos, pode ir mandando para os trom-
peteiros.[3] 8 Mas e daí? Mesmo que eu tenha recebido uma grave
afronta, não nego remédio a um pobre-diabo. Se quiser ficar bom,
pede ao Gitão. Vou te dizer: você receberá teus nervos de volta se
dormir três dias sem o teu irmãozinho. 9 Quanto a mim, na verda-
de, não tenho medo de encontrar alguém a quem agrade menos.
Nem espelho, nem fama mentem. Passe bem, se puder".

10 Logo que Críside se deu conta de que eu tinha lido toda
aquela descompostura, ela disse:

– Essas coisas acontecem, e ainda mais nesta cidade em que
as mulheres fazem a Lua baixar à Terra. 11 Se é assim, vamos resol-
ver isso tudo. Com a maior delicadeza, apenas escreve de volta à

3 Os trompeteiros tocavam nos enterros.

minha patroa e restitui-lhe o amor-próprio, num gesto de pura gentileza. Mas, para dizer a verdade, ela já não é mais a mesma, desde a hora em que sofreu aquela afronta.

12 O certo é que obedeci de bom grado à escrava e juntei aos bilhetinhos as seguintes palavras:

[130.] 1 "POLIENO PARA CIRCE. SAUDAÇÕES: Confesso que falhei várias vezes, senhora. Na verdade, sou homem, sim, e ainda jovem. Até hoje, no entanto, nunca cometi um delito que merecesse a pena capital. 2 Você tem um réu confesso: tudo o que ordenar, hei de tê-lo merecido. Cometi uma traição, matei um homem, violei um templo: indique um suplício contra esses crimes. 3 Se o apropriado é matar, apresento-me com a minha própria espada; se o açoite a satisfaz, corro nu até minha senhora. 4 Mas lembre-se de apenas uma coisa: os instrumentos falharam, não eu. Soldado preparado, não tive armas. 5 O responsável por esse distúrbio, não sei. Talvez o espírito tenha se antecipado à demora do corpo; talvez porque meu desejo de ter tudo era muito forte, eu consumi o prazer num instante. 6 Não atino com os motivos do que fiz. Entretanto você manda que eu tome cuidado com a paralisia, como se ela pudesse ficar maior que aquela que me tirou a chance de te possuir. O melhor que posso fazer para me desculpar, contudo, é o seguinte: eu te deixarei satisfeita se me permitir reparar o erro."

7 Depois que despedi Críside com um propósito dessa natureza, cuidei com bastante empenho de meu corpo, culpado de sobra. Deixando de lado o banho, fiz uso de uma unção moderada; logo em seguida, alimentei-me com umas comidas mais fortes, isto é, com cebolas e cabeças de caracol sem molho; vinho eu bebi bem pouco. 8 Depois, preparei-me antes do sono com uma caminhada bem leve e, sem Gitão, entrei em meu quarto.

Era tamanha a minha preocupação em tranqüilizar Circe que eu temia até que meu irmãozinho roçasse minhas ilhargas.

[131.] 1 No dia seguinte, como eu me levantasse livre de dores no corpo e no espírito, eu me dirigi até a mesma alameda de plátanos, embora temesse aquele lugar agourento, e ali, entre as árvores, fiquei esperando por Críside, a minha guia. 2 Eu nem tinha dado muitas voltas por ali, tendo me sentado no mesmo lugar onde, no dia anterior, eu estivera, quando ela chegou, trazendo uma velhinha em sua companhia. 3 Assim que me cumprimentou, ela disse:

– E então, ó senhor arrogante, por acaso começou a entrar em forma?

4 A outra retirou de junto do seio um cordão trançado com fitas de várias cores e amarrou-me o pescoço. Em seguida, com o dedo médio, pegou pó misturado com cuspe e fez-me na fronte um sinal repugnante.

★

5 Concluído esse encantamento, ela me mandou cuspir três vezes, e três vezes jogar junto ao seio pedrinhas previamente encantadas, que ela mesma envolvera em púrpura. E metendo mãos à obra, pôs-se a experimentar as forças de meu membro. 6 Dito e feito, meus nervos obedeceram ao comando, e com um movimento brusco encheram as mãos da velhinha. 7 E ela, exultante de satisfação, disse:

– Está vendo, Críside, minha querida, está vendo que lebre eu fiz saltar para o proveito dos outros?

★

8 *Derramara sombras estivais o oscilante plátano,/ também Dáfnis coroada de bagas e os tremulantes ciprestes;/ também, com seu trêmulo vértice, o pinheiro de aparada fronde./ Entre as árvores, um espúmeo regato de águas erradias/ brincava, e os seixos fazia rolar com sua água murmurante./ Local perfeito para o amor:/ testemunham-no o silvestre rouxinol e a citadina Prócne,/ aves que, espalhadas em torno dos prados/ e das delicadas violetas,/ alegravam os campos com seu canto.*

★

9 Descontraída, descansava ela seu pescoço alvo como mármore sobre um colchão de ouro e se abanava com um ramo de mirto em botão. 10 Assim que me viu, enrubesceu de leve, certamente lembrando-se da afronta da véspera. Depois que dispensou todo o seu séquito e me convidou, sentei-me a seu lado. Ela pousou o ramo sobre os meus olhos e, como se houvesse uma parede entre nós, disse, com a maior petulância:

11 – E então, paralítico? Será que hoje você veio inteiro?

– Você fica perguntando – repliquei – em vez de experimentar?

E, mergulhado com o corpo todo em seu abraço, até saciarme eu desfrutei de seus beijos, desta vez livres de feitiços.

★

[*O parágrafo abaixo parece ser um fragmento de uma parte hoje perdida do* Satíricon *que a tradição julgou procedente encaixar neste ponto, por uma suposta semelhança de temática.*]

[132.] [ENCÓLPIO, SOBRE O GAROTO ENDÍMION] 1 Ela própria, a beleza de seu corpo chamando-me para si, arrastava-me para o prazer. Estalavam aqui os lábios em inúmeros beijos, ali as mãos entrelaçadas haviam encontrado toda espécie de carícia, lá os corpos, unidos em mútua procura, haviam chegado também à mistura das almas.

★

2 A matrona, vexada pelos patentes ultrajes, recorre enfim à vingança: chama os criados de quarto e manda que me surrem. 3 Não contente com injuriar-me tão gravemente, a mulher chama as fiandeiras todas e a corja mais repulsiva de toda a escravaria, e manda que escarrem sobre mim. 4 Ponho as mãos sobre os olhos, sem lançar nenhum pedido de perdão, porque sabia o que eu tinha merecido, e com pancadas e escarros fui arremessado pela porta. 5 Também Proselenos é expulsa, Críside apanha, e toda a escravaria, acabrunhada, resmunga entre si e procura descobrir quem perturbara o bom humor da patroa.

★

6 Assim, mais animado pela compensação das dificuldades, encobri habilmente as marcas das pancadas, para que nem mais alegre Eumolpo ficasse com as minhas desventuras, nem Gitão ficasse mais triste. 7 Fiz então a única coisa que estava a meu alcance para manter a minha vergonha a salvo: simulei cansaço e, preso ao leito, deitei todo o fogo de meu furor contra aquela parte que para mim fora causa de todos os males:

8 *Três vezes tive nas mãos a terrível bipene;/ três vezes eu, mais lasso que o caule de uma couve,/ temi repentinamente o ferro que,/ em razão de meu tremor, mal podia usar./ Nem poderia realizar aquilo de que há pouco eu tinha vontade/ porque com medo, mais gelada que o inverno petrificante, aquela parte se refugiara em minhas entranhas,/ coberta por mil rugas./ Assim, não pude descobrir-lhe a cabeça para o suplício,/ mas logrado pelo temor mortal do patife,/ recorri às palavras: elas teriam uma capacidade maior de feri-lo.*

9 Assim, apoiando-me num dos cotovelos, com este cruel discurso ataquei o obstinado:

– O que dizes – falei eu –, ó opróbrio de todos os homens e deuses? Na verdade, apenas nomear-te entre as coisas sérias já seria nefando. 10 Eu mereci isso de ti, que do céu em que eu estava me arrastasses para os infernos? Que roubasses os meus florescentes anos de primeiro vigor, e me obrigasse ao cansaço da velhice mais provecta? Entrega-me, por favor, meu atestado de óbito.

11 Logo que, irado, falei essas coisas,

Aquela parte, cabisbaixa, mantinha os olhos fixos no solo,/ e nem por força daquele sermão que recebera/ seu rosto se movia mais que os flexíveis salgueiros/ ou as papoulas de frouxo caule.

12 Concluída tão deplorável censura, comecei a sentir remorso por minhas palavras e fui tomado de um rubor em meu íntimo, pois esqueci da vergonha de manter conversa com aquela parte do corpo da qual os homens de índole mais severa nem sequer costumam tomar conhecimento. 13 Em seguida, depois de coçar a testa durante muito tempo, eu disse:

– Mas que mal fiz eu, se desabafei minha dor por meio de
uma queixa natural? Por que é que costumamos, quanto ao cor-
po humano, falar mal do ventre, ou da garganta, ou da cabeça,
quando muitas vezes doem? E então? Ulisses não se bate com
o próprio coração? E certas personagens da tragédia não casti-
gam os seus olhos como se eles fossem capazes de ouvir? 14 Os
podagrentos dizem mal de seus pés; os quirálgicos, das mãos; os
remelentos, dos olhos; os que ofenderam várias vezes os dedos, a
qualquer dor que têm, desferem contra os pés:

15 *Por que me olham com o cenho franzido, ó Catões,/ e condenam uma obra dotada de uma simplicidade inaudita?/ Nela sorri a graça não austera da linguagem cristalina,/ e o que o povo faz, uma linguagem franca traduz./ Pois quem não sabe o que é uma relação sexual,/ quem desconhece os prazeres de Vênus?/ Quem proíbe aquecer os membros num leito tépido?/ O próprio pai da verdade, o douto Epicuro,/ recomendou essas coisas em sua doutrina/ e disse que essa é a finalidade da vida.*

★

16 Nada é mais falso que um estúpido preconceito dos homens, nem mais tolo que uma hipócrita severidade.

★

[*O trecho imediatamente abaixo, parágrafos 133.1-2, parece ser uma interpolação, uma vez que não se liga de forma alguma com os textos de que é vizinho.*]

[133.] 1 Ao terminar esse discurso, chamo Gitão e lhe digo:

– Fala, irmãozinho, mas me dá a tua palavra: naquela noite em que o Ascilto roubou você de mim, ele ficou acordado até chegar à afronta, ou se contentou com uma noite solitária e recatada?

2 O garoto cobriu os olhos e, com as palavras mais solenes, jurou que contra ele nenhuma violência fora cometida por Ascilto.

★

3 De joelhos no limiar da porta, assim implorei ao nume que me era adverso:

Ó companheiro das Ninfas e de Baco,/ tu que a bela Dione fez deus das ricas florestas,/ a quem se submetem a ilustre Lesbos e a verde Tassos,/ tu que Lídia dos sete rios adora/ – ela que ergue um templo na tua Hipepa querida:/ tu vens aqui, ó tutor de Baco e volúpia das Dríades,/ acolhe minhas tímidas preces./ Não venho banhado em triste sangue,/ não ergui, inimigo ímpio, a destra contra os templos,/ mas um crime eu cometi, pobre e sem recursos, arruinado;/ não com o corpo todo, porém./ Réu menor é aquele que erra desprovido de recursos./ Por esta súplica, eu te imploro, tira a culpa de minha consciência/ e perdoa um erro menor,/ e ao sorrir para mim a hora da fortuna, não sem honradez,/ baluarte serei de tua dignidade./ Ó, Sagrado, irá aos teus altares um bode, maioral do rebanho,/ irão aos altares um animal de chifres e, vítima aleitada ainda,/ a cria de uma porca estridente./ Nas páteras espumará o vinho da safra, e,/ embriagada, a juventude dará três voltas triunfantes em torno do templo.

★

16. Enotéia

4 Enquanto eu faço essa prece e, todo cheio de cuidados, velo o meu finado, entrou no templo aquela velha, que os cabelos desgrenhados e a roupa preta tornavam horrorosa. Tomando-me pela mão, levou-me para fora do vestíbulo.

★

[134.] [A VELHA PROSELENOS, PARA ENCÓLPIO] 1 – Que bruxas devoraram teus nervos? Em que porcariada você pisou durante a noite na encruzilhada? Ou foi num cadáver? 2 Nem sequer do menino você obteve sua desforra, porém mole, fraco, cansado, feito pangaré em ladeira, foi suor e trabalho perdidos. E, não contente em você próprio pecar, provocou os deuses irados contra mim.

★

3 E, sem que eu oferecesse qualquer resistência, levou-me de novo para a cela da sacerdotisa e me empurrou para cima da cama. Arrancou uma vara da porta e, sem qualquer reação da minha parte, maltratou-me de novo. 4 E se ao primeiro golpe, por ter se quebrado, a vara não fizesse com que a mulher diminuísse o

ímpeto do castigo, talvez até os meus braços e a minha cabeça ela quebrasse. 5 Mas eu gemi principalmente por causa de uma masturbação e, com as lágrimas brotando abundantemente, deitei sobre o travesseiro com a cabeça protegida pelo braço direito. 6 Ela sentou-se em outra parte do pequeno leito e, não menos desfeita em prantos, passou a acusar-se com voz trêmula da duração de sua longa vida. Foi quando entrou a sacerdotisa.

7 – Por que vocês vieram à minha cela – disse ela – como se estivessem diante de uma pira funerária ainda candente? Ainda mais num dia de festa, dia em que riem até os que costumam chorar.

[PROSELENOS, PARA ENOTÉIA, SACERDOTISA DE PRIAPO] 8 – Ó, Enotéia – disse ela –, esse adolescente que você está vendo nasceu sem estrela; na verdade não pode vender seus talentos nem a um menino nem a uma menina. 9 Você nunca viu um homem tão infeliz: o que ele tem é uma correia na água, não um sexo. Em suma, o que você acha de alguém que se levantou da cama de Circe sem experimentar o gozo?

10 Depois de ouvir essas coisas, Enotéia sentou-se entre nós, fazendo um demorado movimento de cabeça:

– Essa doença – disse ela –, sou a única que sei curar. 11 E para que não pensem que eu estou agindo que nem maluca, peço para que o teu jovenzinho durma uma noite comigo: ora, se eu não devolverei aquilo tão duro quanto um chifre...

12 *Tudo aquilo que vês no mundo obedece a mim./ Quando quero, a terra florida resseca,/ sem forças, esgotados os seus fluidos./ Quando quero, sobeja a riqueza,/ e rochedos e horrendas pedras fazem brotar as águas do Nilo./ A mim o mar subjuga acalmadas as ondas;/ e os zéfiros depõem silenciosas aos meus pés suas aragens./ A mim os rios obedecem. E os tigres da Hircânia e os dragões/ ordeno que se detenham./ Mas por*

que eu falo das coisas mais simples?/ A imagem da lua declina atraída pelos meus encantamentos/ e, o curso do céu invertido,/ Febo sobressaltado é obrigado/ a pôr em direção oposta seus cavalos enfurecidos./ Tal força têm as minhas palavras./ A chama dos touros se aquieta extinta pelos sacrifícios das virgens./ Circe, filha de Febo, com ditos mágicos,/ transformou os companheiros de Ulisses./ Proteu costuma ser o que lhe convém./ Eu, mestra nesses sortilégios,/ transplantarei árvores do monte Ida para o fundo do mar/ e, inversamente, colocarei os rios no alto da montanha.

[135.] 1 Arrepiei-me eu, aterrado com tão fabuloso propósito, e fiquei atentamente observando a velha.

2 – Portanto – grita Enotéia –, obedeçam às minhas ordens!

E tendo lavado cuidadosamente as mãos, ela se inclinou para o leito e me beijou várias vezes.

★

3 Enotéia colocou uma velha mesa no meio do altar, cobriu-a de brasas vivas e consertou com resina quente uma vasilha já gasta pelo tempo. 4 Então tornou a fincar na parede marcada pelo fumo um prego em que estivera pendurada a vasilha de madeira, e que viera junto quando ela a puxara. Em seguida, envolta num avental quadrado, pôs um enorme caldeirão no fogo e, ao mesmo tempo, com um gancho, tirou do armário que usava para guardar carne um saco no qual ficava a fava para o consumo, e uma velhíssima cabeça de porco, cortada por mil talhos. 5 Então soltou o laço do saco, espalhou parte dos feijões sobre a mesa e mandou-me escolher com esmero. Obedeci a essa ordem, e com cuidado separei com a mão os grãos cobertos por uma casca absolutamente imunda. 6 Mas ela, acusando-me de preguiçoso, apanhou os grãos estra-

gados, e descascou as sementes com os dentes de maneira uniforme, cuspindo as cascas no chão, onde ficaram parecendo moscas.

★

7 Eu admirava a habilidade promovida pela pobreza, e certas artes de cada detalhe:

8 *O marfim indiano incrustado de ouro não resplandecia,/ nem com um piso de mármore reluzia a terra,/ espoliada de suas próprias riquezas./ Distinguia-se, ao contrário,/ madeira proveniente do bosque da pobre Ceres,/ atirada sobre um trançado de vime/ e copos de barro que uma pobre roda de oleiro/ com fácil movimento há pouco havia fabricado./ Além disso, via-se uma bacia para a delicada água que gotejava,/ travessas feitas de um vime tirado de um caule flexível/ e uma vasilha manchada por Lieu./ A parede circundante, revestida de palha seca/ e barro arrumado de qualquer maneira,/ enfileirava pregos grosseiros./ Pendia uma delicada varinha de junco verde./ Além disso, aquela casa simples/ conservava suas provisões suspensas/ por uma viga marcada pelo fumo:/ pendiam sorva doce introduzida entre ramos de ervas perfumadas,/ segurelha velha e cachos de uvas passas./ Como aqui, na terra hospitaleira da Ática/ houve outrora uma mulher, Hécale, digna de deuses sagrados./ A Musa do velho filho de Bato,/ sucessivas gerações cantando-a,/ deu-a à admiração da posteridade.*

★

[136.] 1 Enquanto ela ainda saboreava um pouquinho da carne e com o gancho devolvia ao armário a meia cabeça com idade praticamente igual à sua, quebrou-se a cadeira apodrecida em que subira para ficar mais alta, e a velha, com o peso que tinha, foi arremessada ao fogo. 2 Quebrou-se também a tampa do caldeirãozinho, e o fogo, que estava querendo pegar, apagou-se. Ela ainda sacudiu o cotovelo com força, por causa de um toco em chamas, e tisnou o rosto todo com a cinza que se levantou.

3 Levantei-me confuso, claro, e, sem deixar de rir, ergui a velha. Para que nada atrasasse o sacrifício, ela correu imediatamente à vizinhança em busca de fogo.

4 Assim, avancei para a estreita porta do casebre. Foi quando os três gansos sagrados que, como penso, bem ao meio-dia costumavam exigir da velha sua ração diária, investiram contra mim com um feio e raivoso estridor e me cercaram. Eu tremia. E um me rasgou a túnica, outro soltou os laços dos sapatos e puxou; um outro, chefe e comandante daquela violência, não hesitou em até mesmo ferrar uma bicada na minha perna, com sua mordida serrilhada. 5 Percebendo que eles não estavam para brincadeira, arranquei o pé de uma mesinha e, com a mão armada, comecei por abater o belicosíssimo animal. Não satisfeito com um golpe estonteante, vinguei-me do ganso com sua morte:

6 *Foi dessa forma, suponho, que obrigadas pelo trabalho de Hércules/ abalaram-se para o céu as aves do lago Estínfalo./ Foi assim também com as Harpias,/ quando emporcalharam com seu veneno o enganoso jantar de Fineu./ O éter aterrorizado tremeu por causa de um insólito pranto/ e confundiu-se o palácio do céu.*

★

7 Os gansos restantes já haviam colhido a fava, atirada para todo lado e completamente espalhada pelo chão, e privados, como penso, de seu comandante, haviam voltado para o templo. Foi

quando eu, orgulhoso ao mesmo tempo com a presa e com a vingança, joguei o ganso morto atrás da cama e lavei com vinagre a ferida pouco profunda de minha perna. 8 Depois, temendo uma reprimenda, tive a idéia de escapar e, logo que juntei as minhas coisas, dispus-me a sair do casebre.

9 E ainda não ultrapassara a soleira daquela pequena cela quando surpreendi Enotéia chegando com uma vasilha cheia de fogo. 10 Retrocedi uns passos e, tendo atirado longe a roupa, fiquei à entrada da casa, como se eu, apesar da demora, a estivesse esperando.

11 Ela ateou o fogo obtido a umas varinhas secas e, depois de depositar em cima vários pedaços de lenha, começou a desculpar-se pela demora: fora a amiga, que não admitira que ela saísse sem ter secado os três copos, como dita a lei.

– O que você fez durante a minha ausência? – disse ela. – Onde está a fava?

12 Eu, que pensara ter feito uma coisa até mesmo digna de elogio, expus-lhe todo o combate, minuciosamente e, para que não ficasse triste por mais tempo, ofereci o ganso como compensação da perda. 13 Assim que a velha o viu, ergueu igualmente um clamor tão grande como se fossem os gansos que tivessem entrado na casa de novo. Assim, confundido e atônito com aquele crime sem precedentes, queria saber por que ela fizera aquele escândalo. Ou: por que ela se compadecia mais do ganso do que de mim?

[137.] 1 Mas ela, batendo as mãos, disse:

– Seu assassino! Ainda fala? 2 Você não sabe a extensão da ação vergonhosa que você está admitindo: você matou as delícias de Priapo, o ganso preferido de todas as matronas. E assim, nem pense que não fez nada; se os magistrados souberem disso, você vai parar na cruz. 3 Você conspurcou de sangue a minha casa, que até hoje era irrepreensível. Você fez com que qualquer inimigo que queira me expulse do sacerdócio.

★

4 – Por favor – disse eu –, não grite: eu te darei um avestruz em troca do ganso.

★

5 Enquanto eu me admirava com essas coisas, ela se sentou na cama, lamentando o destino do ganso. Nesse ínterim, Proselenos chegou com a encomenda do sacrifício e, tendo visto o ganso morto, e sabido o motivo da tristeza, ela própria pôs-se a chorar ainda mais forte. E ela teve dó de mim, como se eu tivesse matado o meu próprio pai, não um ganso comum. 6 Assim, cansado daquele aborrecimento, eu disse:

– Será que não posso pagar o meu pecado com dinheiro? Ainda se eu as tivesse provocado, se tivesse cometido um homicídio... Eis aí duas peças de ouro: com elas vocês poderiam comprar não só gansos, mas também deuses.

7 Assim que viu as moedas, Enotéia disse:

– Esquece, rapaz, estou preocupada por tua causa: 8 isso é uma prova de amor, não de maldade. Assim, daremos um jeito de ninguém saber. Você apenas peça aos deuses que eles perdoem o que você fez.

9 *Todo aquele que tem dinheiro, navegue com ventos seguros/ e equilibre o destino a seu arbítrio./ Despose Dânae e ser-lhe-á permitido/ que ordene ao próprio Acrísio acreditar em Dânae./ Componha poemas,*

declame;/ exprobre todos e advogue causas: será melhor que Catão./ Jurisconsulto haverá de ter à sua disposição o "é claro, não é claro",/ e haverá de valer todo Sérvio ou Labeão./ Falo muito: escolhe o que queres com dinheiro à vista,/ e isso virá. Um baú manterá Júpiter trancafiado.

10 Ela colocou sob minhas mãos uma gamela de vinho, e como purificasse meus dedos, todos igualmente estendidos, com alho-poró e aipo, mergulhou avelãs no vinho rezando uma prece. Se as avelãs boiassem, se afundassem, disso tirava sua previsão. Ela não me enganava: é claro que as avelãs ocas e sem miolo, cheias de ar, ficavam boiando à flor do líquido; as pesadas, porém, e cheias de seu fruto integral, iam para o fundo.

★

11 Tendo aberto o peito do ganso, extraiu um fígado colossal, e por ele me predisse o futuro. 12 Mais ainda, para que não sobrasse vestígio do meu crime, ela picou o ganso todo e o enfiou em espetos. Preparou também um lauto banquete para quem, como ela própria dizia, pouco antes estava à beira da morte.

13 Enquanto isso, ia correndo vinho puro.

★

[138.] 1 Enotéia sacou um falo de couro que untou com óleo e pimenta moída com semente de urtiga triturada. Devagar, começou a introduzir em meu ânus. 2 Com esse molho, a crudelíssima velha depois espargiu minhas coxas.

★

Misturou suco de mastruço com abrótano e, com meu sexo todo borrifado, apanhou um maço de urtigas verdes e começou à lentamente a fustigar com a mão tudo o que ficava abaixo do umbigo.

★

3 Embora atordoadas pelo vinho e pela lascívia, as velhas foram pelo mesmo caminho por onde eu fugia e por alguns becos seguiam-me gritando:

– Pega ladrão!

4 Escapei, embora com todos os dedos sangrando pela desabalada descida.

★

17. Críside

5 – Críside, que detestava tua antiga condição, pretende segui-la mesmo com perigo de vida.

★

6 Que beleza tiveram Ariadne ou Leda que seja comparável à
desta aqui? Contra ela, que poderia Helena? E Vênus? Se com
seus olhos tão atrevidos o próprio Páris, juiz de deusas lascivas,
a tivesse visto naquela comparação, teria preterido Helena e as
deusas em favor dela. 7 Se me fosse permitido pelo menos rou-
bar um beijo, abraçar aquele celeste e divino peito, talvez meu
corpo recuperasse as forças, e talvez acordassem minhas partes,
adormecidas – acho – por um sortilégio. 8 E as humilhações não
me cansam: por que fui surrado, não sei; por que fui atirado à rua,
penso ter sido uma brincadeira. Seja-me apenas permitido voltar
às boas graças!

★

[139.] 1 Eu sacudi meu colchão de tanto amassá-lo, como se ele fosse a imagem de meu amor.

★

2 *Não é só a mim que a divindade e o implacável destino perseguem./ Anteriormente, o deus de Tirinto,[1] acossado/ pela ira da deusa do Ínaco,[2] suportou o peso do céu./ Diante de Juno, Pélias padeceu./ Sem saber, Laomedonte suportou as armas./ Télefo saciou a ira de duas divindades./ Ulisses teme o poderio de Netuno./ Também me acompanha,/ pelas terras e pelas planícies do encanecido Nereu,/ a intensa ira de Priapo do Helesponto.*

★

3 Perguntei ao meu Gitão se alguém me procurara.

– Hoje, ninguém – disse ele. – Mas ontem, uma certa mulher, que de descuidada não tinha nada, entrou por aquela porta e, embora ficasse falando um tempão comigo e me deixasse cansado com a conversa, acabou finalmente dizendo que você tinha cometido um crime, e que sofreria punições próprias de escravo, caso a vítima insistisse na queixa.

★

4 Ainda não havia terminado minha queixa quando Críside chegou, dando-me um abraço apaixonado.

1 Hércules.
2 Juno.

– Eu te possuo tal como esperava – disse ela –, meu desejo, minha paixão! Você nunca dará cabo desse fogo, a não ser que o apague com sangue.

★

5 Um dos novos escravos chegou de repente e garantiu-me que o patrão estava furioso, porque já havia dois dias que eu faltava ao serviço. Eu faria bem se preparasse uma boa desculpa: dificilmente a bronca do patrão irritado passaria sem umas pancadas.

★

18. Filomela

[140.] 1 Filomela era uma matrona das mais honestas. Extorquira muitas heranças com o auxílio de sua juventude, mas agora, velha e sem encantos, cedia o filho e a filha aos velhos sem herdeiros e, por meio desse legado, insistia em conservar sua arte.

2 Ela então veio ter com Eumolpo, e não só recomendou seus filhos ao seu bom senso e integridade, como também nele depositou sua própria pessoa e suas esperanças. Era ele o único em todo o mundo que poderia, todos os dias, instruir os jovens com ensinamentos edificantes. 3 Numa palavra, ela deixava suas crianças na casa de Eumolpo, para que ouvissem suas palavras: era a única herança que poderia dar aos jovens. 4 Ela não agiu diferentemente do que dissera, e deixou a filha belíssima acompanhada do jovem irmão no quarto de Eumolpo, e fingiu que ia ao templo a fim de rezar um pouco.

5 Eumolpo, que era tão casto a ponto de eu mesmo lhe parecer um menino, não demorou a convidar a garota para a sagrada dança do traseiro. 6 Mas ele não só dissera a todos que sofria da gota, como também que tinha lumbago, e se não conservasse impecável sua impostura, arriscava pôr a perder toda aquela,

vamos dizer, tragédia. 7 Assim, a fim de juntar credibilidade à patranha, se por um lado insistiu com a garota para que ela se sentasse em cima de sua recomendada bondade, por outro, mandou que Córax fosse para baixo do leito no qual ele mesmo se deitava, e com as mãos apoiadas no chão movimentasse o patrão com as próprias costas. 8 Ele calmamente obedecia à ordem e devolvia com igual movimento a perícia da menina. 9 Mas como a coisa ia dando resultado, Eumolpo incitava Córax em voz alta, para que aumentasse o ritmo. Assim, posicionado entre o empregado e a amante, o velho se divertia naquela espécie de gangorra. 10 Eumolpo repetiu a dose duas vezes em meio a muitas risadas, incluindo a sua própria.

11 E assim eu também, para que não perdesse o costume por ficar sem fazer nada, enquanto o irmão espiava os repetidos movimentos de sua irmã pelo buraco da fechadura, acerquei-me dele, na tentativa de ver se ele aceitava uma investida. E o rapaz, já bem traquejado, nem se incomodava com as carícias. Mas também ali a divindade, minha inimiga, foi me encontrar...

★

19. Aquiles

12 – Maiores são os deuses, que me devolveram integralmente. Ah, foi Mercúrio. Ele, que costuma levar e trazer as almas, devolveu-me por sua bondade aquilo que uma colérica mão havia cortado, para que você saiba que eu fui mais agraciado que Protesilau[1] ou qualquer outro dos antigos.

13 Tendo falado isso, ergui a roupa, e me deixei examinar todo por Eumolpo. Mas ele primeiro se assustou, depois, para não haver dúvidas, apalpou com ambas as mãos a dádiva dos deuses.

★

1 Protesilau foi o primeiro herói grego a perecer junto a Tróia. Foi agraciado com uma ressurreição de algumas horas para reencontrar-se com sua jovem esposa. Tornou-se o símbolo do amante incansável.

20. O testamento de Eumolpo

14 – Sócrates, o mais sábio de todos os mortais, segundo o juízo dos deuses e dos homens, costumava vangloriar-se de nunca ter lançado um olhar para uma taberna, de nunca ter demorado os olhos em um grupo de pessoas muito grande. Tanto é verdade que nada é mais conveniente do que sempre falar de acordo com a sabedoria.

15 – Tudo isso é verdade – disse eu. – E nenhum homem deve caminhar mais rapidamente para o mau destino que os que desejam os bens alheios. De que viveriam os mendigos e os ladrões, se não atirassem à multidão, à guisa de anzóis, bolsinhas ou saquinhos tilintantes de moedas? Assim como os animais que não falam são atraídos pela comida, os homens não seriam capturados senão com a esperança de morderem algo.

★

[141.] 1 – Aquele navio da África, com teu dinheiro e a escravaria, como havia você prometido, não chega. Os caçadores de herança já estão quebrados e reduziram a liberalidade. Assim, ou eu estou enganado, ou a nossa sorte está querendo se arrepender.

★

2 "– Todos os que em meu testamento têm algum direito, à exceção de meus libertos, receberão o que leguei com a seguinte condição: se dividirem meu corpo em pedaços e o comerem diante do povo".

★

3 – Junto a certos povos sabemos conservar-se até hoje o preceito de que os defuntos sejam consumidos por seus familiares, e isso vai a tal ponto que freqüentemente se censuram os doentes por estragarem sua própria carne.

★

4 – Por isso, advirto meus amigos para que não se recusem àquilo que disponho, mas que, com a mesma vontade com que maldisseram meu espírito, consumam o meu corpo.

★

5 A imensa fama da fortuna de Eumolpo cegava os olhos e as almas daqueles infelizes.

★

Górgias estava pronto a sujeitar-se.

★

6 – Não tenho nada que temer com a relutância do teu estômago. Ele seguirá as tuas ordens se você lhe prometer, pelo fastio de uma única hora, a compensação de muitos bens. 7 Cerre um pouco os olhos e pense que não está comendo vísceras humanas, mas dez milhões de sestércios. 8 E além de tudo, encontraremos alguns temperos para mudar o sabor dele. É que, na verdade, nenhuma carne agrada só por si, mas por uma certa arte ela se transforma e se amolda a um estômago nauseado. 9 Porque se você quer também comprovar essa idéia por meio de exemplos, os saguntinos, oprimidos por Aníbal, comeram carne humana, e não tinham uma herança em vista. 10 Enfrentando fome extrema, os petelinos fizeram o mesmo, e coisa alguma buscavam nessa comilança, a não ser não morrer de fome. 11 Tendo Numância[1] sido capturada por Cipião, encontraram-se mães que mantinham no colo os corpos semidevorados dos próprios filhos.

1 Sagunto e Numância, cidades espanholas que sofreram longos cercos na Antigüidade.

Apêndice

Posfácio por Cláudio Aquati

A história do *Satíricon* é repleta de todo tipo de conjecturas e especulações, que ficaram conhecidas como a "Questão Petroniana", e que focalizam aspectos como a data em que foi escrito, a identidade do autor, a montagem dos fragmentos, a extensão original, sua relação com outras obras antigas.

A própria Antigüidade forneceu pouquíssimas referências a seu respeito. O que se conhece hoje como *Satíricon,* do título original *Satyricon* (ou *Satyrica,* denominação também autorizada pela filologia), texto escrito por Tito Petrônio Árbitro entre os anos 62 e 64 d.C., aponta para parte de três livros consecutivos, XIV, XV e XVI, de um grande conjunto do qual faltam o começo e o fim.

Entre as personagens que povoam o enredo desse romance, ou proto-romance como querem alguns, nenhuma há que tenha bons princípios morais, qualquer que seja sua extração social. Com elas, Petrônio constrói um universo miserável e corrupto, atravessado por jovens devassos, estudantes vagabundos, homens de letras aproveitadores, inoportunos, incompetentes, velhas e velhos viciosos, detestáveis homens de negócios, religiosos impudentes, novos-ricos vulgares, libertos daninhos, mulheres de alta classe e de desejos vulgares, proxenetas, cidadãos sequiosos de herança e dispostos a tudo.

Nos trechos remanescentes, o *Satíricon* conta as aventuras e desventuras de dois rapazes que perambulam pelo sul da Itália, nas imediações de Pompéia e Nápoles. Mas é possível que, nas partes perdidas, eles tenham começado sua viagem bem mais ao norte, na cidade de Massília (hoje, Marselha). Um deles é Encólpio, o narrador e personagem principal. Jovem bissexual, ciumento, covarde e violento, é um estudante que aparentemente conhece as letras, a retórica em particular. Acompanha-o Gitão, adolescente que tem por volta de dezesseis anos, um homossexual efeminado, volúvel e dissimulado.

A TRAMA

É evidente que a reconstrução das partes perdidas do *Satíricon* não passa de conjecturas baseadas em certas alusões encontradas no próprio texto, mas nem por isso deixa de ser interessante tecer suposições acerca dos eventos que antecederiam as partes conhecidas. Assim, presume-se que, partindo de Massília, em determinado momento Encólpio tenha profanado o culto de Priapo, deus da permanente ereção, e por isso teria incorrido em sua ira. Logo após essa ofensa, o rapaz teria conhecido Gitão, por quem se apaixonou. Depois disso, é sempre o ciúme que parece mover Encólpio. Esse sentimento, como tudo indica, fora lhe instilado como parte da própria vingança de Priapo. Além desse ciúme doentio, Priapo castigara Encólpio com uma impotência sexual intermitente. Dirigindo-se para o sul da Itália, provavelmente num movimento de fuga, como sói acontecer em todo o

Satíricon, os moços ter-se-iam encontrado com os lascivos Trifena e Licas – que aparecerão novamente na parte conhecida –, personagens que eles teriam de alguma forma lesado, roubando-os e traindo sua confiança. Já na Itália meridional, na região da Campânia, aceitariam a companhia de Ascilto, com quem formariam um tumultuado triângulo amoroso. Nessa altura, teriam tomado contato com um certo Licurgo, que acabaria morto e assassinado pelo ciumento Encólpio.

A partir deste ponto iniciam-se as partes remanescentes, com a abertura do *Satíricon* numa aula de retórica dirigida pelo retor Agamêmnon, que acaba convidando o trio para acompanhá-lo num jantar, na casa de um ricaço da cidade, o famoso Trimalquião. Entre a aula e o jantar, os três passam pelo mercado, onde disputam um manto que haviam perdido, velho, mas em cujo forro tinham escondido uma fortuna em moedas. Em seguida, provavelmente em razão da ofensa a Priapo, serão vítimas da pervertida sacerdotisa Quartila. Depois de sofrerem os horrores de uma noite de sexo forçado, os três rapazes participam do jantar na casa de Trimalquião, um prepotente novo-rico, ex-escravo que se vangloria de seus bens sem ostentar, contudo, equivalente riqueza cultural. Esse trecho, que corresponde à maior parte do livro XV, é o mais bem estudado de todo o *Satíricon*, e denomina-se *"Cena Trimalchionis"*, ou "O banquete de Trimalquião". Logo após a festa, o triângulo amoroso se desfaz, e Encólpio se vê abandonado por Gitão, que momentaneamente prefere acompanhar Ascilto. Entristecido, Encólpio conhece um novo companheiro, o inescrupuloso Eumolpo, poeta de péssima categoria, sempre recebido a pedradas. Entretanto, o volúvel Gitão acaba voltando para Encólpio, e com os dois Eumolpo formará um novo triângulo amoroso.

Para fugir de Ascilto, que os persegue, os três embarcam em um navio que seria de propriedade de Licas, velho desafeto de Encólpio, apresentado na parte perdida do livro. Depois de uma série de confusões a bordo, causadas sempre por velhos ressentimentos, o navio é apanhado por uma tempestade e vai a pique. Náufragos, os três vão parar em Crotona, a cidade dos caçadores de heranças. Lá, a fim de se manter e aproveitando a doentia ambição do povo crotoniense por heranças, Eumolpo, acompanhado de Encólpio e Gitão como falsos escravos, finge ser um rico proprietário destituído de herdeiros. Para conquistar sua simpatia e obter a herança, todos em Crotona passam a tratar Eumolpo muito bem, fornecendo a ele e a seus falsos escravos todos os meios de uma boa vida. Ocorrem nesse cenário as atribuladas e malogradas relações amorosas entre Encólpio e Circe, e as mais cruéis tentativas de cura para a impotência de que sofria.

Por fim, Eumolpo morre, tendo deixado uma exigência estapafúrdia: aquele que quisesse recebesse sua suposta herança deveria comer o seu cadáver. A parte conhecida se interrompe nesta altura, com alguns habitantes de Crotona dispostos a devorar o corpo de Eumolpo. Estudiosos do *Satíricon* supõem que Encólpio e Gitão fujam de Crotona ao verem Eumolpo ser desmascarado. Juntar-se-ia aos dois um terceiro, para formar novo triângulo amoroso, e o novo trio teria tomado a direção de Lâmpsaco, cidade natal do deus Priapo, para a expiação das ofensas de Encólpio e sua iniciação no culto a esse deus, talvez com o envolvimento em novas atribulações.

O *Satíricon* não parece ter sido um livro de porte exagerado na Antigüidade, apesar de sua real extensão ser questão aberta a muitas especulações, não só em conseqüência do estado fragmentário em que a obra chegou até hoje, como também por um grande número de fragmentos que, embora tenham sido atribuídos a Petrônio e possam fazer parte de trechos perdidos, ainda não puderam ser encaixados na obra. Por exemplo, tomando-se por base a média do livro XV, que contém "O banquete de Trimalquião", estima-se que os dezesseis primeiros livros representariam um volume de cerca de oitocentas páginas de uma edição moderna. Também, considerando-se que afinal seria necessário concluir a jornada do protagonista Encólpio, estima-se que a obra teria um volume maior que o dos dezesseis livros, isto é, que atingiria um volume de até mil páginas, divididas por vinte livros – ou talvez 24, segundo o modelo da *Odisséia*, da qual o *Satíricon* é seguramente tributário.

A preservação desses fragmentos pode ter se dado mais pelo interesse que suscitou a gramáticos de várias épocas que por seu valor literário, admitido muito tardiamente. Noutras palavras, em sua trajetória o *Satíricon* pode ter estimulado bem mais a curiosidade dos gramáticos, por causa dos fenômenos lingüísticos que focaliza, que a dos críticos literários, que não souberam ou não puderam reconhecer seu imenso valor. Por exemplo, em "O banquete de Trimalquião", ao ceder a palavra a diversos libertos que têm sua fala em discurso direto, Petrônio faz um registro único das particularidades da língua cotidianamente falada por um grupo de baixa extração social, a que se dá o nome generalizado de latim vulgar, e que dificilmente aparece em obras literárias romanas, sobretudo com a extensão e a continuidade que aqui se apresenta – além da extraordinária qualidade literária, alcançada com recursos habilmente empregados, como o de dar voz aos libertos, a descrição dos valores desse grupo social, feita a partir do ponto de vista de seus próprios representantes, a supressão do discurso direto de personagens de fala culta, a construção de uma narrativa circular, o emprego da paródia, da intertextualidade, entre outros.

Literariamente, as condições fragmentárias do *Satíricon* podem tornar ainda mais difícil a apreciação dessa obra com a acribia que de fato merece, pois se torna difícil julgar a importância relativa das diferentes partes e seu equilíbrio no conjunto. Há riscos de ver esse romance de uma perspectiva falsa, exagerando-se, por exemplo, o caráter realista, porque os abreviadores e aqueles que se dedicaram à elaboração de extratos observaram sobretudo as passagens pitorescas e aquelas onde o estilo e a língua diferiam o mais possível das normas habituais. Além de tudo, dúvidas permanecem: Petrônio teria conseguido concluir o *Satíricon* antes de ser tolhido pela pena de morte? Teria mantido nas partes perdidas a mesma qualidade artística que se encontra nas remanescentes? A qualidade artística do que se conhece do *Satíricon* é tão uniforme que seria plausível supor que algum crítico tenha selecionado as melhores passagens, e somente essas tenham sobrevivido? Seria possível julgar o conjunto do *Satíricon* primordial tão bom que uma passagem fosse tão representativa quanto qualquer outra, e o que teria restado seria simples obra do acaso? Enfim, pode-se perceber que, se um julgamento crítico sobre uma obra tão fragmentária como o *Satíricon* não é impossível; ele apenas deve ser sempre relativizado.

Outra questão da máxima importância é a do substrato literário do romance, isto é, o conjunto de obras e gêneros que poderiam ter influenciado seu autor. No *Satíricon*, parece aflorar a grande competência literária de Petrônio. Essa questão se relaciona com as tendências exageradamente inovadoras de Petrônio e que presidiriam o conjunto do livro, expressas não só por uma nova maneira de escrever ficção na Antigüidade – prosa, e preferencialmente em primeira pessoa –, como também pela denúncia do clássico como modelo desgastado pelo uso contemporâneo, exaurido pelo tempo e pelo ataque constante dos literatos. Apesar de no *Satíricon* o elemento clássico muitas vezes estar na origem de uma paródia, ele não é seu objeto: ainda que um ataque literário seja mais eficaz valendo-se das armas da imitação, do exagero ou do ridículo humorístico, algumas paródias podem ser entendidas como puro humor ou exibição de versatilidade, e não como desrespeito ou desprezo. E se a paródia tem uma notável importância em Petrônio, ela, contudo, não é sempre maliciosa ou tendenciosa.

Enquanto se ocupa de gêneros de pouco prestígio em sua época – o romance grego, as fábulas milésias, o mimo – para parodiá-los, Petrônio ao mesmo tempo dá forma a essa paródia valendo-se desses mesmos modos de expressão, o que parece paradoxal, embora haja explicações para isso no próprio sistema de contradições, posições e exageros com que constrói o *Satíricon*. Petrônio parece entender que, como fonte de produção literária, os modelos clássicos se esgotam, pois à medida que as novas produções procuram equiparar-se a eles, o que predomina é a baixa qualidade e o mau gosto. Petrônio faria, então, uma denúncia da apropriação desses modelos por escritores de talento insuficiente para assenhorear-se do sublime.

Ele parece entender que, da mesma forma, há em Roma uma realidade social e política que já não pode ser enfrentada pelos velhos meios. Tudo isso impõe a necessidade de novos rumos em literatura, que espelhem, na construção, essa nova realidade. Não é casual que o *Satíricon* esteja escrito em prosa de ficção: o romance, que só se constituiria depois da teorização e classificação dos gêneros literários, com a *Poética* de Aristóteles, por exemplo, ainda não está restrito a um conjunto de normas e formatos impostos, e a Petrônio, com seu grande conhecimento de literatura, esse dado não passaria despercebido. De todo modo, já que a grande diversidade de grupos sociais, culturais e políticos de seu tempo o obriga a abordar as mais diferentes questões, Petrônio inova e não se empenha de fato em abraçar no *Satíricon* algum gênero em particular. Ao se valer de gêneros que lhe forneçam variados meios de expressão, ele incorpora um grande número de ingredientes que a literatura anterior ou contemporânea, de qualquer nível, possam lhe fornecer, por exemplo a épica ou o romance grego. Todo procedimento parece válido para a produção de uma boa literatura não submissa aos modelos antigos, que por terem sua especificidade e seu tempo não devem mais ser aplicados à produção contemporânea sem uma revisão, afinando-a de acordo com os novos valores e a peculiaridade dos tempos e da sociedade, que constantemente se modificam; daí resultam, em síntese, novos modelos literários.

É indiscutível que o *Satíricon* seja episódico, mas não se trata de uma simples coleção de episódios ligados exteriormente, sem procedimentos, causas, efeitos ou personagens unificadoras. E não é impossível que Petrônio tenha tido a oportunidade de apresentar esses episódios oralmente. Pensa-se, por exemplo, numa eventual leitura pública de "O banquete de Trimalquião", que não levaria mais de uma hora: as particularidades lingüísticas exibidas por Trimalquião e seus amigos, referidas na obra em discurso direto, se exploradas oral e mesmo coletivamente, ganhariam realce e talvez parecessem ainda mais engraçadas e fora de propósito para o público de romanos bem-falantes do latim, de nível cultural semelhante ao do próprio autor.

O ROMANCE GREGO E A ÉPICA

As mais diversas leituras apontam como substrato literário do *Satíricon* uma infinidade de obras e gêneros, entre os quais podem-se citar, à guisa de exemplo, a *Odisséia* (Priapo persegue Encólpio assim como Posídon perseguiu Odisseu), a *Ilíada* (Encólpio chora a perda de Gitão assim como Aquiles chora a perda de Briseida), a *Eneida* (que figura parodicamente no conto da Matrona de Éfeso), os contos milésios (narrativas orientais curtas e bastante coloridas, propositalmente cínicas, de evidente origem popular, como "O vidro inquebrável" ou "O garoto de Pérgamo"), a *Priapéia*, a literatura de *symposium*, o mimo, a *fabula tabernaria*, a tragédia, a lírica amorosa, o romance grego, a sátira romana antiga (o ridículo de costumes e tipos como índice da decadência social remetem a Lucílio, Varrão e Horácio, e a Marcial e Juvenal), a sátira menipéia (liberdade temática e de composição – misto de prosa e verso e grande possibilidade de mistura de gêneros, inserções, digressões, além de sua ligação com a *Apocolocintose*, de Sêneca). É claro que, à medida que progride o nosso conhecimento a respeito desses ingredientes literários, é possível identificar novas e mais intensas relações deles com o *Satíricon*. Entre esses ingredientes, o romance grego e o gênero épico se destacam não só pela freqüência, mas também pela clareza com que se combinam na obra.

O diálogo com o romance grego em particular é questão ainda delicada e especulativa. A datação e o surgimento do romance grego são um terreno pantanoso e trazem problemas que precisam ser discutidos: de onde Petrônio tira a idéia do seu casal de homossexuais que viajam pelo sul da Itália, tão coincidente com o casal heterossexual que percorre mundos exóticos no romance grego? O motivo do par homossexual – marcante no *Satíricon*, pelo seu próprio espírito carnavalesco – é uma clara reação ao par amoroso do romance grego, e não o contrário. Se os romances gregos que apresentam um par homossexual – *Ântia e Habrócomes* (*As Efesíacas*), de Xenofonte de Éfeso, e *Quéreas e Calírroe*, de Cáriton – de fato podem ser datados, respectivamente, de 50 e 55 d.C., eles seriam anteriores à obra de Petrônio. Contudo, o motivo homoerótico num autor romano mais sugere uma ampla difusão de um tema como o do "par amoroso em viagem", do que a restrita a uma ou duas obras, embora não seja impossível que o sucesso obtido por Xenofonte e Cáriton fosse tão grande que por si só atraísse, como objeto de paródia, a atenção de Petrônio. Além disso, é possível que houvesse mais obras de temática semelhante, perdidas hoje, anteriores a Xenofonte, Cáriton e Petrônio, e que já se difundiam com bastante sucesso pelo império, as quais o autor romano pudesse tomar como base para uma paródia.

Já as relações apontadas por muitos entre o *Satíricon* e a épica são claras e bastante importantes, sobretudo na estruturação do texto e nos aspectos humorísticos. Pode-se pensar, por exemplo, no retorno de Encólpio para algum lugar – daí suas viagens –, mas trata-se de um retorno acossado pela ira de um deus – não de Posídon, que persegue Ulisses, mas de Priapo, o deus itifálico da fertilidade que abala a potência sexual do rapaz. O que definitivamente rebaixa todo o *Satíricon*, contrapondo-o com a literatura "séria" do gênero épico, é a perseguição e o vagar do herói sobre a face da Terra, e a ira de Priapo como contraponto humorístico para a ira de Posídon. Derivam daí muitas outras aproximações que constituem fontes humorísticas. Entre elas, vale lembrar a comparação de Gitão, debaixo da cama de um albergue, com Ulisses sob os carneiros; o episódio de Circe, a transformar homens em porcos, e a passagem em que Licas reconhece Encólpio sob o disfarce de escravo, apalpando-lhe a genitália, em claro paralelo com o reconhecimento de Ulisses pela cicatriz.

O que pode ter levado Petrônio a referir-se tanto à épica quanto ao romance grego foi justamente sua percepção das relações que existem entre esses dois gêneros e o desejo de reelaborálas de maneira cômica. É possível pensar, pois, que a intertextualidade do romance grego e da épica presida a criação do *Satíricon*, processo em que são relevantes o espírito sempre observador de Petrônio e seu realismo característico. O exagero, o absurdo, o cômico, a justaposição de elementos incompatíveis trazem à tona, para o leitor – que, portanto, sempre constrói um sentido peculiar para o *Satíricon* –, a reflexão sobre a realidade.

Assim, pode-se dizer que o *Satíricon* tem um caráter multifacetado, e que em cada ângulo pelo qual é possível observá-lo obtêm-se elementos diferentes para conhecê-lo. Esse é o resultado a que chega Petrônio, não casualmente, é claro, dado o aperfeiçoamento que se percebe ao concatenar cada elemento, cada detalhe, no conjunto.

Petrônio também se aproveita com muita felicidade da tradição romana, que se deleita e se diverte com as tragicomédias, as farsas, o teatro popular em que, sob forma grotesca, as lendas, a mitologia, a cultura literária, as paródias desrespeitosas, as práticas carnavalescas, as zombarias dos triunfos e das procissões sagradas são postas em cena. Nesse sentido, seu valor como sátira dos costumes ganha relevo, e percebe-se como avulta sobre o romance um espírito, uma formação que os gregos não lhe deram, e que com toda a possibilidade não lhe poderiam dar com tanto impulso quanto fizeram os latinos, Petrônio em particular. Essa é uma novidade em relação aos modelos antigos: a visão múltipla em oposição à visão una, os anti-heróis que visitam a sociedade num corte vertical, em oposição aos heróis que só são capazes de abordar a sociedade horizontalmente.

Enfim, percebe-se em amplo sentido que o *Satíricon* é uma reação ao desgaste da tradição, que se deve ao atrito da repetição e da permanência da literatura em posições invariáveis – processo inalterável, pelo qual se duplicam as composições, as atitudes, os gostos, mas que não contempla a criação. Historicamente, vai resistindo no poder, com dificuldades, o último representante da dinastia de Augusto, e velhos setores sociais perdem espaço; na literatura, nada de novo, a não ser um gênero que vem ganhando a preferência dos leitores – o romance, de contornos pouco precisos, mas tão inovador desde suas raízes que, depois de criado, teve sua sobrevivência garantida metamorfoseando-se conforme as mais diversas condições de composição e recepção.

Petrônio liga-se ao romance para exercer (não sem exagero) a prerrogativa da novidade: num gênero novo, sem prestígio literário, ele procurará não só inserir a crítica literária e a discussão filosófica em seu mais alto nível, como também exercitar novos conteúdos – opostos aos que se conhecem, mesmo no gênero de que se ocupa –, novas linguagens, diversas entre si e distintas da linguagem que vem povoando a literatura até então.

Em relação a tradições literárias mais cristalizadas, o *Satíricon* inova ao promover mudanças nas ações e emoções do herói, que perde todo o senso sociopolítico e permanece com os valores pessoais individualizantes, isto é, sem se importar com qualquer significado para a coletividade. Ao assumir outra perspectiva ideológica, Petrônio constrói uma obra que explora justamente as perturbações das relações humanas.

O valor do *Satíricon* reside na sua concepção intertextual, isto é, o diálogo entre as formas literárias de que Petrônio lança mão, e entre ele e a tradição a que constantemente se opõe e que procura transgredir. Nesse diálogo, a renovação, investigação cuidadosa de uma *nouae simplicitatis opus* (*Sat.* 132.15.2) – obra dotada de uma simplicidade inaudita, investida ao mesmo tempo burlesca e séria contra os catões de cenho contrito. Nessa medida, em relação à história da literatura antiga, o *Satíricon* tem importância decisiva como oposição e transgressão ao tradicional, não só por seus conteúdos e formas, mas também pelo choque com o que se encontra acomodado.

NOS PASSOS DO *SATÍRICON*

Assim como muitos textos da Antigüidade, o *Satíricon* teve uma história acidentada, até que os códices fragmentários que o conservaram fossem reunidos e organizados pelos especialistas na seqüência arbitrária que hoje é adotada (mas que provavelmente difere pouco daquela escolhida pelo próprio Petrônio).

Da Antigüidade até o Renascimento, o trabalho de Petrônio, apesar de sua natureza libertina, não foi totalmente esquecido na Europa: além de alguns poucos estudiosos, outros leitores também o conheceram, por intermédio de antologias, como de resto também aconteceu com outros textos clássicos.

Em meados do século XVI, foi muito importante o surgimento da literatura picaresca em território espanhol, com o *Lazarilho de Tormes* (1554). Não é incomum a associação do *Satíricon* à picaresca, pois o narrador autodiegético e a trajetória do protagonista, marcada pelos mais diferentes expedientes de sobrevivência, aproximam-se muito dos modelos adotados por Petrônio. Contudo, a forte ligação do romance picaresco com o romance latino ocorre mais propriamente com *O Asno de Ouro*, de Apuleio, obra mais difundida na época, não havendo, na verdade, segurança de que o *Satíricon* fosse conhecido do autor anônimo de *Lazarilho de Tormes*.

Nos séculos XVIII E XIX foram leitores de Petrônio autores como Tobias Smollett, Samuel Taylor Coleridge, Lord Byron e Robert Louis Stevenson. Em sua correspondência, Stevenson admite a influência de Petrônio em seu trabalho; Coleridge menciona-o quando reflete sobre o conceito de atividade poética. Smollett o faz em *The Adventures of Roderick Randon*, quando uma das personagens, Lord Strutwell, tenta seduzir o protagonista Roderick entregando-lhe um exemplar do *Satíricon* e dizendo que fora escrito com elegância e espírito; para Strutwell, embora muitos pudessem considerar o livro ofensivo, seria sempre apropriado para pessoas inteligentes e esclarecidas. Também a correspondência de Byron com amigos de Cambridge indica que conhece não mal o *Satíricon*.

Entre os séculos XIX e XX há registros de vários escritores que lêem Petrônio, tais como Gustave Flaubert, Anatole France, J.-K. Huysmans, William Butler Yeats e Oscar Wilde. Flaubert, em sua correspondência, faz diversas referências a Petrônio e ao *Satíricon*. Não se pode ignorar o legado de Petrônio em *Madame Bovary*, sobretudo no tratamento da realidade e nos contrastes entre o sublime e o vulgar. Oscar Wilde, no auge do escândalo moralista de que foi vítima, chegou a ser apontado como autor de uma tradução do *Satíricon*, publicada em 1902, sob o pseudônimo de Sebastian Melmoth.

No século XX, conhece-se o interesse por Petrônio por parte de escritores como Marcel Proust, Ezra Pound, James Joyce, T. S. Eliot, Henry Miller, Louis-Ferdinand Céline, Aldous Huxley, F. Scott Fitzgerald e Gore Vidal. Fernand Gregh, um dos companheiros literários de Proust, ao escrever para ele belas palavras de reverência, felicitava-o comparando-o a Balzac e a Petrônio, citado na correspondência do autor de *Em busca do tempo perdido* entre suas influências.

Quanto a James Joyce, pode-se lembrar que, no mínimo, *Ulisses* e o *Satíricon* aproximam-se por serem ambos releituras muito particulares da *Odisséia*. As muitas afinidades entre os dois livros incluem a postura impessoal e distanciada do autor em relação a sua obra; a força do realismo, que segundo Pound teria em Joyce a continuidade de Flaubert; ou, como insistiu Valéry Larbaud, a ligação de *Ulisses* com Rabelais. Há outros pontos em comum entre as duas obras, como os temas sexuais e tantos outros considerados obscenos ou sujos, o experimentalismo literário e lingüístico, e a questão da adaptação das caracterizações das personagens (entre lingüísticas e psicológicas).

No primeiro quartel do século XX, a apreciação do *Satíricon* intensificou-se, particularmente no círculo literário de T. S. Eliot.

Petrônio não costuma ser associado à obra de Eliot, mas, conhecendo bem o texto latino, Eliot citou-o pelo menos dez vezes, inclusive como epígrafe de textos importantes, como *The Sacred Wood*:

> 7 Acontece, porém, que, enquanto eu falava aos quatro ventos, entrou na pinacoteca um velho de cabelos brancos e de aparência atormentada. Adivinhava-se nele um ar de grandeza, não sei bem, mas pela maneira de se vestir ele não era exatamente elegante, a ponto passar-se com facilidade por um desses homens da categoria dos intelectuais, desses que costumam odiar os ricos. 8 Ele então parou ao meu lado.
>
> – Eu sou poeta – ele disse –, e acho que não dos piores, se é que se pode confiar um pouco nas coroas, que, como acontece, também são dadas como prêmio aos medíocres.

O principal trecho petroniano aproveitado por Eliot refere-se àquela fala de Trimalquião que ocorre como epígrafe de *Terra devastada*:

> Em Cumas eu mesmo cheguei a vê-la com meus próprios olhos, dependurada numa garrafa. E como os garotos lhe dissessem "Sibila, que queres?", ela respondia "Quero morrer!".

A publicação de *Terra devastada* ocorre como um marco da moderna poesia em língua inglesa. É um poema que, fugindo às convenções, discute o significado da fragmentação, da futilidade, da desolação da vida moderna. Essa descrição sumária da obra de Eliot, com umas poucas adaptações, poderia bem servir para o *Satíricon*. O estilo refinado de Petrônio e seu modo de tratar a vida da delinqüência, da exploração do vício na Roma antiga, certamente foi o que despertaram o interesse de Eliot.

É nítida a ligação de *O grande Gatsby*, de F. Scott Fitzgerald com o *Satíricon*. Em sua reflexão crítica acerca da vida em alta sociedade, Fitzgerald retoma-o em seu trecho mais conhecido, "O banquete de Trimalquião". O título dado à primeira versão de *O grande Gatsby*, corrigida e reescrita quando o romance já estava em provas para publicação, foi *Trimalchio*. "Trimalchio", aliás, é uma das formas como o narrador Nick Carraway se refere a Jay Gatsby. Atente-se, ainda, para a estreita coincidência entre o nome do narrador, Nick Carraway, e o de certa personagem do *Satíricon*, Níceros, que se destaca em "O banquete de Trimalquião" por ser considerado um grande contador de histórias.

Enfim, se é verdade que o *Satíricon* é um dos textos mais importantes legados pela literatura latina, também não é menos certo afirmar-se, com Raymond Queneau, na Apresentação desta edição, que "de todos os escritores da Antigüidade, não há nenhum mais 'moderno' que Petrônio. Ele poderia entrar, e com o pé direito, na literatura contemporânea, e seria tomado como um de nós".

SOBRE A TRADUÇÃO

Esta tradução baseou-se no texto latino estabelecido por Alfred Ernout para a Collection des Universités de France (Paris: Societé D'Édition Les Belles Lettres, 1950. 3 ed.). As lacunas estão indicadas por asteriscos. Antes das principais lacunas, o tradutor inseriu uma pequena explicação, em itálico e entre colchetes, a fim de realçar a ligação entre os episódios. A divisão em vinte partes também se deve ao tradutor, bem como sua denominação. Cada parte está dividida em capítulos (141 no total), indicados por algarismos arábicos entre colchetes. Cada capítulo vem demarcado em parágrafos apontados por pequenos algarismos arábicos subscritos e em tom mais claro. Essa notação é uma convenção internacional adotada em toda edição moderna de um texto clássico, para fins de localização exata de qualquer trecho destacado.

Esta tradução teve financiamento da Fapesp – Fundação de Amparo à Pesquisa do Estado de São Paulo.

Petrônio por Tácito

O *Satíricon* foi escrito por Tito Petrônio Árbitro entre os anos 62 e 66 d.C. Tal atribuição de data e autoria, com boa margem de segurança em virtude de seus dados históricos, econômicos, lingüísticos, entre outros, baseia-se fundamentalmente no célebre texto do historiador Tácito, *Anais* XVI, 18-19.

Tácito deixa uma boa descrição de uma certa personalidade da corte do imperador Nero, *Gaius Petronius, arbiter elegantiae* (Caio Petrônio, árbitro da elegância), mais provavelmente de prenome *Titus*, um homem notável por seus hábitos refinados, mas dissolutos, embora tivesse sido um político e administrador vigoroso e competente, tendo atingido cargos como o de governador da Bitínia (noroeste da Ásia Menor, 60-61 d.C.) e, em Roma, o de *consul suffectus* ("cônsul suplente", 62 d.C.). Depois de haver desfrutado de grande prestígio na corte de Nero, sobrepujando o favor com que contava o ministro Tigelino, foi indiciado como um dos mentores da conspiração de Pisão, que pretendia atentar contra a vida do imperador. Condenado à morte, apressou-a com o suicídio.

Tácito ainda se refere a um documento que teria sido escrito no último dia de vida de Petrônio e enviado ao imperador.

Nesse documento haveria uma narração geral dos desmandos, dissoluções e depravações sexuais em que se envolvera o imperador. Muitos quiseram identificar esse documento com o próprio *Satíricon*, o que é improvável, dadas as dimensões da obra no original, isto é, ao menos dezesseis livros, levando-se em consideração a tradição manuscrita.

C.A.

★

XVII No intervalo de poucos dias, golpe a golpe tombaram Aneu Mela, Ceral Anício, Rúfio Crispino e Petrônio. [...]

XVIII Acerca de C. Petrônio é preciso retomar alguns detalhes. O fato é que passava o dia dormindo e a noite ele a destinava às atividades e aos deleites da vida; e se alguns a atividade os levou à fama, fora pela indolência que ele a ela chegara. Não tinha a fama de depravado e perdulário, como a maior parte dos que dissipam seus bens, mas a de um requintado apreciador dos prazeres. E o que dizia e fazia, quanto mais expedito fosse e mostrasse certo descuido de si, tanto mais favoravelmente era recebido como sinal de simplicidade. Contudo, quando procônsul da Bitínia e mais tarde cônsul, mostrou-se eficiente e capacitado para suas funções. Depois, voltando aos vícios ou à simulação de vícios, foi admitido entre os poucos a partilhar da intimidade de Nero, figurando como árbitro da elegância, já que nada parecia agradável ou refinado ao imperador a não ser o que Petrônio tivesse aprovado. Eis a origem da inveja de Tigelino, que acreditou ter diante de si um rival mais hábil no conhecimento dos prazeres. Assim, aproveitando-se da crueldade do Príncipe, diante da qual as demais paixões cediam, lança contra Petrônio o fato de ser amigo de Cevino. E corrompido um escravo para a denúncia, não só lhe fora roubada qualquer chance de defesa como também a maior parte de seus escravos foi atirada às prisões.

XIX Casualmente naqueles dias César viajara para a Campânia, e em Cumas, até onde Petrônio tinha chegado, ali este fora detido. E não demorou-se muito entre o temor e a esperança; contudo, não interrompeu repentinamente sua vida, mas abriu e fechou as veias para ao seu alvedrio abri-las novamente enquanto conversava com seus amigos, não sobre assuntos sérios com os quais tivesse a pretensão de alcançar a glória de ter sido corajoso. Ele ouvia o que os demais diziam: nada sobre a imortalidade da alma e as sentenças dos filósofos, mas poemas amenos e versos ligeiros. Alguns de seus escravos ele os tratou com generosidade, a outros ele destinou o açoite. Pôs-se à mesa, pegou no sono, a fim de que, embora forçada, sua morte parecesse fortuita. Nem no testamento, como haviam feito a maior parte dos que morreram, ele adulou Nero ou Tigelino ou qualquer outro poderoso. Contudo, sob os nomes de homens perdidos e de mulheres, os abusos do Príncipe e a anomalia de cada crime ele registrou absolutamente tudo, chancelou e enviou para Nero. E em seguida quebrou seu anel, a fim de que mais tarde seu uso não representasse uma fonte de perigos.

XX A Nero pairam dúvidas acerca da maneira pela qual haviam sido divulgadas as maquinações de suas noites. Sília é quem lhe ocorre, uma mulher não desconhecida em razão de ser casada com um senador, além de ser companheira do próprio Nero em todo tipo de luxúria e também ser muito amiga de Petrônio. E como ela não se tivesse calado diante daquilo a que assistira e ainda o divulgasse por um particular aborrecimento, foi condenada ao exílio. [...]

Imagens

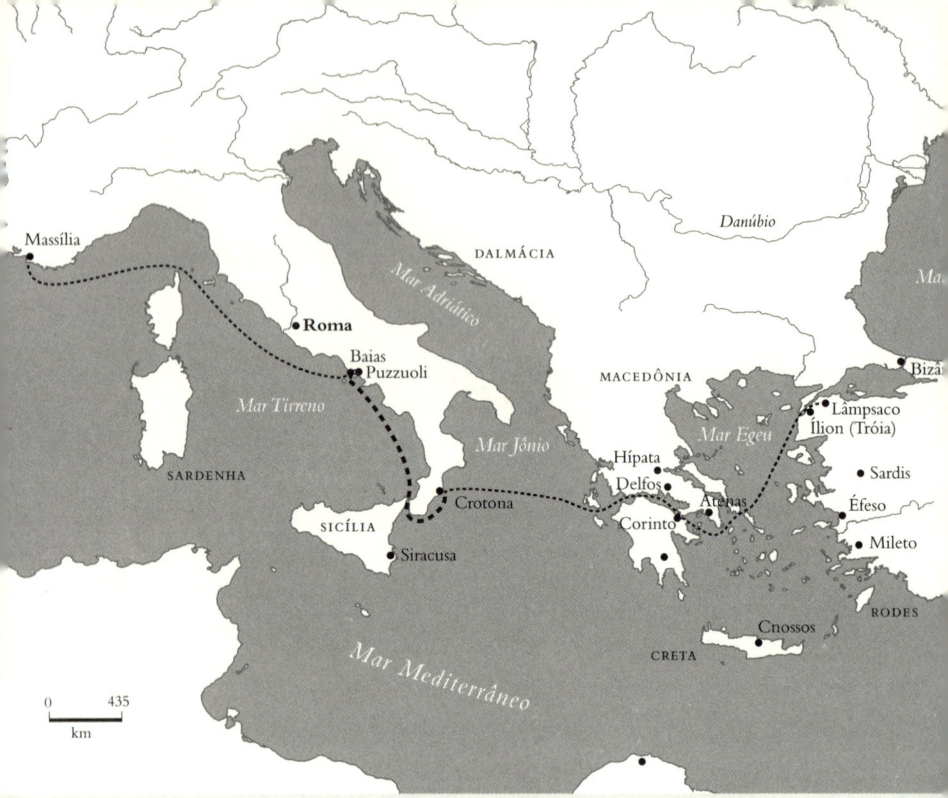

O romance provavelmente começa com Encólpio em Massília (atual Marselha); o trajeto até Baias, onde tem início a ação do presente texto, está na parte perdida. De lá, Encólpio vai para Puzzuoli (perto de onde mora Trimalquião), volta a Baias e então segue para Crotona, onde termina o texto atual que conhecemos.

Supõe-se que o romance terminasse em Lâmpsaco, local de nascimento de Priapo, o deus da fertilidade, sempre representado com o falo ereto. Por ter profanado seu culto, Encólpio recebeu como castigo uma forma de impotência sexual e pôs-se a tentar expiar sua culpa, intenção que estaria por trás da trama do *Satíricon*.

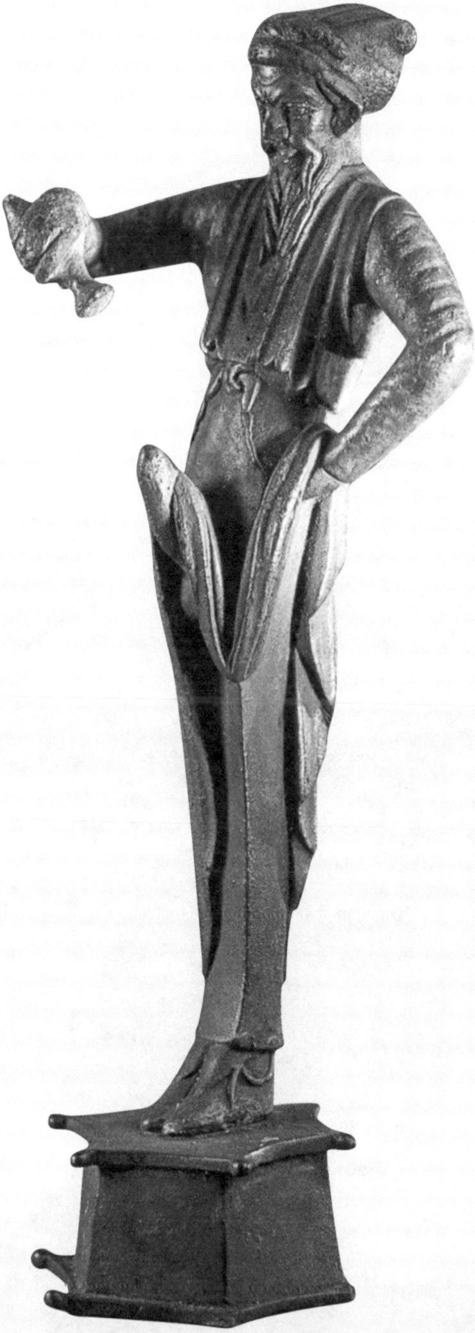

"Cuidado com o cão": este mosaico, encontrado no piso da Casa do Poeta Trágico, em Pompéia, é semelhante ao que Encólpio, quase desmaiando, vê numa das paredes à entrada da casa de Trimalquião.

A casa de Trimalquião tinha nas paredes representações de cenas homéricas (comuns nas ruínas de Pompéia) e cenas de gosto popular, como a citada "luta dos gladiadores de Lenate". Este alto-relevo mostra bestiários, gladiadores que, embora não recebessem nem treino nem armas, eram destinados a lutar com as feras.

Lares eram espíritos tutelares da casa e de seus moradores, cultuados mensalmente em datas específicas e eventos importantes para a família.

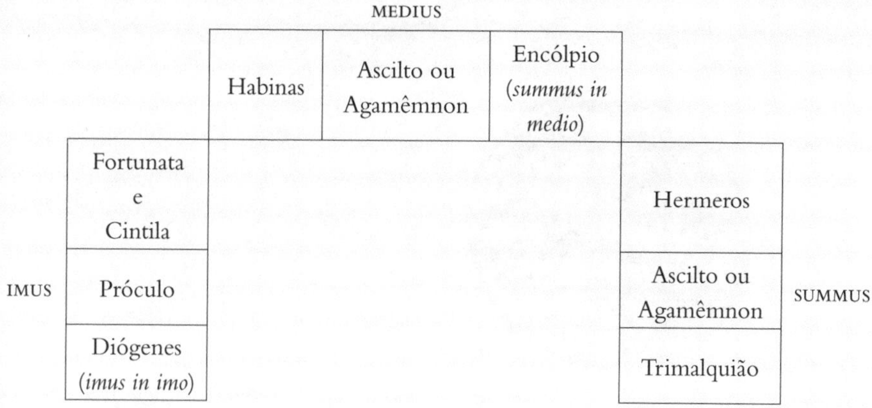

No triclínio (a sala de jantar da casa romana), os comensais ficavam reclinados num leito semelhante ao desta imagem. Em geral, eram nove leitos, dispostos em torno de uma mesa. Se o número de convidados fosse maior, novos conjuntos eram montados na sala. A distribuição dos convidados nos leitos do triclínio indicava o prestígio de cada um. No "Banquete de Trimalquião", os convidados estariam conforme o esquema acima, montado por G. Schmeling.

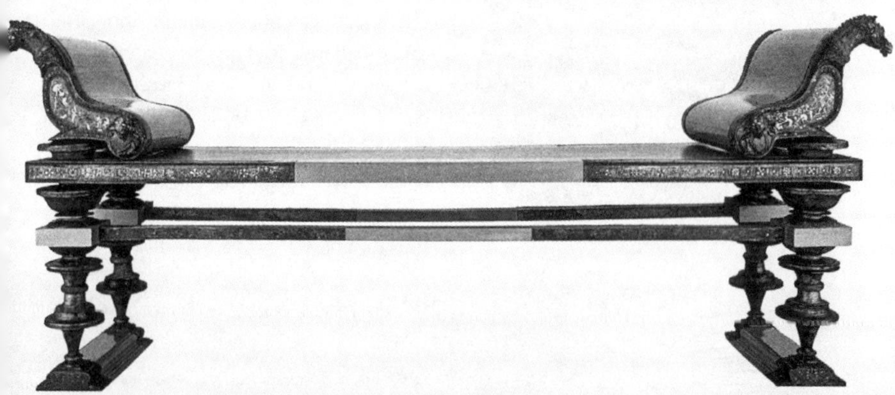

No período de Nero, o as ou asse era a menor unidade do sistema monetário romano. Portanto, ter apenas uma moeda de dois asses para se alimentar, como acontece com Encólpio e Ascilto em *Sat.* 14.1, indicava estado de penúria. A partir da República, o denário (como esta moeda de prata do século I a.C.), que significa "moeda de dez", pois de início correspondia a dez asses, passou a constituir a base do sistema monetário romano.

Depois da reforma monetária promovida por Augusto, em fins do século I a.C., o sestércio, inicialmente a menor moeda romana (derivado de *semi-tertius*, isto é, meio terço de um asse), passou a ser cunhado em cobre ou latão e a ser usado para calcular grandes somas e fortunas como a de Trimalquião. Na foto, vê-se um sestércio com a efígie de Nero, portanto do tempo de Petrônio.

Quando escravos fugitivos eram apanhados, a punição era severa. Como os escravos normalmente tinham a cabeça raspada, faziam parte do castigo a retirada das sobrancelhas, a marcação com ferro em brasa de um "F", de *fugitiuus*, na fronte, e um colar semelhante ao da foto, indicando a falta e o nome do proprietário.

O trácio era um gladiador que lutava com as arma nacionais do povo trácio: um capacete, uma sica (punhal de lâmina pontiaguda e recurvada), um pequeno escudo e perneiras até as coxas.

A *tabula cerata* era espécie de prancha, em geral de madeira, com uma fina camada de cera na qual se podia escrever com o *stilus*. O *stilus* era uma haste com uma das extremidades pontiaguda (para traçar caracteres) e outra chata (para apagá-los). A *tabula cerata* era usada como material escolar, para o ensino elementar da escrita e da matemática.

Trimalquião não era o único "louco por prata" entre os romanos: serviços de prata trabalhada eram sinal de distinção social. As famílias menos abastadas utilizavam objetos de cerâmica ou bronze. Esta travessa do século IV d.C., que representa o deus Netuno rodeado de criaturas marinhas e de sátiros e mênades que participam de uma bacanal, dá uma idéia da alta qualidade da prataria romana, como a bandeja com os signos do zodíaco descrita no "Banquete de Trimalquião".

Era costume de alguns romanos, nos jantares que ofereciam, tratar certos convidados de modo diferente dos demais. Determinados pratos ou vinhos eram reservados para o patrão e, por vezes, para alguns eleitos. Ao oferecer o vinho de seu senhor a Encólpio e Ascilto, como agradecimento pela intercessão em seu favor, o escravo encarregado de servir a bebida faz uma clara deferência e burla a escolha que normalmente caberia a Trimalquião.

Sugestões de leitura

Um índice do interesse renovado em torno do *Satíricon* é a quantidade de novas traduções para línguas ocidentais ao longo do século XX. O trabalho de estabelecimento de texto e tradução que Alfred Ernout publicou em 1923 permanece como a principal referência entre os franceses (*Le Satiricon*. Paris: Les Belles Lettres, 1950. 3. ed.). Oitenta anos depois, conservando a edição de Ernout em seu catálogo, a mesma editora publicou uma segunda tradução em edição bilíngüe (Paris: Les Belles Lettres, 2002), por Olivier Sers, com clara intenção de aproximar o texto petroniano, tão marcado por coloquialismos, do francês contemporâneo. Sem falar de Pierre Grimal, um dos maiores latinistas do século XX, responsável por uma boa tradução, com prefácio de Jean Dutourd: *Le Satiricon* (Paris: Générale Française, 1960).

Em italiano, são recomendadas pelo menos duas boas edições bilíngües: *Il romanzo satirico* (Florença: Sansoni, 1950), por G. A. Cesareo e N. Terzaghi, com ensaio crítico e notas dos tradutores; e *Il Satiricon*, tradução de A. Marzullo e M. Bonaria (Bolonha: Zanichelli, 1982). Manuel Díaz y Díaz publicou uma excelente tradução para o espanhol: *Satiricón* (Buenos Aires:

Hyspamerica, 1984). Entre as diversas versões disponíveis em inglês, a de William Arrowsmith, feita em 1959 e atualmente disponível em edição de bolso (Nova York: Meridien, 1994), é freqüentemente adotada nos principais cursos norte-americanos sobre Petrônio e o romance antigo.

O *Satíricon* teve algumas edições em português. Sandra Braga Bianchet, que assina a tradução e o posfácio da edição bilíngüe *Satyricon* (Belo Horizonte: Crisálida, 2004), privilegia as questões lingüísticas, principalmente as relativas ao uso do romance como fonte de estudos do latim vulgar. O poeta Paulo Leminski, tradutor idiossincrático e um desbravador na divulgação de Petrônio no Brasil, ao buscar em seu *Satyricon* (Brasiliense, 1985) um tom radicalmente contemporâneo, afasta-se em demasia do original latino. Delfim F. Leão (Lisboa: Cotovia, 2005) traduziu Petrônio com sabor e apuro, e soube afinar o texto com o português falado hoje em dia em Portugal.

Para uma compreensão mais ampla do significado do *Satíricon*, é importante conhecer também os demais romances antigos, principalmente *O Asno de Ouro*, de Apuleio, que representa a vertente romana do gênero, ao lado de Petrônio. Pierre Grimal preparou em 1958, para a Bibliothèque de la Pléiade (Paris: Gallimard), um volume de *Romans grecs et latins*. Gareth Schmeling, organizador de uma bibliografia de Petrônio (com J. H. Stuckey, *A Bibliography of Petronius*. Leiden: E. J. Brill, 1977) editor da PSN e um dos leitores mais atentos do *Satíricon*, organizou *The Novel in the Ancient World* (Leiden: E. J. Brill, 1996), que reúne textos de quase trinta pesquisadores de universidades européias e americanas, sobre oito romances e autores gregos e latinos, numa das mais abrangentes publicações recentes sobre o tema, com destaque para "The *Satyrica* of Petronius", ensaio assinado pelo organizador. Gareth Schmeling também é autor do ensaio "Petronius and the *Satyrica*", incluído no volume *Latin Fiction: The Latin Novel in Context* (org. de H. Hofmann. Londres: Routledge, 1999. pp. 23-37), uma das boas visões de conjunto do romance antigo, ao lado de *The Roman Novel*, de P. G. Walsh (Cambridge: University of Cambridge, 1970), e *The Novel in Antiquity*, de Tomas Hägg (Oxford: Basil Blackwell, 1983).

Quem busca um ensaio de fôlego poderá ler o clássico *The Satyricon of Petronius: A Literary Study* (Londres: Faber and Faber, 1968), em que J. P. Sullivan apresenta a discussão sobre data, autoria e problemas relativos à montagem dos fragmentos, além de fazer uma análise literária a partir dos aspectos satíricos, paródicos, humorísticos e sexuais. *Reading Petronius*, de Niall W. Slater (Baltimore: Johns Hopkins, 1990) é uma boa introdução mais recente ao universo petroniano, assim como *The Hidden Author: An Interpretation of Petronius'* Satyricon, de Gian Biagio Conte (Berkeley: University of California Press, 1996).

A partir de meados do século XX, o foco dos estudos petronianos tem se voltado para as conexões do texto com a literatura moderna. O *Satíricon* é uma das matrizes da obra de F. Scott Fitzgerald, que chegou a batizar *O grande Gatsby* com o nome de *Trimalchio*, como registra Cláudio Aquati no posfácio a esta edição. Essa versão preliminar do romance de Fitzgerald foi publicada em *Trimalchio: An Early Version of 'The Great Gatsby'*, com organização de James L. W. West III (The Cambridge Edition of the Works of F. Scott Fitzgerald; Cambridge: Cambridge University Press, 2000). Na poesia, Gareth Schmeling publicou em 1975, em parceria com David R. Rebmann, o ensaio "T.S. Eliot and Petronius" (*Comparative Literature Studies* 12, pp. 393-410), detectou as pegadas de Petrônio na *Terra devastada* de Eliot.

Com faro de pesquisador e apuro crítico, Donato Gagliardi produziu um trabalho valioso, *Petronio e il romanzo moderno – La fortuna del* Satyricon *attraverso i secoli* (Florença: La Nuova Italia, 1993), que rastreia sua influência na literatura, do Novellino italiano a Henry Miller e Anthony Burgess, passando por Boccaccio, os libertinos franceses, Sainte-Beuve, Mérimée, Maupassant, Zola, Goncourt, Huysmans, Nietzsche, Flaubert, Joyce, Proust, Céline e Pasolini.

O crítico, tradutor e poeta Edoardo Sanguineti está entre os grandes leitores de Petrônio na literatura italiana contemporânea. Sanguineti sublinhou o caráter lúdico do romance em seu *Il giuoco del* Satyricon (Turim: Einaudi, 1970), uma original e bastante petroniana recriação do romance, construída a partir de procedimentos de tradução, interpretação, imitação e decalque narrativo.

Fora do campo dos especialistas em literatura antiga, o *Satíricon* despertou a atenção de importantes críticos literários do século XX, o que acentuou sua importância para a estética e a teoria do romance. Erich Auerbach foi um leitor entusiasmado de Petrônio: é brilhante sua análise do "Banquete de Trimalquião", em "Fortunata", o segundo capítulo de *Mimesis* (2. ed. São Paulo: Perspectiva, 1976). Na leitura detida de um pequeno trecho (o capítulo 37 e parte do 38), Auerbach compara certos procedimentos narrativos de Homero e de Petrônio, demonstrando a novidade que o *Satíricon* representou no contexto do realismo antigo. Uma breve e certeira comparação com Balzac também permite a Auerbach analisar as limitações dos autores da Antigüidade no que se refere à consciência histórica e ao próprio realismo.

Mikhail Bakhtin, que aborda o *Satíricon* em *Questões de literatura e de estética* (São Paulo: Universidade Paulista Júlio de Mesquita Filho, Hucitec, 1988), firma em *Problemas da poética de Dostoiévski* (Rio de

Janeiro: Forense Universitária, 1981) um conceito fundamental para a compreensão do romance em geral e da estética petroniana em particular, o da sátira menipéia.

No Brasil não é grande o número de pesquisadores que se têm dedicado às questões do romance antigo. Dos pesquisadores contemporâneos, Jacyntho Lins Brandão aborda o romance grego em *A invenção do romance* (Editora Universidade de Brasília, 2005). Vale consultar também sua tese para professor titular da Universidade Federal de Minas Gerais, *Narrativa e mimese no romance grego* (Belo Horizonte: 1996). Consulte-se também a tese de livre docência de Salvatore d'Onófrio, *Narrativas ideológicas e narrativas carnavalizadas: estudo sobre estruturas, temas e gênese do romance clássico* (São José do Rio Preto: Universidade Estadual Paulista, 1976). João Angelo Oliva Neto traduziu com primor uma priapéia grega e latina em *Falo no jardim* (São Paulo: Ateliê, 2006), que inclui ensaios introdutórios, notas e iconografia sobre o culto de Priapo.

Uma boa fonte para o leitor em busca de informações de cunho histórico, principalmente sobre o dia-a-dia em Roma, é "O Império Romano", que Paul Veyne escreveu para a primeira parte do primeiro volume da *História da vida privada: Do Império Romano ao ano mil* (org. Paul Veyne. São Paulo: Companhia das Letras, 1989, pp. 19-223). Veyne voltou sua atenção para Petrônio em diversos artigos publicados em revistas especializadas, como "Vie de Trimalcion" (*Annales*, março-abril de 1961, n. 2, pp. 213-47), "Arbiter Elegantiae" (*Revue de Philologie*, vol. II, t. 32, 1963, pp. 258-59) e "Le 'je' dans le *Satiricon*" (*Revue des Études Latines* n. 42, 1964). O estudo clássico de Jérôme Carcopino, *Roma no apogeu do Império* (São Paulo: Companhia das Letras, 1988), também é uma vívida reconstituição da vida cotidiana e dos costumes romanos, e mesmo setenta anos depois de sua publicação de sua adaptação cinematográfica do romance. Ao recorrer a diversas passagens do *Satíricon*, em especial no capítulo "O passeio, o banho e o jantar", o autor mostra a riqueza do romance como fonte de informações para a historiografia. Vale também conhecer a premiada minissérie *Roma*, produção que os canais de televisão a cabo HBO e BBC iniciaram em 2005, com exibição e DVDs à venda no Brasil. Essa uma ambiciosa e bem-realizada adaptação dramatúrgica, feita com rigor histórico e avalizada por especialistas (a despeito de algumas imprecisões ligadas principalmente às exigências do gênero), busca retratar tanto os grandes acontecimentos políticos do Império como o dia-a-dia romano, pelos olhos de dois soldados comuns.

O leitor interessado em cotejar a presente edição com o original latino poderá encontrar na internet uma versão bastante confiável no site The Latin Library (http://www.thelatinlibrary.com). A *Petronian Society Newsletter* (PSN), que desde 2001 é publicada apenas na internet (http://www.ancientnarrative.com/PSN/), reúne bibliografia, artigos e informações sobre conferências, simpósios e outras atividades ligadas aos estudos petronianos. Ainda na internet, pode-se encontrar a célebre tradução atribuída a Oscar Wilde. No artigo "Oscar Wilde's Translation of Petronius: The Story of a Literary Hoax" (*English Literature in Transition* 38, 1995, pp. 9-49), Ron Boroughs reconstitui a curiosa história desse trote literário que, ao ser publicado em Londres, em 1902, assinado pelo pseudônimo Sebastian Melmoth (personagem de Wilde), uniu duas almas gêmeas separadas por vinte séculos. A tradução foi republicada em Nova York, em 1930, sob a assinatura "Alfred R. Allinson", e está disponível na internet, com a introdução também atribuída a Wilde, no site Internet Sacred Texts Archive (http://www.sacred-texts.com/cla/petro/satyr/sat00.htm).

Por fim, uma referência obrigatória é o *Fellini Satyricon*, a antológica "ficção científica sobre o passado", nas palavras do próprio diretor, que este grande leitor moderno de Petrônio fez em 1969 e que está disponível em DVD. Fellini filmou com a mesma liberdade com que Petrônio escreveu, e conseguiu fazer um dos filmes mais delirantemente fellinianos sem trair o espírito da obra original. Num ensaio de 1971, "Fellini e a decadência" (in *Exercícios de leitura*. São Paulo: Duas Cidades, 1980), Gilda de Mello e Souza faz um breve comentário sobre o filme e suas relações com a narrativa de Petrônio. O grande especialista em questões petronianas J. P. Sullivan publicou o ensaio "The Social Ambience of Petronius' *Satyricon* and Fellini's *Satyricon*", incluído na obra coletiva *Classical Myth & Culture in the Cinema* (Oxford e Nova York, 2001, pp. 258-71).

Coleção Prosa do Mundo
Conselho editorial Augusto Massi e Davi Arrigucci Jr.

Coordenação editorial Paulo Werneck
Projeto gráfico da coleção Fábio Miguez
Capa e composição Jussara Fino
Revisão Iuri Pereira e Regina Pereira

Dados Internacionais de Catalogação na Publicação (CIP)
(Câmara Brasileira do Livro, SP, Brasil)

Petrônio [séc. I]
Satíricon: Petrônio
Título original: *Satyricon libri*
Tradução e posfácio: Cláudio Aquati
Apresentação: Raymond Queneau
São Paulo: Cosac Naify, 2008
272 pp., 15 ils.
[Coleção Prosa do Mundo; 22]

ISBN 85-7503-104-X (obra completa)
ISBN 978-85-7503-681-5 (v. 22)

1. Ficção latina I. Aquati, Cláudio.
II. Título. III. Série.

07-9064 CDD-873

Índices para catálogo sistemático:
1. Ficção: Literatura latina 873

COSAC NAIFY
Rua General Jardim, 770, 2º andar
01223-010 São Paulo SP
Tel. [55 11] 3218 1444
Fax [55 11] 3257 8164
www.cosacnaify.com.br

Atendimento ao professor [55 11] 3218 1473

A apresentação foi publicada sob o título "Pétrone, ?-65 d. C.", em *Les Écrivains célèbres*, vol. I (Paris: Mazenod, 1951). A Cosac Naify agradece à editora Citadelles & Mazenod a gentil cessão do texto.

Imagem de sobrecapa: *Priapo pesando seu falo* (séc. I), afresco. Pompéia, Casa dos Vettii. © Alinari Archives/Bridgeman. Reproduzido com permissão do Ministério dos Bens e Atividades Culturais da Itália.

Créditos das imagens
p. 2: © Bridgeman Art Library; p. 248: Sonia Vaz (baseado em G. Schmeling); pp. 249, 252, 254 (alto), 255, 258: reprodução; pp. 250, 251 e 259: AKG/LatinStock; p. 254: Erich Lessing/Album/LatinStock; p. 256: Alinari Archives-Brogi Archive, Florença/Other Images; p. 257: © Costa/Leemage/Other Images.

FONTE Bembo
PAPEL Chamois fine dunas 80 g/m²
IMPRESSÃO RR Donnelley
TIRAGEM 3.000